Frieda Lamberti
Verstrickt und zugenäht

AF176891

Das Buch

Die Spitzenweiber sind ratlos. Wem können sie noch trauen? Wer meint es ehrlich mit ihnen und wer spielt ein falsches Spiel? Muss Babette ihr Geheimnis lüften? Kann Franziska die Vergangenheit hinter sich lassen? Wird Lore getäuscht? Lügen und Intrigen machen es nicht einfacher, den Durchblick zu behalten.

Die Autorin

Frieda Lamberti, gebürtige Hamburgerin, ist Langzeitehefrau, Mutter, Oma von vier Enkelkindern und lebt mit ihrem Mann in der Lüneburger Heide. Sie zählt sich zu den spät berufenen Schreiberinnen. Erst im Alter von fünfzig Jahren veröffentlichte sie ihren Debütroman »Ausgeflittert«. Frieda liebt Geschichten, die das Leben schreibt. Ob Komödie, Melodrama oder Romanze, in ihren Familiengeschichten kommen Humor, Spannung und Tragik nie zu kurz.

Neben ihren zahlreichen Titeln, die sie als Selbstverlegerin herausbringt, veröffentlichte Frieda Lamberti bereits ihre Romane »Lila ist der Duft der Wahrheit«, »Frühstück inklusive«, »Herzklopfen und kalte Füße«, »Herzklopfen und kalte Hände«, »Kalte Milch und Kummerkekse«, »Warme Milch und Kummerkekse«, »Alias Nora Parker«, »Zeit der Seesterne«, »Lied der Seesterne«, »Spitzenweiber – Stich ins Herz« und »Spitzenweiber – Spitz auf Knopf« bei Montlake Romance.

FRIEDA LAMBERTI

Verstrickt und zugenäht

Spitzenweiber

ROMAN

Deutsche Erstveröffentlichung bei
Montlake Romance, Amazon Media EU S.à r.l.
5 Rue Plaetis, L-2338 Luxembourg
März 2018
Copyright © der deutschsprachigen Ausgabe 2018
By Frieda Lamberti

Umschlaggestaltung: bürosüd⁰ München, www.buerosued.de
Umschlagmotiv: © Myroslava Pavlyk / Shutterstock;
© mama_mia / Shutterstock; © FabrikaSimf / Shutterstock
Lektorat: Media-Agentur Gaby Hoffmann, www.profi-lektorat.com
Printed in Germany
By Amazon Distribution GmbH
Amazonstraße 1
04347 Leipzig, Germany

ISBN: 978-1-503-90145-2

www.montlake-romance.de

BAND 3

Das Fest

Stine

Ich weiß nicht, wie oft ich seit meiner Kindheit schon von diesem Moment geträumt habe. Ein Organist haut beherzt in die Tasten und stimmt Felix Mendelssohn Bartholdys *Hochzeitsmarsch* an, während ich auf dem Kirchhof in meinem eng geschnürten Kleid noch einmal tief Luft hole. In meiner Vorstellung umklammerten meine Hände den Brautstrauß ganz fest, damit die Anwesenden nicht sehen können, wie sehr ich zittere. Ich musste ganz allein durch den langen Gang zum Altar schreiten. Das Bild von meinem Großvater, der mir gerade mit einem aufmunternden Augenzwinkern seinen Arm reicht und mich durch die prall gefüllte Kirche führt, um mich an Simon zu übergeben, kam in meinem Film nie vor. Umso erleichterter bin ich, dass die Realität nun anders aussieht.

Bevor ich neben meinem Bräutigam Platz nehme, drücke ich Hubert zärtlich einen Kuss auf die Wange und hauche den Tränen nahe ein leises »Danke schön, Opa Hubi« in sein Ohr.

Er hat vermutlich keine Ahnung, was es mir bedeutet, dass er mir an diesem Tag zur Seite steht. Überhaupt ist es ihm zu verdanken, dass ich heute den Mann kirchlich heirate, dem ich schon vor einer Woche im Standesamt das Jawort gegeben habe.

Simon, der knallharte Sportmanager, mit dem ich bis gestern unseren kurzen, aber traumhaften Honeymoon verbracht habe, scheint genau wie ich butterweiche Knie zu haben. Die Bräune, die er sich auf unserer Mini-Hochzeitsreise zugelegt hat, ist plötzlich verflogen. Pure Aufregung steht ihm im Gesicht geschrieben. Obwohl er mit einer hastigen Bewegung über seine Wange streicht, kann ich die Träne sehen, die ihm aus den tiefblauen Augen kullert.

»Du siehst atemberaubend aus«, flüstert er mir zu und greift nach meiner Hand.

»Es ist das Kleid aus dem Schaufenster, das du vor Monaten für mich ausgesucht hast«, kichere ich leise.

Er kommt nicht mehr dazu, etwas zu erwidern, weil der Pfarrer bereits mit seiner Rede beginnt.

Ohne weiteres Geflüster lassen wir die Zeremonie mit dem gebotenen Ernst über uns ergehen, bis wir uns küssen dürfen.

Endlich!

Ich mag das Gefühl, wenn sich unsere Lippen berühren. Dann ist der Schmerz der vergangenen Monate völlig verflogen und ich bin einfach nur glücklich. Ja, so fühlt sich Glück für mich an.

Wie schön die Kirche geschmückt ist, wird mir erst bewusst, als wir unter lautem Applaus hinausgehen. An den dunklen Holzbänken hängen pastellfarbene Bouquets mit Hortensien. Es sind meine Lieblingsblumen, die von weißen Spitzenschleifen und reichlich Tüll gehalten werden.

Für den geschmackvollen floralen Schmuck ist bestimmt Lore verantwortlich. Meine Großmutter war seit Tagen damit beschäftigt, unsere Spontantrauung bis zum letzten i-Tüpfelchen zu organisieren.

Wo steckt sie bloß?

Statt Ausschau nach ihr halten zu können, muss ich ständig Hände von mir völlig fremden Leuten schütteln. Vermutlich handelt es sich um Simons athletische Klienten und ihre Begleiterinnen, die ich persönlich gar nicht kenne und deren Sprache ich noch nicht einmal spreche.

Endlich entdecke ich ein paar bekannte Gesichter. Meine Freundin Franziska und mein Jugendfreund Moritz warten geduldig in zweiter Reihe. Ich bahne mir den Weg durch die Menge und falle Franz stürmisch um den Hals.

»Dein Kleid ist eine Wucht«, lobt sie mein Outfit und mustert mich von Kopf bis Fuß.

Moritz sagt nichts. Stumm drückt er den Auslöser seines Fotoapparats und schießt Serien von mir. »Dreh dich mal«, fordert er mich auf. »Ich habe Babette versprechen müssen, dich von allen Seiten zu fotografieren.«

»Warum denn das?«, frage ich entgeistert und schaue mich suchend nach ihr um.

»Die Lady ist nicht mitgekommen. Sie konnte nicht. Ich erzähle dir später, warum«, verspricht Moritz und macht Platz für meine Großmutter, die sich uns mit einem Tablett voller Gläser nähert.

»Oh, là, là! Rosé-Champagner. Nobel geht die Welt zugrunde«, frotzelt Franz und greift nach einem Glas.

Lore zieht die Brauen hoch. »Wenn es dir besser gefällt, dann stell dir einfach vor, es wäre billiger Erdbeersekt aus dem Discounter. Hauptsache, du ersparst mir deine blöden Kommentare und reizt mich nicht noch weiter. Ich stehe nämlich kurz vor einer Explosion«, faucht sie und wirkt tatsächlich hochgradig gestresst.

Ich nehme ihr das Tablett ab und reiche es weiter an Moritz, um sie ganz fest in den Arm zu nehmen. »Danke, Omi. Du bist die Beste. Ich danke dir für alles.«

»Ach, Stine. Es war doch ganz anders geplant«, schimpft sie. »Ich hatte extra einen Sitzplan ausgearbeitet, aber diese ungehobelten Kicker haben sich einfach an mir vorbeigeschlichen und sich auf die besten Plätze gesetzt. Immerhin ist es mir gelungen, ihre sonnenbebrillten Leibwächter aus der Kirche zu werfen. Was denken sich diese Leute nur?«

»Sie denken, Geld regiert die Welt«, höre ich Franz hinter mir flöten.

Moritz schiebt die Kamera in seine Tasche, tritt einen Schritt nach vorn und schärft seinen Blick. »Ist das etwa Fabio Gonzales? Der Mittelstürmer, der vor Kurzem von Turin nach Barcelona gewechselt ist?«

»Wo?« Franz dreht sich neugierig um.

Ich räuspere mich amüsiert und erinnere meine Freunde daran, dass nicht Simons Promis, sondern ich heute die Hauptperson bin.

So schön die Schuhe auch sind, die Babette mit zarter Spitze für mich verziert hat, so unbequem sind sie. Nachdem ich sie bereits stundenlang getragen habe, streife ich die Pumps am frühen Abend ab und schwofe barfuß weiter.

Unser Fest ist mehr als gelungen. Am Bodensee zu feiern war eine geniale Idee. Die Location ist ideal und das Wetter spielt auch mit. Alle haben Spaß, mit Ausnahme von Lukas. Franziskas Lebensgefährte ist nicht in Feierlaune. Ich habe keine Ahnung, welche Laus ihm über die Leber gelaufen ist. Als Franz ihn auf die Tanzfläche ziehen will, lässt er sie eiskalt abblitzen.

Kurz darauf erklärt er, er müsse Janosch ins Bett bringen. »Es wird Zeit für den Kleinen. Ich werde bei ihm bleiben. Habt noch viel Spaß«, ruft er mir zu, ohne Franz eines Blickes zu würdigen. Mit ihrem Knirps auf dem Arm verlässt er das Lokal.

»Habt ihr Zoff?«, versuche ich, meine Freundin auszuquetschen.

»Nee, alles bestens«, erwidert sie knapp und geht hinüber zu den Fußballprofis. Ich habe keine Ahnung, in welcher Sprache sie sich unterhalten, allerdings ist klar, dass es ums Thema *Tattoos* geht. Franz zückt ihr Smartphone und zeigt den Männern Fotos von ihren Arbeiten. Kurz darauf beobachte ich, dass sie Visitenkarten tauschen.

So leicht lasse ich mich nicht abspeisen. Ich will wissen, was bei ihr los ist, denn dass sie mich angeflunkert hat, liegt auf der Hand.

Ich suche Moritz, um ihn zu löchern, ob er Näheres weiß.

»Ich habe keinen blassen Schimmer, was zwischen den beiden abgeht. Sie schweigen sich schon seit dem Abflug an. Ich kann dir aber verraten, was Babette gerade durchmacht. Komm mit raus. Bei einer Zigarette erzähle ich dir die gruselige Geschichte.«

Nun hat er meine Neugierde geweckt. Ich folge ihm auf die Terrasse, wo sich einige Raucher um Stehtische versammeln.

Moritz macht es spannend. Statt mir sofort zu berichten, was los ist, steckt er sich erst eine Zigarette an, nimmt einen tiefen Zug und bläst den blauen Dunst in den sternenklaren Abendhimmel. »Babette hat eine Bekannte, die Furchtbares erlebt hat. Ihr gewalttätiger Ehemann hat sie überfallen und tagelang ans Bett gefesselt.«

Mir bleibt die Luft weg. »Sprichst du etwa von Dana?«

Moritz nickt. »Dieser Mistkerl hat sie windelweich geprügelt. Es ist nur Babettes Hartnäckigkeit zu verdanken, dass wir sie befreien konnten. Der Typ sitzt jetzt in Untersuchungshaft. Solange Dana noch im Krankenhaus behandelt wird, kümmert sich Babette um ihre Kinder.«

Ich bin zutiefst erschüttert. »Wie furchtbar!«

Moritz bereut es sogleich, mir davon erzählt zu haben. Er entschuldigt sich mehrfach, bis Simon auf uns zukommt und wissen will, warum ich so ein bekümmertes Gesicht mache.

Meine kurze Zusammenfassung geht auch ihm an die Nieren. Fassungslos schüttelt er den Kopf. »Was läuft nur in so einem kranken Hirn ab?«

Wir heben unsere Gläser und trinken auf Babette. Auf die Frau, die wir völlig falsch eingeschätzt haben.

»Sie hat das Herz am rechten Fleck«, lobe ich ihren Einsatz und nehme mir vor, sie gleich nach unserer Rückkehr zu besuchen.

MUTTERERSATZ

BABETTE

Sobald Patrick und Trixi abends mit ihrer Mutter telefoniert haben und sie ihnen eine Gutenachtgeschichte erzählt hat, bringe ich die beiden ins Bett. Ich habe ihnen mein Schlafzimmer überlassen und nächtige im Wohnzimmer auf der Sofalandschaft. Es dauert gewöhnlich keine zehn Minuten, dann bin auch ich eingeschlafen. Die beiden halten mich ganz schön auf Trab. Aber ich kann nicht leugnen, dass es ein verdammt gutes Gefühl ist, sich um die Zwillinge zu kümmern. Es sind entzückende Kinder, die es nicht verdient haben, in ihrem zarten Alter schon solche Erfahrungen machen zu müssen. Ich weiß, dass ihnen ihre Mama fehlt. Dennoch glaube ich, dass sie sich bei mir wohlfühlen.

Gerade lege ich mir die Decke über die Beine und denke an das verpasste Hochzeitsfest, als ich Schritte auf der Treppe vernehme.

Es ist Patrick, der sich zu mir nach unten schleicht. »Babette, können wir vor Schulbeginn zu uns nach Hause fahren?«, fragt er scheu. »Ich brauche meinen Turnbeutel und der liegt in unserem Zimmer.«

»Kein Problem, kleiner Mann«, antworte ich mit einem Augenzwinkern. »Das erledigen wir morgen, aber nun wird geschlafen. Es ist schon spät.«

Ohne Widerspruch verzieht er sich nach oben. Er muss gerade zu seiner Schwester ins Bett gehüpft sein, als grelles Scheinwerferlicht den Flur erhellt.

Ich schrecke panisch auf und laufe zur Haustür. Mit dem Handy in der Hand luge ich durch das Dielenfenster. Sollte Ulf Suhrbier wieder auf freiem Fuß sein und hier aufschlagen, werde ich sofort den Notruf verständigen.

Sekunden später erkenne ich Franks hellen Transporter. Ich stöhne auf. *Der hat mir gerade noch gefehlt.* Noch bevor er klingeln kann, reiße ich die Haustür auf.

Recht forsch fahre ich ihn an. »Was willst du so spät?«

»Das ist ja eine nette Begrüßung nach all den Tagen«, beschwert er sich und kommt näher. »Ich bin gerade von Sylt zurück. Weil ich dich telefonisch nicht erreichen konnte, wollte ich dir einen Besuch abstatten. Sieh nur! Ich habe dir Räucherfisch von der Insel mitgebracht. Und Sekt habe ich auch dabei.«

»Sprich nicht so laut«, fordere ich ihn mit gesenkter Stimme auf, ohne einen Schritt zur Seite zu gehen, »du weckst noch die Kinder auf.«

Das hätte ich besser nicht gesagt, denn nun habe ich seine Neugierde entfacht.

»Von welchen *Kindern* sprichst du?«

»Danas Zwillinge sind bei mir«, erkläre ich ungeduldig.

Sein Körper versteift sich. »Sag nicht, es hat wieder Ärger gegeben.«

Noch immer versperre ich ihm den Zugang ins Haus. »Doch, und zwar gewaltigen! Aber das ist eine lange Geschichte. Ich bin jetzt wirklich nicht in der Stimmung, dir ausführlich davon zu berichten. Es ist schon spät. Lass uns irgendwann mal telefonieren. Ich melde mich bei dir.«

Gerade bin ich mir sicher, ihn erfolgreich abgewimmelt zu haben, als ich Patrick hinter mir rufen höre. »Steh auf, Trixi, und komm runter. Frank ist da.«

Ich bin so verdutzt, dass ich wie angewurzelt stehen bleibe, als das Trappeln kleiner Füße erklingt. Sekunden später schlängeln sich die Kinder an mir vorbei und begrüßen Frank stürmisch. Die Chance, ihn loszuwerden, ist dahin.

»Hast du dein Computerspiel mitgebracht?«, ruft Patrick. »Ich meine das Game mit den Nüssen.«

»Wir wohnen jetzt hier«, schiebt Trixi den Bruder zur Seite und strahlt meinen ungebetenen Besucher mit großen Augen an.

»Nur so lange, bis Mama wieder gesund ist«, verbessert ihr Bruder sie.

Frank geht vor den Kids in die Knie. »Eure Mama ist krank?«

Ich gebe auf. Obwohl es mir widerstrebt, bitte ich ihn herein und biete ihm einen Platz in der Küche an.

»Du siehst müde aus, mein Engel«, bemerkt er und legt seine Mitbringsel auf die Arbeitsplatte.

»Deshalb wollte ich ja gerade ins Bett gehen«, knurre ich. Obwohl es mich überhaupt nicht interessiert, frage ich, ob er seinen Auftrag in Nordfriesland schon erledigt habe. Viel lieber würde ich sagen, dass es zwischen uns aus ist, nachdem mir klar geworden ist, dass er meinen kostbaren Ring gestohlen hat. *Behalte ihn, aber versprich mir, mich nie wieder aufzusuchen*, liegt mir auf der Zunge, doch er kommt mir zuvor.

»Ich habe durchgearbeitet, um schnell wieder bei dir zu sein. Du hast mir unbeschreiblich gefehlt, Babettchen.«

Babettchen? Geht's noch? Mein Bettchen kannst du dir abschminken, du Dieb!

Ich spüre seine Hand, die wie selbstverständlich über meinen Rücken wandert. Als seine Finger die Mitte meiner Wirbelsäule erreichen, erhebe ich mich und fordere Patrick und Trixi auf, sich wieder hinzulegen.

Sie schütteln trotzig die Köpfe und bestehen darauf, dass Frank sie ins Bett bringt und zudeckt.

»Das mache ich doch gern«, erwidert er und scheucht die beiden die Treppe hinauf ins Obergeschoss in das Zimmer, in dem wir einige Male unbändigen Spaß hatten.

Lautes Kinderlachen tönt nach unten. Ich gebe zu, Frank hat es drauf, die Kleinen aufzuheitern.

Mit welchem Trick es ihm gelungen ist, dass die beiden schon nach zehn Minuten fest schlafen, verrät er mir im Wohnzimmer. »Ich habe ihnen versprochen, dass wir morgen im Wald eine Schatzsuche machen.«

So, hat er das? Das nenne ich mal übergriffig.

»Aber nun verrate mir endlich, was passiert ist. Wieso ist Dana im Krankenhaus?«

Ich schaffe es, ihm die Ereignisse in fünf Sätzen zusammenzufassen.

»Der Paketbote hat dir geholfen? Warum hast du mich nicht angerufen? Ich wäre doch sofort gekommen.«

Empört verschränke ich die Arme.

Der Paketbote heißt Moritz und ist auch kein einfacher Paketbote, sondern studierter Architekt. Er ist gebildet und hat Stil, was man von dir nicht behaupten kann.

»Es gefällt mir gar nicht, dass du dich erneut in Gefahr begibst«, fährt Frank bekümmert fort. »Was ist, wenn dieser Irre aus der Untersuchungshaft entlassen wird? Er wird bestimmt sofort bei dir auftauchen. Nachdem er es dir zu verdanken hat, dass er hopsgenommen wurde, wird er sich sicherlich nicht damit zufriedengeben, nur deinen Wagen zu demolieren.«

Ich atme tief durch. »Das wird so schnell nicht passieren.«

»Trotzdem. Es ist gut, dass ich wieder da bin. Ich werde ab sofort auf dich aufpassen.«

Nun ist der Zeitpunkt gekommen, um ihm zu erklären, dass ich keinen Aufpasser brauche. »Es wäre mir lieb, wenn du jetzt gehen würdest. Ich bin müde und möchte gern schlafen.«

Verwundert starrt er mich an. »Du schickst mich weg?«

Ohne den Hauch eines schlechten Gewissens wiederhole ich meinen Wunsch. »Ja, ich bitte dich, jetzt zu gehen.«

Beleidigt schaut er auf die Uhr. »Dann hoffe ich mal, dass meine Mutter zu Hause ist und mich reinlässt. Wenn nicht, könnte ich auch in der Werkstatt schlafen.«

Hab ich das richtig verstanden? Dieser erwachsene Mann wohnt noch immer bei seiner Mutter? Das ist doch nicht normal.

Ich verzichte auf Nachfragen und begleite ihn zur Tür.

Noch im Flur zückt er sein Handy. »Hey, Mami, bist du noch wach? – Das ist gut. Ich bin in zehn Minuten da.«

Er nennt seine Mutter *Mami*? Wie bizarr!

Frank beugt sich vor, um mich zum Abschied zu küssen, aber ich drehe mich abrupt um und laufe in die Küche.

»Warte!«, rufe ich ihm zu, schnappe mir die Tüte, die er mitgebracht hat, und drücke sie ihm in den Arm.

»Trink den Sekt und iss den Fisch mit deiner *Mami*.«

Er kann meinen konsternierten Gesichtsausdruck nicht sehen, denn ich habe die Tür bereits mit einem lauten Knall vor seiner Nase zugeworfen.

Erleichtert, das Muttersöhnchen doch noch losgeworden zu sein, knipse ich das Licht aus und lege mich aufs Sofa.

ALTWEIBERSOMMER

LORE

Als ich am Morgen die Augen aufschlage, fühle ich mich wie gerädert. Ich strecke meinen Arm aus, um nach Hubert zu greifen und ihn zu fragen, wie spät es ist, aber seine Betthälfte ist leer.

Unter lautem Stöhnen quäle ich mich aus den Federn, schlüpfe in meine kuscheligen Schlappen und schlurfe in den Flur.

»Mein Rücken bringt mich um«, jammere ich und drücke mir die Hand ins schmerzende Kreuz, als mir plötzlich eine Duftwolke von frisch gebrühtem Kaffee in die Nase steigt.

Hubert hat nicht wie in den vergangenen Tagen den Tisch in der Küche, sondern im Wohnzimmer vor dem großen Panoramafenster gedeckt. Von diesem Platz aus hat man freien Blick auf den See.

»Gut geschlafen?«, erkundigt er sich und lächelt mich an.

Ich nicke und genieße die spektakuläre Aussicht. »Seit wann bist du schon auf?«

»Seit halb sieben.«

Bevor ich ihn frage, warum er nach all den anstrengenden Tagen, an denen wir die Hochzeitsfeier vorbereitet haben, nicht ausschläft, klage ich über den stechenden Schmerz in meinem

Rückgrat. »Bist du gar nicht kaputt? Mir tut jeder einzelne Knochen weh.«

Mitleidig streicht er über meinen Arm. »Aber es hat sich doch gelohnt, oder? Es war ein rundum schönes Fest.«

»Ich lobe dich nicht gern, aber in diesem Fall gebührt dir meine volle Anerkennung. Du bist ein genialer Wedding Planner und hast in der Kürze der Zeit eine grandiose Traumhochzeit zustande gebracht.«

»Nicht ich«, widerspricht er. »*Wir* haben das geschafft. Und ich weiß auch, warum.«

Ich habe keine Ahnung, worauf er hinauswill, und schaue ihn ratlos an.

»Weil wir noch immer ein unschlagbares Team sind. Wir sollten das als bestandene Feuerprobe verbuchen und künftig …«

Ich lache laut auf und falle ihm ins Wort. »Du meinst, wir sollten künftig alle großen Familienfeste zusammen ausrichten? Meinetwegen. Ich bin dabei. Wenn wir Urgroßeltern werden, wäre das ein passender Anlass, unser Können erneut unter Beweis zu stellen.«

»So lange will ich nicht warten. Bitte, Lore, mach es mir nicht so schwer. Du weißt doch genau, was ich dir sagen will.«

Ich stelle mich ahnungslos. So einfach werde ich es ihm nicht machen, denn ich will, dass er die Worte ausspricht, die ich seit Jahrzehnten nicht mehr aus dem Mund eines Mannes gehört habe. Herausfordernd verschränke ich die Arme. »Du musst schon deutlicher werden, Hubert.«

Nach all der Zeit beherrscht mein Ex noch immer diesen Augenaufschlag, der früher dafür verantwortlich war, dass ich ihm viel zu oft nachgegeben habe.

»Bleib!«, bittet er mich sanft. »Kehre nicht mit Stine und Simon zurück.«

Ich starte einen neuen Versuch, um ihm den ersehnten Liebesschwur zu entlocken. »Warum sollte ich das tun?«

»Weil …«, beginnt er zögerlich. »Weil es doch prima mit uns geklappt hat. Wir haben in der letzten Woche nur ein einziges Mal miteinander gestritten. Und das auch nur, weil wir unter enormem Stress gestanden haben.« Seine Erklärung mündet in einen Redeschwall. »Ich würde dir so gern die Gegend zeigen. Schau doch mal raus. Das Wetter ist herrlich. Jetzt beginnt die Nachsaison. Dann ist es nicht mehr so heiß und auch nicht mehr so überfüllt wie in den Schulferien. Wenn du zustimmst, werde ich dich nach Strich und Faden verwöhnen. Gib dir einen Ruck, Lore, und sag *Ja*.«

Das war zwar nicht das, was ich hören wollte, allerdings reizt mich die Aussicht, von ihm verwöhnt zu werden, schon ein wenig. Trotzdem winke ich ab.

»Wie soll das gehen? Ich habe gar nicht genügend Klamotten dabei.«

»Du könntest Stine bitten, dir Sachen zu schicken.«

Völlig unerwartet reicht er mir einen Block und einen Stift. »Notiere die Dinge, die du unbedingt brauchst. Wenn wir das Brautpaar später verabschieden, gibst du ihr den Zettel.«

Seine Hartnäckigkeit amüsiert mich. Dennoch lasse ich ihn zappeln. »Ich denke darüber nach«, verspreche ich und verziehe mich ins Bad, um mich herzurichten.

Unter der Dusche schließe ich die Augen und lasse meinen verspannten Rücken von einem harten Wasserstrahl massieren. Dass ich Hubert jemals verzeihen könnte und mich nach zwanzig Jahren mit ihm versöhnen würde, hätte ich niemals für möglich gehalten. Ich gebe es nicht gerne zu, aber er hat recht. Statt nachtragend zu sein und bis zum Lebensende einen Groll gegen ihn zu hegen, sollten wir die Zeit, die uns noch bleibt, lieber in vollen Zügen genießen.

Gerade bürste ich meine Haare, als er an die Tür klopft und fragt, was er für mich zum Frühstück zubereiten soll.

»Möchtest du ein Omelett oder lieber ein gekochtes Ei?«

»Gekocht. Viereinhalb Minuten«, rufe ich zurück.

»Selbstverständlich viereinhalb Minuten. Ich weiß doch, wie du es magst.«

Mein Spiegelbild grinst mich an. Bevor ich einen Wangenkrampf bekomme, forsche ich in meinem Kulturbeutel nach dem Deodorant.

Na super, die Dose ist leer. Da ich nicht ohne Antitranspirant das Badezimmer verlassen will, öffne ich den Schrank über dem Waschbecken, um nach Huberts Deo Ausschau zu halten.

Was ist denn das?

Ich war darauf gefasst, eine Menge Medikamente vorzufinden, stattdessen entdecke ich zahlreiche Kosmetiktiegel. Ich lese: porenverfeinernde Anti-Age-Creme für den Tag, regenerierende Nachtcreme, Serum gegen Augenringe und Tränensäcke, Lifting-Konzentrat und eine aufpolsternde Feuchtigkeitsmaske.

Verblüfft stelle ich fest, dass mein Ex mehr Hautpflegeprodukte besitzt als Stine und ich zusammen. Ich stehe kurz davor, mich schlapp zu lachen. Mit der Absicht, ihn mit meiner Entdeckung aufzuziehen, verlasse ich das Bad.

»Wann bist du denn zum Beauty-Junkie mutiert?«, frotzele ich.

Seinen ahnungslosen Blick beantworte ich sofort. »Ich rede von den zahlreichen Kosmetikartikeln, die in deinem Schrank stehen. Glaubst du wirklich, dass du damit deine Falten ausbügeln kannst?«

Hubert reagiert verlegen. »Um dir zu gefallen, wollte ich nichts unversucht lassen.«

Um mir zu gefallen? Meine Güte, Hubi hat es immer noch drauf, mich zu verblüffen.

»Das ist rausgeschmissenes Geld. Steh doch zu deinem Alter! Ich tue es auch.«

»Du hast gut reden. Schließlich hast du keine Verschönerung nötig. Du bist immer noch unverändert attraktiv. Genau wie damals.«

»Ha!«, platzt es aus mir heraus. »Und du lügst noch genauso unverfroren wie früher.«

Er macht sich gerade. »Ich lüge nicht. Es ist mein voller Ernst.«

Nun bin ich es, die ihm Stift und Block reicht. »Schreib auf! Gleich morgen wirst du einen Termin beim Augenarzt vereinbaren.«

Hubert schüttelt grinsend den Kopf. »Ich liebe deinen Humor, Lore Sandmann.«

Ich fasse mal zusammen: Er findet mich noch immer ansehnlich und er schätzt meine Art. Das ist zwar kein *Ich liebe dich*, aber es ist besser als nichts.

Die volle Wahrheit

Franziska

Es versteht sich von selbst, dass ich kein Streitgespräch im Beisein meines Sohnes anzettele. Weil die Hochzeitsfeier meiner besten Freundin nicht der geeignete Ort war, um Lukas auf den Zahn zu fühlen, habe ich mich bisher zurückgehalten. Aber jetzt, da wir das Frühstück beendet haben und Janosch mit Moritz zum Ufer aufbricht, um Enten zu füttern, kann und will ich mich nicht länger beherrschen.

»Was ist nur los mit dir?«, frage ich Lukas. »Weshalb ziehst du seit gestern so ein Gesicht? Wieso hast du nicht mit uns gefeiert? Es war so ein schönes Fest.«

»Es reicht doch völlig, dass du dich amüsiert hast«, kontert er, steht auf und verlässt ohne mich den Frühstücksraum. Obwohl ich meinen Kaffee noch nicht ausgetrunken habe, folge ich ihm.

Während wir beide in der Hotellobby auf den Lift warten, unternehme ich einen zweiten Versuch. »Schatz, was hast du?«

Die Fahrstuhltür öffnet sich und wir treten ein.

Erst als wir in der zweiten Etage angekommen sind, bricht er sein Schweigen. »Das fragst du mich allen Ernstes?«, poltert er los.

»Ja, denn ich habe keine Ahnung, weshalb du dich so distanziert verhältst.«

Lukas durchbohrt mich mit seinem Blick, »Dann helfe ich dir auf die Sprünge und sage nur: Darius!«

Es geht um seinen ehemaligen Mitarbeiter, den ich letzte Woche vor die Tür gesetzt habe. Augenblicklich bildet sich ein Knoten in meinem Magen.

»Als Geschäftsführer habe ich doch wohl ein Recht darauf, den wahren Grund zu erfahren.«

Lukas fordert die Wahrheit von mir? Etwa die volle Wahrheit? Das funktioniert nicht! Besser, ich schalte auf Angriff um. Angriff ist noch immer die beste Verteidigung.

»Wirfst du mir etwa vor, dass ich ihn ohne deine Zustimmung gefeuert habe? Sorry«, fahre ich betont beleidigt fort. »Ich dachte, ich würde in deinem Sinne handeln. Du hättest dir so ein ungebührliches Verhalten gewiss nicht bieten lassen. Aber ich verstehe, künftig halte ich mich aus Personalangelegenheiten raus.«

Lukas' Blick spricht Bände. Ich befürchte, dass er mir die Show nicht abgekauft hat. Doch was er tatsächlich vermutet oder sogar weiß, entzieht sich meiner Kenntnis.

Mit einem mulmigen Gefühl betrete ich das Zimmer und fange an, unseren Koffer zu packen.

Lukas sitzt seelenruhig im Sessel und schaut mir dabei zu.

In diesem Moment fallen die Worte, vor denen ich mich tagelang gefürchtet habe. »Du nennst das Dealen mit Drogen ein ungebührliches Verhalten?«

Ich zucke vor Schreck zusammen. Lukas ist im Bilde. Mit meiner Lüge, dass ich den Barmixer entlassen habe, weil er sich den Kunden gegenüber schnippisch benommen habe, bin ich offensichtlich haushoch aufgeflogen. Aber wie konnte Lukas es herausfinden? Gut, er hat die Aufnahmen der Videoüberwachung gesehen, doch was in der Bar gesprochen wurde, konnte er nicht hören. Ich war mir sicher, ich wäre mit meiner Geschichte durchgekommen. Allerdings kommt es jetzt noch viel schlimmer, als ich angenommen hatte.

»Wer ist Antonio?«, fragt er kühl. »Woher kennst du Darius' Lieferanten?«

Mein Herz hat für einen Moment lang aufgehört zu schlagen. Dennoch sagt mir mein Verstand, dass Lukas mit Darius gesprochen haben muss. Nur er kann ihm erzählt haben, dass das Koks von meinem verhassten Ex stammt.

»Ich habe dich nie gedrängt, Franziska, und dir stets die Entscheidung überlassen, wann du mir von deiner Vergangenheit berichten willst. Aber bei Kokain hört der Spaß auf! Ich will wissen, was du mit dieser Sache zu tun hast.«

Ein dicker Kloß in meinem Hals verhindert, dass ich ihm antworten kann. Ich bringe keinen Ton heraus, stattdessen kullern die ersten Tränen.

»Wer ist dieser Typ?«, hakt er nach. »Welche Rolle spielt er in deinem Leben?«

Ich schüttle verzweifelt den Kopf und bringe nur Jammerlaute hervor. »Gar keine Rolle«, schniefe ich.

»Aber du kennst ihn. Darius hat behauptet, dass du mit diesem Kerl unter einer Decke steckst.«

»Das stimmt nicht!«, rufe ich aus und schlage entsetzt die Hände vors Gesicht.

»Sag mir endlich die Wahrheit!«, fordert er mich auf. Noch nie zuvor hat Lukas in diesem strengen Ton zu mir gesprochen.

So, wie es aussieht, gibt es kein Entrinnen mehr. Ich begreife, dass ich ihm nicht länger etwas vormachen kann. Meinen ganzen Mut zusammennehmend stottere ich: »Er ist Janoschs Vater. Ich hatte seit meiner Verhaftung keinen Kontakt mehr zu ihm. Erst vor einigen Wochen tauchte er plötzlich in der Bar auf.«

Lukas schaut mich mit weit aufgerissenen Augen an. »Warum erfahre ich das erst jetzt? Was will er von dir?« Nicht nur sein Blick, auch sein Ton ändert sich schlagartig. Fast ängstlich murmelt er: »Er will euch zurück, stimmt's?«

Weinend verneine ich. »Ihm geht es nur um Geld. Um viel Geld. Er fordert es von mir, weil ich ihn damals verpfiffen habe.«

Mein Körper zittert so sehr, dass ich mich an der Wand abstützen muss, um nicht umzufallen.

Lukas überlegt kurz, dann fällt bei ihm der Groschen. »Dann war er es, der dich überfallen hat?«

Ich nicke und schaue beschämt zu Boden. »Es tut mir so leid.«

Sein lauter Seufzer tönt durch den Raum. »Warum hast du es mir nicht sofort erzählt?«

»Ich hatte gehofft, er würde mich in Ruhe lassen, nachdem ich ihm mit der Polizei gedroht habe. Dass Darius sein Komplize ist, habe ich wirklich nicht gewusst.«

Ich flehe Lukas an, mir zu glauben, und bitte ihn, mir zu verzeihen. Hoch und heilig verspreche ich, nie wieder Geheimnisse vor ihm zu haben, als es an der Tür klopft.

Moritz und Janosch sind zurück.

»Wir reden zu Hause weiter«, bestimmt Lukas, greift nach dem Koffer und verlässt wortlos den Raum.

Ich rechne fest damit, nun von Moritz ins Verhör genommen zu werden, aber er besitzt Taktgefühl und spricht mich weder auf meine verheulten Augen noch auf Lukas' bühnenreifen Abgang an.

Heiligenschein

Babette

Die Enttäuschung steht den Kindern ins Gesicht geschrieben, als sie am Morgen von mir erfahren, dass die Schatzsuche ausfällt.

»Aber Frank hat es uns fest versprochen«, regt sich Trixi auf. Was das angeht, sind sich die Geschwister ausnahmsweise mal einig, denn ihr Bruder stimmt ihr sofort zu.

»Frank muss arbeiten«, rede ich mich heraus und überlege, welche Alternative ich präsentieren kann, damit die Stimmung nicht kippt. »Wir könnten einen Kuchen backen und ihn später eurer Mama ins Krankenhaus bringen«, schlage ich vor. Doch mein Angebot löst keine Euphorie aus.

»Niemand arbeitet am Sonntag«, scheißt Patrick klug.

»Natürlich wird auch sonntags gearbeitet«, widerspreche ich. »Glaubst du etwa, die Ärzte und Krankenschwestern, die sich um eure Mama kümmern, hätten heute frei? Und nicht nur die Leute im Spital haben am Wochenende Dienst, auch Taxi- und Busfahrer fahren am Wochenende.«

»Dann werde ich bestimmt kein Busfahrer, wenn ich groß bin«, lässt Suhrbier junior verlauten.

Grinsend hake ich nach. »Was willst du denn später werden?«

Seine Antwort lässt nicht lange auf sich warten. »Ich werde Maler, genau wie Frank.«

Schon wieder fällt sein Name. Wieso haben die Kinder bloß so einen Narren an ihm gefressen? Ich bekomme bei dem Gedanken an ihn augenblicklich Sodbrennen. Hinter vorgehaltener Hand stoße ich auf.

»Schulz«, ruft Patrick aus und macht eine Handbewegung, die ich nicht deuten kann. Überhaupt begreife ich den Ausdruck *Schulz* nicht.

»Was bedeutet das?«, frage ich irritiert nach.

»Das sagt mein Papa immer, wenn er rülpst. Dann müssen wir sofort lachen.«

Als die Rede auf ihren Vater kommt, neigt Trixi verängstigt den Kopf und fixiert den Toast, der vor ihr auf dem Teller liegt. »Ich will nicht, dass Papa wiederkommt«, wimmert sie leise.

»Das wird er nicht«, beruhige ich sie und streiche mit der Hand sanft über ihren Arm.

»Aber Kinder brauchen einen Vater. Das hat Papa immer gesagt.« Patrick sieht mich ratlos an.

Der Kummer in seiner Miene zerreißt mir fast das Herz. Trotzdem lächle ich ihn beruhigend an. »Ich bin auch ohne Vater aufgewachsen und es hat mir nicht geschadet.«

Plötzlich starren mich zwei Augenpaare ungläubig an.

»Hast du keine Eltern?«, fragt Trixi erstaunt.

Ich schüttle den Kopf. »Meine Mutter ist schon vor Jahren gestorben und meinen Vater kenne ich gar nicht.«

Natürlich ahne ich, dass die Kinder gern mehr über meine Familiengeschichte erfahren möchten, dennoch lasse ich sie im Ungewissen. Ihnen von meiner jüngeren Schwester zu erzählen, die meine einzige lebende Angehörige ist, bringe ich einfach nicht fertig. Der Gedanke an sie lässt sofort den Schmerz wieder aufkeimen und erinnert mich daran, dass ich mich dringend mal wieder in Berlin sehen lassen sollte.

Zu meiner Erleichterung wechselt Patrick das Thema und wiederholt seine Bitte, die er bereits gestern an mich gerichtet hat. »Morgen haben wir in der ersten Stunde Turnen. Können wir bitte nach Hause fahren und die Sportsachen holen?«

»Abgemacht«, stimme ich zu und schicke die Kinder mit der Aufgabe ins Bad, sich die Zähne zu putzen.

Eine Stunde später betreten wir das Mietshaus. Bevor ich die Wohnungstür aufschließe, sehe ich im Briefkasten nach, ob Post für Dana gekommen ist. Oh ja. Gleich nachdem ich die Klappe geöffnet habe, fällt mir ein Stapel Umschläge entgegen. Es handelt sich um Rechnungen von den Energieversorgern, Briefe von der Hausverwaltung, um haufenweise Werbung und um ein Schreiben von der Krankenkasse, das mein Interesse weckt.

Ich lege alles auf den Küchentisch, mit Ausnahme des Briefes von der Krankenversicherung. Den stecke ich in meine Handtasche, um ihn der Empfängerin später persönlich zu übergeben.

Patrick stürmt aus dem Kinderzimmer und ruft, dass er fertig sei.

»Was ist das?«, frage ich ungläubig, als er mit einer zerknitterten Plastiktüte vom Discounter vor mir steht.

»Darin sind meine Turnschuhe, ein T-Shirt und die Shorts.«

Ich nehme ihm die Tasche aus der Hand: »Das soll dein Turnbeutel sein?«

Er nickt. Dabei nehmen seine Wangen eine leichte Röte an.

»Das geht gar nicht!«, entrüste ich mich lauter als beabsichtigt. »Noch heute werde ich euch anständige Beutel nähen.«

»So was kannst du?«, staunt Patrick, während seine Schwester schüchtern die Hand hebt.

»Darf ich dir dabei helfen?«, bietet sie an.

29

»Und ob!« Ich lege eine Hand auf ihre zarte Schulter. »Wir beide werden die coolsten Sportbeutel nähen, die die Welt je gesehen hat.«

Ihre Augen werden kugelrund. »Ich bekomme auch einen?«

»Aber natürlich!«

Mal wieder ist es mir gelungen, die Kleine glücklich zu machen. Dankbar greift sie nach meiner Hand. »Du bist so lieb, Babette. Warum kannst du nicht meine Mama sein?«

Ich fühle mich geschmeichelt. Trotzdem suche ich nach einer passenden Formulierung, um ihr zu erklären, dass das nicht möglich ist.

»Wenn ich deine Mutter sein soll, wäre deine Mama ganz traurig, denn sie hat dich unbeschreiblich lieb. Außerdem bist du ihr Sonnenschein. Nie im Leben würde sie dich hergeben.«

Trixi presst die Lippen aufeinander und nickt stumm.

»Hör zu, kleine Maus. Ich mag dich auch sehr. Was hältst du davon, wenn wir beide beste Freundinnen werden? Das ist doch auch was, oder?«

Um das Gefühl zu beschreiben, das ich empfinde, als sie ihre dünnen Arme fest um meinen Hals schlingt, gibt es keine passenden Worte.

»Weinst du, Babette?« Patrick beäugt uns kritisch.

»Nur ein bisschen«, gebe ich zu, breite meine Arme aus und lade ihn ein, sich ebenfalls von mir drücken zu lassen.

Ich genieße diesen kurzen Glücksmoment, der viel zu schnell vorbei ist. Ob Dana eine Ahnung hat, wie sehr ich sie um ihre Zwillinge beneide?

Mutter zu sein ist ein Geschenk, das mir nicht vergönnt war. Ich hätte mich Justus' Wunsch nicht beugen sollen. Obwohl er streng dagegen war, eine Familie zu gründen, hätte ich mich durchsetzen müssen. Hätte ich das getan, wäre ich jetzt nicht allein. Hätte … hätte … Fahrradkette.

»So, nun aber los!«, bestimme ich und schiebe die Kinder zur Tür hinaus. »Eure Mama kann es kaum erwarten, euch zu sehen.«

Dana strahlt, als wir die Tür zu ihrem Zweitbettzimmer öffnen. Mir fällt sofort auf, wie gut sie heute aussieht. Richtig Farbe bekommt sie, als sie ihre Kids umarmt.

»Du hast Post von der Krankenkasse«, lasse ich sie wissen und ziehe den Umschlag aus meiner Tasche.

»Mach du auf«, bittet sie und lässt die Rückenlehne des Bettes per Knopfdruck hochfahren.

Ich lese erst stumm, bevor ich den Inhalt des Schreibens laut verkünde. »Die Kur ist bewilligt. Schon am Mittwoch kannst du mit den Kindern für drei Wochen an die Ostsee reisen.«

Dana quietscht vor Freude. »Habt ihr verstanden, Kinder? Wir machen Urlaub. Ganze drei Wochen.«

Patrick ist von der Idee, auf eine Mutter-Kind-Kur zu fahren, nicht begeistert. »Aber wir müssen doch zur Schule«, bemerkt er und zieht ein Gesicht.

»Ihr werdet dort unterrichtet. Mach dir keine Sorgen, sondern freu dich lieber. Auf der Insel Poel ist es wunderschön. Früher habe ich dort oft die Ferien verbracht.«

Danas Begeisterung wirkt nicht ansteckend. Die Kinder zeigen offen, was sie von den Reiseplänen ihrer Mutter halten. Nämlich gar nichts.

»Warum dürfen wir nicht bei dir bleiben, Babette?«, fragt Trixi mich. Sie ist schon wieder den Tränen nahe.

Dana räuspert sich. Noch bevor sie einen Ton von sich geben kann, verspreche ich, sie persönlich auf die Halbinsel zu kutschieren und sie am Wochenende zu besuchen. »Und dort holen wir die ausgefallene Schatzsuche nach. Am Strand nach Schätzen zu suchen, macht ohnehin viel mehr Spaß als im dunklen Wald.«

Mit diesem Vorschlag kann ich sie vorerst überzeugen.

Dana greift nach meiner Hand und zieht mich näher zu sich ans Bett. »Wie kann ich das je wiedergutmachen? Ich hab dir so viel zu verdanken. Ohne dich wäre ich vermutlich …«

»Komm schnell wieder auf die Beine«, unterbreche ich sie mit sanftem Nachdruck. »Nur das zählt. Die Seeluft wird dir Kraft geben und den Kindern helfen, das Erlebte besser zu verarbeiten.«

Bevor Dana mir noch einen Heiligenschein verpasst, ziehe ich mich zurück, um ihr ein bisschen Zeit mit ihren Kindern zu gönnen. In der Kantine bestelle ich mir einen grottenschlechten Kaffee und trinke ihn in Ruhe aus. Dann erst hole ich die Zwillinge ab. Beim Abschied zwinkere ich Dana zu. »Wir haben noch Großes vor. Heute wollen wir nähen.«

Der Klang ihres Lachens erwärmt mein Herz, als die Tür hinter uns zufällt.

Einen passenden Stoff für Trixis Turnbeutel zu finden, ist nicht schwierig. Ich zerschneide die schwere Baumwolldecke, die ich als Bettüberwurf gekauft, aber nie benutzt habe. Mit rotem Garn sticke ich ihren Namen darauf, verziere die Vorderseite mit Herzen und Kleeblättern aus Filz und ziehe eine Kordel durch den oberen Saum. »Fertig«, verkünde ich und ernte pure Entzückung.

»Kein anderes Kind hat so einen schönen Beutel«, lobt sie mich.

»Ich gehe auf gar keinen Fall mit so einen Mädchen-Sack in die Schule«, motzt Patrick. »Lieber nehme ich die Plastiktüte.«

Auf die Frage, was ihm gefallen würde, berichtet er mit hochrotem Kopf von den Modellen seiner Klassenkameraden. »Die haben alle Markensachen.«

Ich könnte ihm einen Vortrag darüber halten, dass dieser Markenwahn völlig unsinnig ist und dass man Stärke zeigt, wenn man sich nicht diesem Druck unterwirft, aber ich fürchte, dass ihn das nicht überzeugen wird.

»Kennst du die *New York Yankees*? Hast du schon mal was von den *Red Sox* gehört?«

Patrick schüttelt den Kopf.

Ich kläre ihn auf. »Das sind berühmte Baseball-Mannschaften in den USA. Mein Mann hat viele Caps der amerikanischen Baseballliga gesammelt. Was hältst du davon, wenn wir die Embleme von den Mützen abtrennen und sie auf deine Tasche applizieren?«

»Appli… was?«

»Ich könnte sie draufnähen!«

Er versteht noch immer nicht, was ich meine. Deshalb bitte ich ihn und seine Schwester, mir in den Keller zu dem Schrank zu folgen, in dem ich noch immer Justus' Sachen aufbewahre.

Ich öffne die Tür des massiven Bauernschranks.

Trixi greift unvermittelt in das mittlere Fach und zieht ein Paar schwarze Bermuda-Shorts heraus. »Die ist aber riesig«, wundert sie sich. »Und da hat dein Mann reingepasst? War der so dick?«

Ich nehme ihr die kurze Hose aus der Hand und halte sie prüfend in die Luft. Erst jetzt bemerke ich, dass sie genauso lang wie breit geschnitten ist. XXXL steht auf dem Größenschild. Das ist keine Hose, das ist ein Zweimannzelt.

Es stimmt schon. Justus war von großer Statur und mit einem enormen Hinterteil ausgestattet. Im Laufe der Jahre hat er stetig an Gewicht zugelegt. Letztendlich hat sich sein Charakter der Figur angepasst. Obwohl es zutrifft, würde ich es in der Öffentlichkeit nie laut sagen, aber Justus Smolka war ein ausgewachsenes Riesenarschloch. *Möge er in der Hölle schmoren.*

Aus dem hintersten Winkel ziehe ich den Karton hervor, der von seinem Besitzer wie ein wertvoller Schatz gehütet wurde. Ich lüfte den Deckel und präsentiere neun ungetragene

Baseball-Caps, die noch mit Preisschildern und Etiketten versehen sind.

Patrick stiert mich mit offenem Mund an. »Und die willst du zerschneiden? Das geht nicht! Die sind doch ganz neu.«

»Ich schenke sie dir. Entscheide du, welche ich nehmen soll.«

Der Kleine kann es kaum fassen und vergewissert sich noch einmal, ob er mich richtig verstanden hat. »Du meinst, dass ich sie alle behalten darf?«

Ich nicke. Gleich darauf schnappt er sich die Kappen und rennt wie der Teufel damit die Treppe hinauf.

Nach einer halben Stunde hat er seine Wahl getroffen und reicht mir schweren Herzens das Cap der *Dodgers*. Nur dieses Logo darf ich auf seinem dunkelblauen Beutel anbringen. Die restlichen Mützen sollen ganz bleiben. Obwohl sie Patrick nicht passen und noch viel zu groß für seinen kleinen Kopf sind, besteht er darauf, sie zu tragen.

Keines der beiden Kids verliert mehr einen Gedanken an die nicht stattgefundene Schatzsuche. Ich allein habe den Sonntag gerettet und zu einem unvergesslichen Erlebnis gemacht.

»Du bist spitze, Babette«, werde ich nun auch von Patrick gelobt.

Ja, ich bin ein Spitzenweib. Eines mit einer fragwürdigen Vergangenheit. Aber die kennt ja zum Glück niemand außer mir.

Nach der Beichte

Franziska

Ich dachte, dass nach meinem nächtlichen Seelenstriptease zwischen Lukas und mir alles geklärt sei. Er hat mich nicht wie befürchtet sofort vor die Tür gesetzt, als ich ihm gestanden habe, dass ich seinerzeit wegen Drogenschmuggels rechtskräftig verurteilt worden sei, sondern mir geglaubt, dass ich niemals vorhatte, mit dem Zeug zu dealen, und der festen Überzeugung war, dass Antonio nur für unseren Eigenbedarf eingekauft habe. Ich konnte es selbst nicht fassen, als ich erfuhr, dass die Polizei mehr als ein Kilo Koks in seiner Garage sichergestellt hatte.

»Ich war unfassbar naiv und bin da so reingerutscht«, gestand ich Lukas unter Tränen.

Seine Miene war entsprechend eisern.

»Ich nehme schon lange nichts mehr«, beteuerte ich und legte ihm die Hand auf die Brust. Sein kräftig und gleichmäßig schlagendes Herz unter meiner Handfläche bestärkte mich in meinem Kampf um ihn. »Nie wieder will ich etwas mit diesem Dreckzeug zu tun haben. Genauso wenig, wie ich meinen Ex wiedersehen will. Ich habe ihn schon einmal an die Polizei verpfiffen und ich werde es wieder tun, wenn du es willst.«

Lukas hat nicht darauf bestanden, dass ich meine Aussage revidiere und Antonio als Täter identifiziere. Er will nur, dass er aus meinem Leben verschwindet. Genau das deckt sich eben-falls mit meinen Wünschen.

Dennoch werde ich das Gefühl nicht los, dass mein Schatz mich seit meiner Beichte mit anderen Augen sieht.

Beim Frühstück ist er ständig meinem Blick ausgewichen. Als ich ihn gefragt habe, ob er den Schichtplan schon erstellt hat, habe ich keine Antwort erhalten.

Gerade zieht er sich im Flur die Jacke an. Bevor er die Wohnung verlässt, frage ich ihn direkt. »Bleibt es dabei, dass ich dich um drei Uhr ablöse?«

Er gibt ein abfälliges Geräusch von sich, das durch seine Nase tönt.

»Heißt das Ja oder Nein?«, frage ich vorsichtig nach.

Nun antwortet er mir doch mit Worten. »Du wirst ohne mich nie wieder in der Bar arbeiten.«

Mir gefriert das Blut in den Adern. »Bitte? Wie soll das gehen? Einer von uns muss sich um Janosch kümmern.«

»Dann besorge einen Betreuungsplatz. Wenn du einen hast, kannst du ja noch mal anfragen!«

So, *kann* ich das? Das ist ja nett. Ich fluche innerlich, während ich mich über seinen überheblichen Ton ärgere.

Ohne Abschiedskuss lässt er mich stehen und knallt die Tür laut hinter sich zu.

Ich gehe zurück in die Küche und lasse mich resigniert auf den Stuhl fallen. Mir ist zum Heulen zumute. Vor vier Tagen konnte ich mein Leben noch mit einem Tanz auf Wolken vergleichen. Ich hatte felsenfest damit gerechnet, dass Lukas am Wochenende beim Anblick des Brautpaares die Chance ergreift und mich fragt, ob auch wir heiraten wollen. Dass er das vorhatte, weiß ich genau. Dafür, dass es nicht so weit gekommen ist, gibt es nur einen Schuldigen: Darius. Hätte er seine dämliche Klappe gehalten, wäre ich jetzt offiziell verlobt.

In meiner Verzweiflung richte ich all meinen Zorn auf unseren ehemaligen Angestellten. Es ist irrational. Aber ich kann nichts dagegen tun. Er soll dafür büßen.

Kurz entschlossen gehe ich ins Wohnzimmer und werfe einen Blick auf den Monitor. Statt mir die Videobilder der Überwachungskamera anzusehen, rufe ich den Ordner mit der Bezeichnung *Personal* auf. Es ist kein Passwort nötig. Schon nach einem Doppelklick öffnet sich die Datei. Ich forsche nach Darius' Anschrift und notiere auf einem Zettel Straße und Hausnummer. Mit der festen Absicht, ihn zur Rede zu stellen, wechsle ich wieder auf *Monitoring*.

In diesem Moment betritt Lukas die Bar. Ich sehe ihm dabei zu, wie er das Licht anknipst, seine Jacke hinter dem Tresen verstaut und Wechselgeld in die Kasse legt. Kurz darauf greift er zum Telefon. Sein Blick verfinstert sich. Ich frage mich, mit wem er spricht, und versuche, von seinen Lippen abzulesen. Leider ohne Erfolg. Was würde ich darum geben, ihn jetzt hören zu können.

Wenig später betritt ein Mann die Bar. Ich bin mir sicher, dass es kein Stammkunde ist. Die beiden reden, aber Lukas macht keine Anstalten, ihm einen Drink zu servieren. Stattdessen nimmt er ein Päckchen entgegen und öffnet es hinter vorgehaltener Hand. Trotz seiner Vorsicht erkenne ich sofort, um was es sich handelt.

Entsetzt schnappe ich nach Luft.

Lukas hat sich eine Pistole besorgt. Um Gottes willen, was hat er vor?

»Bitte, mach keinen Blödsinn, Schatz«, rufe ich aufgebracht.

Mein Aufschrei hat Janosch alarmiert. Er steht im Türrahmen und starrt mich mit großen Augen an. »Aber ich mach doch gar nichts. Ich spiele nur.«

Und wie er gespielt hat! Während ich das Geschehen in der Bar beobachtet habe, hat mein Sohn den gesamten Inhalt seiner Spielzeugkisten auf dem Boden verteilt.

»Um das Chaos kümmern wir uns später. Jetzt ziehen wir dich erst mal an. Wir beide müssen nämlich dringend was erledigen.«

Ich will so schnell wie möglich mit Darius sprechen. Er soll mir sagen, wie ich Kontakt zu Antonio aufnehmen kann. Schließlich ist mir klar, dass mein Ex erst dann Ruhe geben wird, wenn ich meine Schuld beglichen habe.

Auf keinen Fall werde ich zulassen, dass er noch einmal in der Bar auftaucht und es zwischen ihm und Lukas zum Äußersten kommt. Dieser Mistkerl soll das Geld bekommen. Lukas zuliebe bin ich bereit, das Geschenk meines Vaters anzunehmen und mich freizukaufen.

In Windeseile ziehe ich frische Sachen aus dem Schrank.

»Nicht die Hose, die kratzt«, widerspricht Janosch.

Ich habe keine Zeit für Diskussionen und bestehe darauf, dass er sich nicht ziert. Doch er weigert sich strikt stillzuhalten, und zappelt wild herum, woraufhin ich kurz davor bin, die Geduld zu verlieren.

Bevor das passiert, gebe ich nach. »Dann such du eine aus«, raunze ich und bestelle derweil ein Taxi.

Zehn Minuten später steigen wir in den Wagen. »Zur Schönhauser Allee«, weise ich den Fahrer an, während ich meinen Kleinen im Kindersitz anschnalle.

Wir haben erst wenige Meter zurückgelegt, als der Chauffeur nach der Hausnummer fragt.

»36«, antworte ich und streiche mir nervös eine Haarsträhne aus dem Gesicht.

»Alles klar. Es soll also ins Kino gehen. Bestimmt wollen Sie sich *Die Pfefferkörner und der Fluch des schwarzen Königs ansehen*. Meine Tochter ist ganz verrückt nach diesem Film. Sie hat ihn schon zwei Mal geguckt.« Er betrachtet uns im Rückspiegel. »Ist der kleine Mann nicht etwas zu jung für diesen Streifen?«

»Was reden Sie denn?«

»Sorry, es geht mich ja auch nichts an«, entschuldigt sich die Quasselstrippe.

Kurz darauf bremst er und fordert neun Euro zwanzig von mir. Verwundert schaue ich aus dem Seitenfenster. »Das soll Hausnummer 36 sein?«

»Ja, Sie stehen direkt davor.«

Mein Blick wandert die rote Backsteinfassade entlang. Auf dem Areal eines ehemaligen Fabrikgebäudes befindet sich die *Kulturbrauerei*. Hier gibt es tatsächlich ein Kino und gewiss keine Wohnung, wie Darius in seinem Personalbogen angegeben hat.

Dieser Schuft hat eine falsche Adresse genannt. Ich habe keine Ahnung, wo ich ihn in dieser Großstadt suchen soll. Aber ich muss ihn finden, bevor die Situation eskaliert.

Mein Handy klingelt. Es ist mein Schatz, der offensichtlich willens ist, unser Glück mit Waffengewalt zu verteidigen.

Hektisch nehme ich seinen Anruf an.

»Wo bist du?«, fragt er vorwurfsvoll. »Zu Hause auf jeden Fall nicht.«

»Stimmt. Aber wir sind gleich da.«

»Das beantwortet nicht meine Frage. Ich will wissen, wo du steckst! Bist du bei ihm?«

Ich hole tief Luft. »Unsinn! Was denkst du nur?«

»Wieso verlässt du gleich nach mir das Haus? Weshalb darf ich nicht wissen, wo du bist? Ist das etwa deine Offenheit, die du mir versprochen hast?«

Ich komme nicht mehr dazu, etwas zu entgegnen. Er hat bereits aufgelegt.

Mit einem Zwanziger zahle ich die Hin- und Rückfahrt, lehne eine Quittung ab und befreie Janosch aus dem Kindersitz. Mit ihm auf dem Arm renne ich ins Haus, haste die Stufen hinauf und öffne die Wohnungstür.

Ich bin völlig außer Atem, als ich Lukas in der Küche antreffe.

»Du fährst Taxi?«, knurrt er mich an. »Es konnte dir wohl nicht schnell genug gehen, ihn wiederzusehen. War es denn schön?«

Bevor die Situation endgültig eskaliert und mir der Kragen platzt, setze ich Janosch behutsam auf den Boden und schicke ihn in sein Zimmer zum Spielen. Nach einem irritierten Blick auf Lukas schlurft er zum Glück ohne Widerworte davon. Erst als er verschwunden ist, drehe ich mich um und sehe Lukas streng an. »Hör auf, solchen Blödsinn zu reden!«

Er stößt ein kaltes Lachen aus. »Ich soll wohl auch noch dankbar sein, dass eure Treffen nicht in unserer Wohnung stattfinden?«

Ohne Vorwarnung greift er nach meiner Handtasche und reißt sie mir von der Schulter. Vor meinen ungläubigen Augen öffnet er den Reißverschluss und kippt den Inhalt auf den Boden.

Jetzt reicht's! Ich schließe vorsorglich die Küchentür. Dann erhebe auch ich meine Stimme. »Bist du verrückt geworden? Wie benimmst du dich denn?«

»Ich überprüfe lediglich, ob du wieder als Drogenkurier tätig bist.«

»Du bist ein Idiot«, schimpfe ich, gehe auf die Knie und sammle die Geldbörse, das Päckchen Feuchttücher, das ich immer für Janosch bei mir trage, meinen Lipgloss und den kleinen Handspiegel vom Boden auf.

Ich kann nicht fassen, was er mir vorwirft.

»Ja, ich bin ein Idiot, Franziska, denn ich habe dir vertraut. Aber ich war noch keine halbe Stunde fort, da hast du Kontakt zu deinen Dealerfreunden aufgenommen. Streite es nicht ab! Ich habe gesehen, dass du im Computer nach Darius' Adresse gesucht hast.«

»Ja, das habe ich. Aber bestimmt nicht aus dem Grund, den du mir gerade unterstellst!«, empöre ich mich.

Die Tür öffnet sich einen Spalt. Janosch lugt verstohlen zu uns rüber.

Augenblicklich ändere ich meinen Ton. »Warum bist du nicht in der Bar?«, frage ich Lukas so neutral, wie es mir in diesem Moment möglich ist.

Auch er antwortet betont leise, was nur Janoschs Anwesenheit zu verdanken ist. »Ich bin gekommen, um euch mitzuteilen, dass wir einen Platz im Kindergarten bekommen können. Die Betreiberin der *Zwergenschule* ist ein Stammgast in der Bar. Du hast sie sicher schon gesehen. Sie war heute Morgen da, und nachdem wir miteinander ins Gespräch gekommen sind, hat sie mir zugesagt, Janosch in zwei Wochen bei sich aufzunehmen.«

Ein Kitaplatz? So schnell? Weil ich ihn völlig fassungslos anstarre, zuckt er mit den Schultern. »Sie mag meine Smoothies.«

Ich schüttle ungläubig den Kopf. Dann fällt mir etwas ein. »Das ist eine private Einrichtung. Die kostet ein Vermögen.«

»Schön zu sehen, wie du dich freust«, pampt er mich nun doch wieder an.

Obwohl es in mir brodelt, lenke ich ein. »Das sind tolle Nachrichten, Schatz.«

Ich gehe einen Schritt auf ihn zu und lege demonstrativ meine Hände um sein Gesicht. Ich will ihn küssen, um Janosch zu zeigen, dass hier alles in Ordnung ist.

Aber Lukas sperrt sich und weicht entschieden zurück.

»Ich muss jetzt los. Wir reden heute Abend weiter.« Ich bekomme einen eiskalten Blick, Janosch ein flüchtiges Küsschen auf die Wange.

Dann klappt die Haustür zu.

Aufschneider

Babette

Gleich nach dem Klingelton stürmen unzählige Kinder aus dem Schulgebäude. Die Großen haben es eilig und laufen zur Bushaltestelle. Ich warte bereits einige Minuten, bis Trixi und Patrick als Letzte aus der Tür treten. Sie sind umgeben von gleichaltrigen Mitschülern, die ununterbrochen auf die beiden einreden.

Sie werden doch wohl keinen Ärger haben?

Ich habe schon so oft davon gehört, dass Schüler gemobbt werden. Aber passiert das auch schon bei den Erstklässlern? Statt mir weiter Gedanken über die Verrohung der Gesellschaft zu machen, steige ich aus dem Wagen und winke ihnen zu.

»Da ist sie. Fragt sie doch selbst«, höre ich Patrick rufen.

»Spart euch das. Meine Freundin hat das nur für uns gemacht«, platzt es voller Stolz aus meiner kleinen Prinzessin heraus.

Jetzt fällt bei mir der Groschen. Es geht um die Turnbeutel, mit denen die Zwillinge heute offensichtlich punkten konnten.

»Das soll deine Freundin sein?«, fragt ein Mädchen mit geflochtenen Zöpfen und zeigt mit dem Finger auf mich. »Du spinnst ja. Die Frau ist uralt.«

Die uralte Frau nähert sich der Meute. »Na, wie war euer Schultag?«, will ich wissen.

Das Strahlen in ihren Gesichtern reicht mir als Antwort.

»Steigt ein, ihr zwei. Wir gehen heute in ein Restaurant zum Mittagessen. Ihr dürft bestimmen, wohin.«

Das lassen sich Trixi und Patrick nicht zweimal sagen. Ehe ich mich versehe, krabbeln sie auf den Rücksitz. Auch ich will einsteigen, aber ein Knirps mit frechen Augen versperrt mir den Weg.

»Stimmt es, was Patrick sagt? Sie sind Millionärin?«

Am liebsten würde ich laut loslachen. Der kleine Suhrbier gibt tatsächlich vor seinen Mitschülern mit mir an.

»Er hat nur zum Teil recht. Ich bin Multimillionärin«, kontere ich und öffne grinsend über seinen Kopf hinweg die Wagentür.

»Und Sie sind wirklich die Freundin von Trixi und ihm?«, hakt er nach.

»Wieder falsch! Ich bin die *beste* Freundin von den beiden«, antworte ich zur großen Erleichterung des Großmauls, das sich gerade verschämt die Hände vor sein hochrotes Gesicht hält.

Ich erspare ihm die Peinlichkeit und frage nicht weiter nach. Stattdessen will ich wissen, worauf sie Appetit haben. »Spaghetti? Dann fahren wir zum Italiener.«

Ich ernte simultanes Kopfnicken.

Noch während der Fahrt zum Restaurant klingelt mein Handy. Als ich sehe, dass Frank der Anrufer ist, lasse ich es läuten. Er hat bereits fünfmal versucht, mich zu erreichen, aber ich habe nicht reagiert.

»Warum gehst du nicht ran?«, will Trixi wissen.

»Ist nicht wichtig«, antworte ich und stelle das Telefon aus.

NACHTRÄGLICH

STINE

Wenn jeder Besucher, der heute seit Öffnung meinen Laden
betreten hat, nur zwei Knäuel Wolle erstanden hätte, wäre
dies mein umsatzstärkster Tag gewesen. Aber die Leute sind
nicht gekommen, um Ware zu kaufen, sondern um mir nachträglich zur Vermählung zu gratulieren. Sogar Susan ist mit
ihrer kleinen Tochter da gewesen und hat mir einen üppigen
Blumenstrauß überreicht. Genau wie sie haben sich Vertreter
und Stammkunden mit Bouquets eingefunden. Gegen
Feierabend könnten Außenstehende meinen, das *Café Laine*
wäre kein Handarbeitsgeschäft, sondern ein Blumenladen.

Ich will gerade schließen, als ein Kombi in metallic Grau
vorfährt. Ein Mann im dunklen Anzug steigt aus und nimmt
Kurs auf die Ladentür. Das ist doch …?

Und richtig. Ich habe ihn sofort erkannt. Es ist Werner.
Werner Königstein, stellvertretender Geschäftsführer der
Porzellanmanufaktur Königstein, für die ich vor meinem
Ausscheiden aus der Agentur eine erfolgreiche Werbekampagne
geplant und durchgeführt habe.

Breit grinsend betritt er den Laden. »Stine«, ruft er enthu-
siastisch und kommt mit weit ausgestreckten Armen auf mich

zu. »Ich hoffe, es ist noch erlaubt, dass ich dich umarme. Nun, da ich weiß, dass du verheiratet bist, frage ich lieber vorher.«

»Drück mich ruhig«, lache ich und lasse mich von ihm herzen.

Nach einer nicht enden wollenden Begrüßung verrät er den Grund seines Auftauchens. »Du hast nicht zurückgerufen«, beschwert er sich. »Ich war in der vergangenen Woche schon mal hier, aber das Geschäft war geschlossen.«

Ich grinse. »Da waren mein Mann und ich auf Sardinien auf Hochzeitsreise.«

»Das hat mir eine Anwohnerin erzählt. Herzlichen Glückwunsch nachträglich. Aber nun Butter bei die Fische: Willst du den Auftrag?«

Betreten beiße ich mir auf die Lippe. Obwohl ich die Details noch nicht kenne, würde ich ihm am liebsten antworten: *Nichts lieber als das.* Aber ich kann den Laden nicht so mir nichts, dir nichts aufgeben. Schließlich steckt mein ganzes Geld in diesem Geschäft. Allein der Wert der Wolle entspricht einem kleinen Vermögen. »Die Aufgabe reizt mich schon«, gebe ich kleinlaut zu verstehen. »Es war mir stets ein großes Vergnügen, für euch tätig zu sein.«

»Kommt jetzt der Satz, der mit *Aber* beginnt?«

Ich nicke stumm.

Enttäuscht verzieht er das Gesicht. »Überleg es dir, Stine. Besprich dich mit deinem Mann und gib mir binnen einer Woche Bescheid. Mehr Zeit kann ich dir nicht einräumen. Um dir die Entscheidung leichter zu machen, habe ich einen schriftlichen Vertragsentwurf dabei. Lies ihn und ruf mich an. Ich hoffe sehr, dass du es dir noch einmal überlegst.«

Wortlos legt er eine Mappe auf den Verkaufstresen.

»Durst auf einen Kaffee?«, frage ich, als ich merke, dass er im Begriff ist zu gehen.

Er wirft einen kurzen Blick auf seine Uhr und winkt ab. »Nicht heute. In einer Stunde beginnt der Elternabend. Meine Frau würde mich lynchen, sollte ich mich verspäten.«

»Na dann, viel Spaß«, rufe ich ihm hinterher.

Noch in der Tür dreht er sich um und schneidet eine Grimasse. »Du wünschst mir Spaß? Du hast ja keine Ahnung, was mich erwartet. Zwanzig Eltern werden sich einig sein, was die Klassenreise betrifft. Nur eine Mutter wird strikt dagegen sein und uns mit ihren fadenscheinigen Bedenken zur Weißglut bringen. Ihretwegen werde ich nicht vor Mitternacht ins Bett kommen.«

Schmunzelnd spreche ich ihm mein Mitgefühl aus, bevor er sich auf den Weg macht. Da wird mir plötzlich klar, dass es auch bei mir spät werden könnte.

Simon kommt erst mit der letzten Maschine aus Düsseldorf zurück. Bis wir zu Abend gegessen haben …

Mist. Ich war noch gar nicht einkaufen. Sonst hat Lore sich um das kulinarische Wohl gekümmert. Aber sie ist nicht da. Zum Erstaunen aller hat sie gestern kurz vor dem Abflug verkündet, dass sie vorläufig bei Hubert in Konstanz bleiben wird. Sie und Opa Hubi? Ganz ehrlich, ich glaube nicht, dass es mit ihnen klappt, obwohl ich es mir von Herzen für beide wünschen würde.

Es führt kein Weg daran vorbei. Ich muss zum Supermarkt fahren, um den klinisch reinen Kühlschrank zu füllen.

Konzentriert schreibe ich eine Einkaufsliste, als jemand an das Schaufenster klopft. Es ist Frank, der ohne Blumen, aber dafür mit angesäuerter Miene auf dem Bürgersteig steht und darauf wartet, dass ich ihm öffne.

Da das nichts Gutes bedeuten kann, versuche ich, ihn schnell wieder loszuwerden. »Tut mir leid, Frank. Es ist schon geschlossen und ich bin gerade auf dem Sprung.«

»Ich weiß«, kontert er und schlängelt sich dennoch an mir vorbei. »Wo ist Simon? Wieso cancelt er ohne Begründung den Auftrag für sein neues Büro? Was hat das zu bedeuten?«

»Das solltest du mit ihm besprechen«, antworte ich feige.

»Sag du es mir!«, erwidert er schroff und fährt sich aufgewühlt durch die Haare. »Hat das was mit Babette zu tun? Sie verhält sich mir gegenüber so seltsam. Was ist bloß los? Sie geht überhaupt nicht mehr ans Telefon, wenn ich sie anrufe. Seit ich von Sylt zurück bin, verstehe ich nur noch Bahnhof.«

Ich hatte mir fest vorgenommen, mich nicht einzumischen, doch als ich ihn so aufgebracht vor mir stehen sehe, kann ich mich nicht mehr zurückhalten. Ich hole tief Luft, bevor ich ihm die alles entscheidende Frage stelle. »Hast du ihn genommen?«

»Was soll ich genommen haben?«

»Ihren Ring! Hast du ihn gestohlen?«

Entweder ist er total abgebrüht oder tatsächlich ahnungslos. So unschuldig, wie er mich ansieht, tippe ich auf Letzteres, denn diese Unwissenheit kann kein Mensch schauspielern.

»Ich soll *was* getan haben?«, fragt er entgeistert.

»Babette behauptet, du hättest dir ihren kostbaren Memory-Ring gekrallt.«

»Spinnt sie jetzt völlig? Ich habe das ganze Hotelzimmer nach ihrem Klunker abgesucht. Er war nicht da. Sie muss ihn woanders verloren haben.« Er macht eine Pause. Seine Gesichtszüge fallen nach unten. Sichtlich betroffen fährt er fort. »Glaubt sie tatsächlich, ich würde sie bestehlen?«

Statt ihm zu antworten, zucke ich stumm mit den Achseln. Warum muss ausgerechnet ich dieses unangenehme Gespräch führen? Es war schließlich Simon, der den Auftrag storniert hat. Soll er sich doch Frank erklären.

»Ich fasse es nicht«, seufzt er und schüttelt den Kopf. »Ich liebe diese Frau abgöttisch. Ich würde doch nie auf die Idee kommen, sie zu bestehlen.«

»Du sprichst von Liebe? Ihr kennt euch doch erst seit ein paar Wochen«, entfährt es mir, denn ich kann es überhaupt nicht leiden, wenn jemand das Wort *Liebe* leichtfertig verwendet.

»Es ist viel mehr als nur berauschender Sex«, verteidigt er sich.

Bitte keine weiteren Details.

»Okay«, erwidere ich in der Hoffnung, dass er es bei dieser Aussage belassen wird.

Vor meinen Augen sackt der kräftig gebaute Handwerker in sich zusammen.

»Wie kann sie mir nur so etwas Ungeheuerliches unterstellen?«

Bevor die Unterhaltung in einer Endlosschleife endet, in der er wiederholt beteuert, nichts genommen zu haben, und ich ihm immer wieder sagen muss, dass ich ihm nicht helfen kann, beende ich das Gespräch. »Bitte, sei mir nicht böse, aber ich muss dringend zum Einkaufen, bevor die Läden schließen.«

Gemeinsam verlassen wir das *Café Laine* und gehen zum Parkplatz. An meinem Wagen trennen sich unsere Wege.

»Sie irrt sich, Stine. Babette irrt sich gewaltig«, ruft er mir zu.

Ich steige geschwind ein und starte den Motor.

Frank hat offensichtlich nicht vor abzufahren. Im Rückspiegel beobachte ich, wie er vor seinem Transporter steht und sich sein Handy ans Ohr hält. Es ist keine Fantasie nötig, um zu erahnen, wen er gerade anruft.

SPÄTE GESTÄNDNISSE

FRANZISKA

Um den Kopf freizukriegen, habe ich den gesamten Nachmittag mit Janosch im Park verbracht und bin mit ihm über die Wiesen getollt.

Als wir zurückgekommen sind, war es zu spät für eine Siesta. Deshalb erstaunt es mich nicht, dass er sich schon früh am Abend die Augen reibt.

Nach einem Bad ist er richtig müde. Ich ziehe ihm den Schlafanzug an und bringe ihn ins Bett.

Wie immer setze ich mich auf die Bettkante und lese ihm vor, doch schon nach einer Seite driftet er ins Land der Träume.

Ich schaue auf die Uhr. Jeden Moment sollte Lukas eintreffen. Dann wird unsere Auseinandersetzung in die zweite Runde gehen. Was hat ihn bloß geritten, so mit mir zu sprechen? Der Gipfel der Unverschämtheit war, mir zu unterstellen, ich hätte Koks in meiner Handtasche versteckt.

Doch er ist noch beschäftigt, wie mir die Videoübertragung zeigt.

Selbst wenn er sofort Feierabend machen und abschließen würde, bliebe mir noch genug Zeit, um das Telefonat zu führen, das ich seit heute Vormittag vor mir herschiebe.

Bevor ich wähle, unterdrücke ich die Rufnummer. Mein Vater meldet sich schon nach dem zweiten Klingeln.

»Ich bin es, Franz«, begrüße ich ihn zaghaft.

»Kind!« Er schreit so laut zurück, dass ich befürchte, einen Hörschaden erlitten zu haben. »Wie geht's dir? Was macht Janosch? Ist alles in Ordnung?«

Seine Sorge irritiert mich angesichts der Tatsache, dass er vor nicht allzu langer Zeit noch gedroht hat, mir meinen Sohn wegzunehmen. Bis heute weiß ich nicht, was ihn dazu bewogen hat, seine Meinung zu ändern und mir stattdessen einen Batzen Geld anzubieten. »Ich mache es kurz«, erwidere ich anstelle einer Antwort. »Ich nehme dein großzügiges Angebot an.«

»Das ist gut, Franzi.« Er klingt, als würde er lächeln. »Das ist eine sehr kluge Entscheidung. Damit kannst du den Grundstein für eine sorgenfreie Zukunft legen.«

»Genau darum geht es. Wann und wie bekomme ich das Geld?«

Er bittet mich, einen Moment zu warten. Im Hintergrund höre ich Zora fragen, mit wem er spricht. Kurz darauf ertönt ein Geräusch, das an das Hämmern auf eine Computertastatur erinnert.

»Es ist heute eingegangen. Du kannst jederzeit darüber verfügen«, lässt mein Vater mich wissen.

Ohne zu fragen, um welche Summe es sich handelt, erkläre ich, dass ich Bargeld brauche, und das möglichst schnell.

Entgegen seiner Art fragt er nicht nach, was ich damit vorhabe. Ich bilde mir ein, ein leises Schluchzen wahrzunehmen.

»Papa, bist du noch dran?«

»Aber ja. Ich bin nur gerade so überwältigt. Es tut so gut, deine Stimme zu hören. Wie geht es dir denn nun? Und dem Kleinen?«

»Uns geht es gut. Mach dir keine Sorgen.«

Eine längere Pause entsteht. »Darf ich ihn sprechen?«

Meine Erklärung kommt mir selber vor wie eine dreiste Lüge. »Er schläft schon.«

»Schade«, erwidert er enttäuscht.

Mein Brustkorb krampft sich zusammen. Das Gespräch mit meinem Vater geht mir doch mehr an die Nieren als gedacht. »Wir könnten dich morgen noch einmal anrufen.«

»Wirklich? Das wäre sehr schön.«

Ich räuspere mich angestrengt. »Wann passt es dir? Um welche Uhrzeit bist du gut zu erreichen?«

»Ich werde mich keinen Zentimeter vom Telefon wegbewegen. Egal, wann du dich meldest, ich werde rangehen.«

»Ach, Paps«, murmle ich und spüre, wie sich meine Augen mit Tränen füllen.

»In der letzten Zeit habe ich viel nachgedacht, Franzi. Ich weiß, dass mein Handeln nicht richtig war, obwohl ich es nur gut gemeint habe. Ich wollte immer nur dein Bestes. Du bist mein Kind und ich liebe dich viel mehr, als du annimmst.«

Ich kann nicht glauben, diese Worte aus seinem Mund zu hören. Noch bevor ich einen Weinkrampf bekomme, krächze ich: »Bis morgen, Paps. Ich melde mich. Du kannst dich darauf verlassen.«

Ich lege genau in dem Moment auf, als Lukas die Wohnungstür aufschließt.

»Mit wem hast du telefoniert?«, fragt er mich.

Er schlägt noch immer diesen impertinenten Verhörton an. Ich hatte gehofft, er sei zwischenzeitlich zur Vernunft gekommen.

»Also, mit wem?«, insistiert er weiter.

An normalen Tagen würde ich ihm antworten: *Mit Karl-Heinz Rummenigge. Er hat mich beauftragt, allen Spielern des 1. FC Bayern das Vereinsemblem auf ihre Schniedel zu tätowieren.*

Aber heute ist kein normaler Tag und mir steht nicht der Sinn nach Späßen. Stattdessen frage ich: »Soll die Art, in der du zu mir sprichst, jetzt etwa zur Gewohnheit werden? Erwartest du tatsächlich von mir, dass ich dir auf diese lächerlichen Fragen Antwort gebe? *Wo warst du? Mit wem hast du dich getroffen? Wen hast du angerufen?* Vergiss es, Lukas. So habe ich mir unsere Beziehung nicht vorgestellt.«

»Ich etwa?«, schreit er mich an. »Ich habe versucht, dir zu glauben. Aber ich traue dir nicht. Nicht mehr.«

Seine Worte treffen mich wie ein Stich ins Herz. Sekundenlang warte ich darauf, dass er sie zurücknimmt. Mir sagt, dass er es nicht so gemeint habe, aber das tut er nicht.

Wenn er nicht den Mut aufbringt, es laut auszusprechen, muss ich es tun. »Dann wird es wohl das Beste sein, wenn wir es an dieser Stelle beenden.«

Genau jetzt wäre der Zeitpunkt, zu widersprechen. Doch er schweigt und verschwindet im Schlafzimmer.

Ich beobachte ihn vom Flur aus. Als ich sehe, dass er den Schrank öffnet und einen Stapel Shirts in die Reisetasche legt, reiße ich die Tür auf.

»Was hast du vor?«, will ich wissen.

»Ich schlafe eine Weile bei einem Freund, bis ich weiß, wie es mit uns weitergeht.«

»*Du* haust ab? Es ist *deine* Wohnung.«

Sein lautes Stöhnen geht mir durch Mark und Bein. Plötzlich dreht er sich um und kommt auf mich zu. »Ich liebe dich so sehr, Franzi, du ahnst gar nicht, wie sehr.«

Dass er fast die gleiche Formulierung gewählt hat wie mein Vater kurz zuvor, bringt das Fass zum Überlaufen.

Pure Wut steigt in mir hoch. »Ja, ihr liebt mich, aber ihr vertraut mir nicht! Wie könnt ihr von Liebe reden? Liebe ohne Vertrauen ist reines Besitzdenken.«

Er legt seinen Finger auf die Lippen und flüstert: »Pst! Denk doch an Janosch! Oder willst du ihn aufwecken?«

Resigniert und am Ende meiner Kraft lasse ich mich aufs Bett fallen.

Der Mann, der mir gerade das Herz gebrochen hat, verlässt den Raum, ohne sich noch einmal umzudrehen.

GOURMET DINER

STINE

Mit einem Beutel Zwiebeln, Senf und durchwachsenem Speck schiebe ich den Einkaufswagen in Richtung Frischfleischtheke. Simon liebt Rouladen, allerdings nur die, die Lore bisher für uns zubereitet hat. Ich bin mir nicht sicher, ob noch etwas fehlt. Deshalb rufe ich Omi an. Sie ist gerade mit Hubert am Seeufer und will einen Abendspaziergang unternehmen.

»Rotkraut passt prima als Beilage, Stine. Aber du kannst auch Sauerkraut nehmen oder grüne Bohnen. Verfeinere sie mit einem Klacks Kräuterbutter. Und reiche Klöße dazu. Nee, lieber nicht. Du würdest doch nur zu den Fertigknödeln im Kochbeutel greifen. Nimm lieber Salzkartoffeln. Such aber festkochende aus. Bei Bauer Heinrich am Ende der Hauptstraße bekommst du noch welche von der Sorte *Linda*. Die sind tiefgelb und besonders schmackhaft. Welchen Senf hast du gekauft? Mittelscharf?«

Ich bejahe. »Wie lange brauchen die Dinger, bis sie gar sind?«

»Das kommt ganz auf das Fleisch an. Aber ich denke, dass du mindestens neunzig Minuten kalkulieren solltest.«

Mit dieser Antwort hat sich mein Plan, Simons Leibgericht zuzubereiten, erledigt. »Das schaffe ich nicht. Das Essen soll fertig sein, wenn er kommt.«

»Dann hol dir meinen Schnellkochkopf aus der Wohnung. Er steht im Schrank neben der Spüle.«

Ich verspreche, ihren Rat zu befolgen, und lege auf. Aber anstelle der Frischfleischtheke steuere ich nun das Regal mit den Fertiggerichten an. Im Angebot sind Rouladen mit Nudeln oder Kartoffelbrei als Beilage.

Laut Herstellerangaben sollen die Gerichte binnen drei Minuten in der Mikrowelle servierfertig sein. Ich lege zwei Packungen von jeder Sorte in den Einkaufswagen.

Simon soll entscheiden, worauf er mehr Appetit hat. Auch wenn ihn das Hauptgericht nicht von den Socken hauen wird, das Dessert wird ihm schmecken. Da bin ich mir sicher, denn es wird *Stine mit Schlagsahne und Schokoladensoße* geben. Auch diese Produkte gibt es bereits gebrauchsfertig.

Ich schnappe mir gleich drei Gläser und zwei Sprühdosen. Die Nacht ist schließlich lang.

Der Kampf um die Fernbedienung

Lore

Dass mir nach dem zweistündigen Marsch die Füße wie Feuer brennen, gebe ich vor Hubert nicht zu. Er hat mich gerade noch für meine bemerkenswert gute Kondition gelobt. Besser, ich lasse ihn in dem Glauben. Noch vor ihm schlängle ich mich ins Wohnzimmer, mache es mir auf seiner Couch gemütlich, lege die Beine hoch und warte gespannt darauf, was er jetzt vorhat.

»Rück mal ein Stück, altes Mädchen«, fordert er mich auf und pflanzt sich neben mich. Unsere Nasen berühren sich für einen kurzen Moment, dann dreht er sich um und streckt mir seinen knochigen Hintern in den Bauch.

Mit einer gezielten Handbewegung greift er zum Tisch, nimmt die Fernbedienung und schaltet den Fernseher ein. Welches Programm er gewählt hat, weiß ich nicht. Ich kann nichts erkennen. Sein Oberkörper versperrt mir die Sicht.

Erst als ich die Stimme von Frank Plasberg höre, weiß ich, was auf mich zukommt. Fünfundsiebzig Minuten Polittalk, in dem alle Gäste wild durcheinanderquasseln, den anderen nicht ausreden lassen und sich gegenseitig der Unwahrheit bezichtigen.

Ohne mich. Ich mag keine Talkshows.

Ich bitte ihn, mir ein Glas Wasser zu bringen.

»Wir können auch Wein trinken«, schlägt er vor. »Ich habe einen ausgezeichneten Tropfen für uns besorgt.«

»Egal. Hauptsache, du stehst vom Sofa auf. Ich bekomme nämlich Atembeklemmungen, wenn du mir so auf die Pelle rückst«, beschwere ich mich.

Endlich erhebt er sich und ich kann wieder Luft holen.

Hubert hat noch keine drei Schritte gemacht, da greife ich nach der Fernbedienung und zappe durch die Programme, bis ich bei *ARTE* lande, wo gerade der Spielfilm *Titanic* gesendet wird.

Zufrieden kuschle ich mich in die Kissen.

Als Hubert mit zwei gefüllten Weingläsern zurückkommt, ignoriere ich seinen verwunderten Gesichtsausdruck.

»Hast du etwa umgeschaltet?« So, wie er das sagt, erinnert es mich an die Vergangenheit. In der gleichen Art hat er mich früher stets gefragt, ob ich ihm hinterherspioniert hätte.

Ich antworte ihm wie damals. »Ja, habe ich.«

Bevor er Anstalten macht, mich wieder gegen die Sofalehne zu drücken, bitte ich ihn, auf dem Sessel Platz zu nehmen. Mürrisch kommt er meiner Aufforderung nach.

»Den Film kenne ich. Der Kahn geht unter und alle saufen ab.«

Vermutlich glaubt er, dass ich das Interesse verliere, da er mir nun das Ende verraten hat. Aber da irrt er sich.

»Ich weiß. Und nun sei still!«

Gelangweilt nippt er am Glas. »Schmeckt dir der Wein?«

»Du hättest ihn kühlen sollen. Weißwein trinkt man nicht bei Zimmertemperatur.«

»Du hast recht, Lore. Hol uns doch ein paar Eiswürfel und bring auch eine Flasche kaltes Wasser mit, dann können wir uns eine Schorle machen.«

»Ich soll gehen? Hattest du nicht angekündigt, mich verwöhnen zu wollen?«

Er verzieht das Gesicht. »Ich hab gerade einen Krampf in der Wade. Also, wenn du so freundlich wärst, wäre ich dir sehr dankbar.«

Na gut. Ich gehe. Aber nicht, ohne vorher die Fernbedienung in meiner Hosentasche zu verstecken.

Eine Minute später mustere ich ratlos den Inhalt des Gefrierschranks. Hier sollen sich Eiswürfel befinden? Ich sehe keine. Stattdessen blicke ich auf unzählige Plastikboxen, die fein säuberlich beschriftet sind. Ich lese: *Erbsensuppe, Kohleintopf* und *Bolognese*.

Meine Güte, der Mann hat Vorräte, die für einen Single ein ganzes Jahr ausreichen. Aber noch mehr wundere ich mich über die handschriftlichen Etiketten. Fest steht, dass es nicht Huberts Handschrift ist.

Nur mit der Wasserflasche kehre ich ins Wohnzimmer zurück. Mir liegt auf der Zunge, ihn zu fragen, wer ihn mit Hausmannskost versorgt. Aber als ich sehe, dass er so lange Knöpfe am Fernseher drückt, bis die blonde Moderatorin Brigitte Büscher erscheint, stelle ich eine andere Frage.

»Na, hat sich dein Krampf aufgelöst? Das ging aber fix.«

Er nickt verlegen. »Hast du die Würfel gefunden?«

»Nee. Ich habe keine Lust, den ganzen Schrank zu durchwühlen. Geh du, wenn es dir so wichtig ist.«

Er steht tatsächlich auf und ich schalte sofort wieder auf Kanal zwölf. Kurz darauf kommt er mit einer Schale Crushed-Ice zurück. Zu *My heart will go on* wird aus dem warmen Weißwein eine kühle, spritzige Schorle. Mit einer Scheibe Zitrone wäre sie perfekt, aber ich will nicht nörgeln.

»Das Lied singt keiner so schön wie Celine Dion«, schwärme ich.

»Das Lied singt doch nur sie«, knurrt Hubert. »Zumindest habe ich es bisher noch von keiner anderen Sängerin gehört.«

Ich stoße einen tiefen Seufzer aus.

»Was hast du, Lore?«

Hat er wirklich keine Idee, was dieses Lied in mir auslöst? Die CD kam 1997 heraus, genau in dem Jahr, als unsere Scheidung rechtskräftig wurde. Wenn es im Radio lief – und es lief ständig im Radio –, habe ich den Apparat sofort ausgeschaltet. Dieser Song, wie die jungen Leute heute sagen, hat in mir sämtliche Emotionen hochkochen lassen. Wut, Hass, unbändige Trauer und Verzweiflung. Erst Jahre später konnte ich den Gesang genießen, ohne eine Träne zu vergießen.

Hubert holt mich zurück in die Gegenwart. »Dein Telefon klingelt, Lore. Das wird bestimmt Stine sein, die dir von ihren Kochkünsten berichten will.«

Ich erhebe mich und watschele in den Flur, um das Gespräch anzunehmen.

Als ich kurz darauf auflege, höre ich das Wort *Faktencheck*.

Hubert hat schon wieder das Programm gewechselt.

»Na, was sagt unsere Kleine? Sind ihr die Rouladen gelungen?«

»Das war nicht Stine«, antworte ich knapp und lege die Fernbedienung auf den Tisch.

STRENGER ZEITPLAN

BABETTE

Ich habe vor dem Schlafengehen meinen Wecker auf sieben Uhr gestellt. Dennoch klingelt mein Handy bereits um sechs Uhr dreißig. Ich könnte laut schreien, weil ich vermute, dass es schon wieder Frank ist, der mich anruft. Ich gehe nicht ran. Soll er mir doch wieder die Mailbox vollquatschen, das macht er schon seit Tagen.

Nun bin ich wach und kann auch aufstehen. Noch bevor ich die Kinder wecke, gehe ich ins Bad. Heute ist das volle Schönheitsprogramm nötig, denn ich werde Dana nicht nur aus dem Krankenhaus abholen, sondern sie und die Kinder auch nach Schulschluss in die Ostseeklinik fahren.

Haare gewaschen und geföhnt – Check.

Frühstück zubereitet – Check.

Make-up aufgelegt – Check.

Kinder zur Schule gebracht – Check.

Bei der Rückkehr Franks Transporter vor meinem Haus entdeckt und Vollgas gegeben – Check.

So geht das nicht weiter. Ich muss ihm dringend sagen, dass er künftig einen Bogen um mich schlagen soll.

Bis ich um zehn Uhr im Spital erscheinen muss, habe ich noch ausreichend Zeit. Ich fahre zwei Runden ums Karree und bin erleichtert, dass Frank schon wieder weg ist, als ich zum dritten Mal an diesem Tag um die Kurve biege.

Ich beschließe, gemütlich einen Kaffee zu trinken.

Während die Maschine durchläuft, bringe ich Decke und Kissen zurück ins Schlafzimmer. Ab heute habe ich mein Bett wieder für mich.

Was haben die Kinder hier nur alles heimlich genascht? Auf dem Laken kleben Reste von Schokolade und Kaugummi.

Ohne zu fackeln, entscheide ich mich, die Wäsche zu wechseln. Ich nehme ein frisches Spannbetttuch aus dem Schrank und ziehe das schmutzige ab.

Als ich mich über die Matratzen beuge, fällt mein Blick auf die Ritze.

Was funkelt denn da?

Ich werd' verrückt! Das ist mein Ring, den ich seit Tagen vermisse. »Hier habe ich dich verloren?«, jauchze ich vor Freude, bis mich mein schlechtes Gewissen packt.

Meine Güte, ich habe Frank völlig zu Unrecht verdächtigt. Der Ring muss mir vom Finger gerutscht sein, als wir die letzte Nacht in diesem Bett verbracht haben.

Gut, dass ich ihn noch nicht mit meinem Vorwurf konfrontiert habe. Das hätte peinlich werden können. Trotzdem, ich werde es beenden. Er passt einfach nicht zu mir. *Wir beide passen nicht zusammen.* Genau das werde ich ihm sagen, wenn er das nächste Mal anruft.

Schon wieder piept mein Handy. Dieses Mal hat er mir eine SMS geschickt.

»Das grenzt ja schon an Stalking«, schimpfe ich, bis ich merke, dass die Kurzmitteilung gar nicht von ihm stammt.

Franziska hat mir geschrieben und bittet darum, dass ich sie sofort zurückrufen soll.

Einen Moment später höre ich ihre aufgeregte Stimme. »Kannst du uns vom Bahnhof abholen? Bei Stine erreiche ich nur die Mailbox.«

»Na sicher«, erwidere ich und mache mich sofort auf den Weg.

Mit einem schweren Rucksack auf dem Rücken und einem Koffer in der Hand schiebt sie die Kinderkarre über die Straße. Ich halte noch immer Ausschau nach Lukas und staune, dass er sie das ganze Gepäck schleppen lässt.

Noch bevor ich meine Frage stellen kann, erklärt sie: »Er ist in Berlin. Wir sind allein gekommen. Bitte, sag ihm nicht, dass wir hier sind. Es wäre ihm bestimmt nicht recht, wenn er erfährt, dass ich dich um Hilfe gebeten habe. Schließlich seid ihr Geschäftspartner. Aber ich wusste mir nicht anders zu helfen. Stine pennt noch. Ich habe seit sechs Uhr ständig bei ihr angerufen, aber sie geht nicht an ihr Handy, die alte Schlafmütze.«

Ich schaue sie betroffen an. »Ist es das, wonach es aussieht, Franziska?«

Franz nickt. Ihre Augen werden glasig. Sie ringt um Fassung, dennoch entgeht mir nicht, wie sehr sie leidet. »Ja, es ist aus.«

Ich erspare ihr weitere Nachfragen und will nur wissen, wohin ich die beiden bringen soll. »Ihr könnt selbstverständlich zu mir kommen. Allerdings müsste ich euch allein lassen, denn ich habe heute feste Termine, die ich nicht absagen kann.«

»Nicht nötig. Wir kriechen bei Lore unter. Sie ist noch immer am Bodensee und hat mir erlaubt, für einige Tage in ihre Wohnung zu ziehen, bis alles geklärt ist.«

Ich verstaue den Koffer und den Rucksack im Laderaum.

Franz baut derweil den Buggy auseinander und platziert den Sitz auf der Rückbank.

Währenddessen halte ich ein Auge auf den Kleinen.

»Na, Süßer, kennst du mich noch?«

Er schüttelt den Kopf und presst sich an sein Stofftier. »Mama und ich sind mit dem Zug gefahren«, erzählt er mir scheu.

»Oh, das ist ja toll. Hat es Spaß gemacht?«

Langsam nickt er. Hinter uns klappt der Kofferraum zu.

»Alles klar, wir können starten«, verkündet Franz, steigt ein und strahlt Janosch an, als wäre die Welt in allerbester Ordnung. »Auf geht's zu Tante Stine.«

Wenige Minuten später stelle ich meinen Wagen vor dem *Café Laine* ab.

Im Laden brennt kein Licht. Das wundert mich nicht, denn Stine öffnet erst um elf.

»Ich helfe dir«, biete ich an und trage den Koffer die Treppe hinauf in den ersten Stock. Vor Lores Wohnung stelle ich das zentnerschwere Gepäckstück ab.

»Ich muss mir erst den Schlüssel von oben holen«, erklärt Franz und steigt weiter hinauf ins Dachgeschoss.

Ich folge ihr. Bei der Gelegenheit kann ich mich persönlich bei Stine für mein Fernbleiben auf ihrer Hochzeit entschuldigen.

Morgenstund' hat
Kotze im Mund

Stine

Verträumt liege ich im Bett und lese zum wiederholten Mal den Zettel, den mein geliebter Mann für mich aufs Kopfkissen gelegt hat, bevor er sich klammheimlich auf den Weg zum Flughafen machte.

> *Ich liebe es, neben dir aufzuwachen.*
> *Ich liebe es, neben dir einzuschlafen.*
> *Ich liebe dein Dessert.*
> *Ich liebe dich, Stine.*
> *Bis heute Abend. Vergiss nicht, neue Sahne zu kaufen.*

»Du Leckermäulchen«, kichere ich, als es an der Tür schellt.

Bitte? Es ist gerade neun Uhr. Wer wagt es, mich nach dieser leidenschaftlichen Nacht so früh zu stören?

Ich spähe durch den Spion und erkenne Babette.

Die Frau leidet unter akuten Schlafstörungen. Irgendwann werde ich ihr raten, mal einen Arzt zu konsultieren. Und sollte der ihr nicht helfen können, werde ich ein Schild an meiner

Tür anbringen, auf dem steht: *Zutritt für Frau Smolka erst ab zehn.*

Ich öffne die Tür. »Heilige Scheiße! Franzi! Und Janosch ist auch hier«, quietsche ich. »Was für eine Überraschung am frühen Morgen! Kommt rein.«

Aber Franz will nicht. »Wir kommen später zu dir in den Laden. Jetzt hätte ich gern Lores Schlüssel. – Was schaust du so? Hat sie dir nicht Bescheid gesagt?«

Ich habe tatsächlich keine Ahnung, wovon sie spricht.

»Janosch braucht dringend eine frische Windel«, drängt meine Freundin. »Bitte, Stine, stell jetzt keine Fragen und gib mir den Schlüssel.«

Offensichtlich hatte Franz bisher einen furchtbaren Tag, so schräg, wie sie drauf ist. Und wieso schaut Babette mich an, als wäre ich begriffsstutzig?

Noch während ich den Schlüssel zu Omis Wohnung suche, rennt Franz plötzlich an mir vorbei. Mit Riesenschritten stürmt sie ins Bad und übergibt sich lautstark.

Babette schnappt sich Janosch und verschwindet mit ihm ins Wohnzimmer, wo er nicht länger Zeuge des Elends seiner Mutter ist.

Unterdessen gehe ich Franz nach und finde sie laut röchelnd über das Waschbecken gebeugt.

Das Bild von der kotzenden Franziska weckt Erinnerungen in mir. Es ist noch kein halbes Jahr her, als Moritz ihr den Finger in den Hals gesteckt hat, damit sie die Schlaftabletten ausspuckt, die sie aus Kummer um ihren Jungen geschluckt hatte.

»Was ist los?«, forsche ich besorgt.

»Lass mich! Es geht schon wieder«, keucht sie, bevor ein weiterer Schwall im weißen Porzellan landet.

Ich beobachte, wie sie mit kreidebleichem Gesicht die Spülung betätigt und sich aufrappelt. Ihre Hände zittern, als sie den Wasserhahn aufdreht.

»Bist du etwa schwanger?«, platze ich heraus.

»Das würde mir zu meinem Glück noch fehlen«, jammert sie und spült sich den Mund mit Wasser aus.

»Wo sind die Windeln?«, ruft Babette aus dem Wohnzimmer.

»Im Rucksack«, krächzt Franz zurück, während sie sich schmerzverzerrt krümmt und sich die Hand auf den Bauch drückt. »Lieber Himmel, ist mir übel.«

»Ich koche dir einen Tee«, biete ich an und reiche ihr ein frisches Gästehandtuch.

»Nicht nötig, danke. Den behalte ich auch nicht drin.« Sie wirft mir einen peinlich berührten Blick zu. »Tut mir leid. Könntest du mich bitte eine Minute allein lassen?«

Ich tue ihr den Gefallen und gehe zurück ins Wohnzimmer, wo Babette sich gerade um Janosch kümmert. Er liegt mit nackten Beinen auf unserem Sofa und schaut die fremde Frau skeptisch an.

Babette wiederum ringt sichtbar mit sich und der Bombe, die es zu entschärfen gilt.

»Lass mich das lieber machen«, schlage ich vor und tausche mit Babette den Platz. »Gib mir bitte die Feuchttücher. Oha, das ist aber ein Pfund«, ächze ich mit gerümpfter Nase. »Mach schnell, Babette, bevor noch alles auf der Couch landet.«

Sie reicht mir das Päckchen. Rasch mache ich Janosch sauber, bevor ich ihm eine saubere Windel unterschiebe. »Guck doch mal, ob Franz auch Puder oder eine Creme dabeihat.«

Babette beugt sich vor, um nachzusehen.

»Was ist denn das?«, fragt sie plötzlich und hält eine schwarze Waffe in der Hand.

Franz kommt aus dem Bad gerannt und entreißt Babette die Pistole. »Vorsicht! Das ist kein Spielzeug.«

Bestürzt sehen wir sie an.

»Die habe ich vor meiner Abreise einkassiert, um ein Fiasko zu verhindern«, erklärt sie trocken.

»Ist das Ding etwa geladen?«, frage ich entsetzt.

Sie zuckt mit den Achseln. »Ich habe keine Ahnung.«

»Dann ziel gefälligst nicht auf mich! Bist du noch gescheit?«, fahre ich sie an. »Würdest du mir bitte mal erklären, wieso du eine Waffe mit dir herumschleppst?«

Franz legt die Knarre zurück und lässt sich erschöpft neben Janosch aufs Sofa fallen. Während sie ihn wieder anzieht, murmelt sie: »Das ist eine lange Geschichte.«

Babette zückt ihr Handy. Kurz darauf hören wir, wie sie mit Dana spricht. »Bitte, ruf dir ein Taxi. Ich schaffe es nicht, dich aus der Klinik abzuholen. So gegen eins komme ich mit den Kindern zu dir nach Hause.« Sie legt auf und wendet sich an Franziska. »Dann fang mal an zu erzählen. Was ist los in Berlin? Ich bin ganz Ohr.«

Schleppend versucht Franz, sich uns zu erklären. Aber sie spricht in Rätseln.

»Wieso hat Lukas sich eine Waffe besorgt? Und was hat dein Ex damit zu tun?«, frage ich nach.

»Meine Güte!«, raunzt sie mich an, steht auf und nimmt Janosch auf den Arm. »Nicht vor dem Kind! Ich habe dir doch gesagt, dass ich später runterkomme und dir alles erzählen werde.«

Ohne die Kackwindel mitzunehmen, stürmt sie mit ihrem Sohn in der einen und dem Rucksack in der anderen Hand zur Tür hinaus. Fassungslos sehen Babette und ich ihr nach.

»Da stimmt doch was nicht«, bricht es aus mir heraus.

Babette nickt. Statt mir zu sagen, was sie weiß, hält sie sich die Nase zu. »Boah, was für ein Gestank. Wie kann ein so kleiner Mensch so einen Übelgeruch verursachen? Ich würde dringend mal durchlüften.«

Das ist keine schlechte Idee. Ich öffne die Dachluke, als ihr Telefon klingelt.

»Nicht schon wieder!«, stöhnt sie. »Der Kerl macht mich noch wahnsinnig. Seit Tagen bombardiert er mich mit Anrufen.«

Mir ist sofort klar, von wem die Rede ist. »Du hast die Elster wohl noch immer nicht in die Wüste geschickt?«

Sie schüttelt den Kopf. »Er hat den Ring nicht gestohlen. Ich habe ihn heute Morgen zwischen den Matratzen gefunden.«

Ich kann nicht glauben, was ich da höre. »Du hast was? Ist dir eigentlich klar, was du mit deiner Beschuldigung angerichtet hast? Weil du Frank des Diebstahls bezichtigt hast, hat Simon ihm den Auftrag entzogen.«

»Ach du Schreck. Das tut mir aber leid.«

»Das sollte es auch! Verdammt, Babette. Was du gemacht hast, ist Rufmord. Bring das in Ordnung. Sofort!«

»Und wie soll ich das anstellen?«, grummelt sie verlegen. »Hilft es, wenn ich mit Simon spreche?«

»Nicht mit Simon, mit Frank sollst du Klartext reden! Entschuldige dich bei ihm für deinen abstrusen Verdacht. Das ist das Mindeste, was du tun kannst.«

»Aber ich habe ihn doch selbst nie beschuldigt. Wieso sollte ich ihn um Verzeihung bitten?«

Mist! Jetzt ist klar, dass ich die Schuld an der ganzen Misere trage. Warum habe ich nicht meinen Mund gehalten?

»Möglicherweise habe ich ihm deinen Verdacht nahegebracht«, gebe ich zögerlich zu.

Wir starren uns beide stumm an.

»Schöner Schlamassel«, stammelt sie und kratzt sich nachdenklich am Kinn. »Vermutlich ruft er deshalb pausenlos bei mir an.«

»Bieg das schnellstens wieder gerade! Ich rede mit Simon!«

Seufzend erhebt sie sich. »Mir bleibt wohl nichts anderes übrig.«

Persönliche Zustellung

Babette

Die Kinder staunen nicht schlecht, als ich mittags mit ihnen vorfahre und wir ihre Mutter mit gepackten Koffern vor meiner Haustür stehen sehen.

»Wie bist du hergekommen? Ich hatte doch versprochen, dich später in deiner Wohnung abzuholen«, rufe ich ihr durch das geöffnete Wagenfenster zu.

Es dauert eine Weile, bis sie mir antworten kann, denn Patrick und Trixi nehmen sie gerade in Beschlag.

»Na, Lust auf Urlaub?«, fragt Dana sie. »Wir machen es uns schön. Das werden die besten Ferien, die wir je hatten«, verspricht sie vollmundig.

Zum zweiten Mal an diesem Tag verstaue ich schwere Gepäckstücke im Kofferraum meines Wagens.

»Moritz hat mich hergebracht«, antwortet sie mir. »Er ist zeitgleich mit seinem Paketwagen vorgefahren, als ich mit dem Taxi angekommen bin.«

»Wie nett von ihm! Und, was hat er so gesagt?«

Dana lacht. »Ich habe ihn kaum zu Wort kommen lassen. Mindestens hundertmal habe ich meinem mutigen Retter gedankt. Als kleine Wiedergutmachung habe ich ihm angeboten, uns am Wochenende an der Ostsee zu besuchen. Ich werde meine letzten Kröten zusammenkratzen und ihn ganz groß zum Essen ausführen.«

»Aber das musst du doch nicht«, entgegne ich entschieden. Vielleicht etwas zu entschieden, denn Dana schaut mich verstört an.

»Ich meine, das ist doch nicht nötig.«

Was ich eigentlich meine, ist, Finger weg von Moritz!

Wieso hab ich das gedacht? Weshalb stört es mich, dass Dana ihn einlädt? Bisher habe ich in Moritz nur einen netten Mann gesehen. Wann haben sich meine Gefühle für ihn geändert? Ich bin völlig verwirrt.

»Er hat sich sehr gefreut«, fährt Dana fort, »und bereits sein Kommen zugesagt. Alles klar bei dir, Babette? Du wirkst so geistesabwesend.«

»Ich bin nur etwas gestresst. Heute war eine Menge los.«

Plötzlich finde ich mich in ihren Armen wieder. Ohne Vorwarnung drückt sie mich fest an sich und flüstert mir ins Ohr, dass sie niemals vergessen wird, was ich für sie getan habe. »Meine Kinder und ich werden dir auf ewig dankbar sein.«

So viel Dankbarkeit ist mir unangenehm. »Lasst uns aufbrechen. Ich möchte noch im Hellen wieder zurück sein.«

Wir haben gerade die Autobahn erreicht, als mein Telefon klingelt.

»Wieso gehst du nicht ran?«, will Dana wissen.

»Während der Fahrt ist das Telefonieren mit dem Handy verboten.«

»Aber du hast doch eine Freisprechanlage«, erwidert sie und schaut auf das Display. »Es ist Frank. Soll ich für dich rangehen?«

Ich presse die Lippen zusammen und schüttle den Kopf.

»Ja, Mama. Geh ran und sag ihm, dass wir auf dem Weg in den Urlaub sind«, ruft Trixi von hinten.

»Bitte nicht«, widerspreche ich, aber es ist zu spät. Sie hat den Anruf bereits angenommen.

»Nein, hier ist nicht Babette. Rate mal, mit wem du sprichst«, kichert sie albern und stellt den Lautsprecher an.

»Dana, du bist das! Geht es dir wieder gut?«

»Alles bestens, Frank. Babette fährt uns gerade auf die Insel Poel. Dort machen die Kinder und ich eine dreiwöchige Kur.«

»Das freut mich. Ich wünsche euch viel Spaß. Kannst du mir bitte mal Babette geben?«

»Sie kann dich hören.«

»Wir alle können dich hören!«, rufe ich schnell in der Hoffnung, dass er versteht und mir jetzt keine indiskreten Fragen stellt.

»Wann kommst du zurück? Ich muss dringend mit dir sprechen.«

»Gegen Abend. Wann genau kann ich noch nicht sagen. Ich melde mich bei dir.«

»Wirklich?«

»Ja, ganz bestimmt. Auch ich möchte mit dir reden.«

»Dann bis später.« Er legt auf.

Ich habe das Gefühl, von Dana fixiert zu werden. »Was ist?«, will ich wissen. »Warum schaust du mich so an?«

Verlegen kratzt sie sich am Kopf. »Ist das was Ernstes zwischen euch?«

»Wie kommst du denn auf die Idee?«, empöre ich mich.

»Die Kinder haben so was angedeutet.«

»Quatsch! Der Typ wohnt noch bei seiner Mutter und nennt sie *Mami*. Du glaubst doch nicht wirklich, dass ich so jemanden als festen Partner in Betracht ziehen würde?«

Sie grinst verschmitzt. »Es geht mich ja auch nichts an.«

Ganz genau!

Dort, wo meine Freunde sind

Franziska

Dass Janosch noch genau weiß, wo Lore die Kekse aufbewahrt, verblüfft mich. Gleich nachdem ich die Tür aufgeschlossen habe, ist er zum Büfettschrank gerannt, hat die linke Tür geöffnet und die bunte Emaildose hervorgeholt.

Zu sehen, wie beherzt er zugreift, zaubert mir seit einem Tag das erste Lächeln ins Gesicht.

»Das sind nicht unsere Kekse. Die dürfen wir nicht einfach nehmen, ohne zu fragen«, erkläre ich und will ihm das Gefäß wieder abnehmen.

Doch er widerspricht. »Das sind Lores. Ich darf das.«

Ich lasse ihn gewähren. Schließlich hat er heute mit Ausnahme einer Banane noch nichts gegessen.

Weil ich keine Bahncard besitze, musste ich für die Fahrt den vollen Preis bezahlen. Zum Glück hat Babette uns vom Bahnhof abgeholt. So konnte ich den Notgroschen sparen, den ich sonst fürs Taxi hätte ausgeben müssen. Stattdessen kann ich nun für eine warme Mahlzeit einkaufen. Sobald sich mein Magen beruhigt hat, werde ich mich mit Janosch auf den Weg machen.

Ich hoffe inständig, dass mein Vater Wort hält und morgen hier aufschlägt, so, wie ich es vorhin mit ihm besprochen habe.

Sollte er jedoch so kurzfristig keinen Flug bekommen, wird es eng. Mal wieder richtig eng. Dabei hatte ich fest geglaubt, dass die Zeiten, in denen ich restlos blank war, der Vergangenheit angehören.

Tja, ich habe auch gedacht, dass es mit mir und Lukas ewig hält. Habe ich das wirklich gedacht oder nur gehofft? Es gibt Menschen, die können sich noch so sehr bemühen, sie haben einfach kein Glück. Ich bin so ein Mensch.

Plötzlich tippt Janosch mich an. Mit ausgestrecktem Arm reicht er mir einen Keks. »Nicht weinen, Mama. Ich geb dir einen ab.«

Hab ich etwa gerade geglaubt, dass ich kein Glück habe? Wie dumm von mir! Mein Glück steht doch direkt vor mir und füttert mich mit Keksen.

Ich drücke ihn fest an mich und beiße zaghaft in das Gebäck. Tatsächlich bekommt es mir besser als angenommen. Schon wenig später fühle ich mich nicht mehr ganz so wacklig auf den Beinen.

»Komm, wir spazieren zum Supermarkt. Du allein darfst aussuchen, was es heute geben soll. Spinat oder Fischstäbchen?«

»Eis«, antwortet mein Sohn.

Ich lache laut auf und ziehe ihm die Jacke an.

Wir gehen gerade ins Treppenhaus, als ich höre, dass Stine herunterkommt. Als unsere Blicke sich treffen, fragt sie, ob es mir schon besser ginge.

»Ein wenig. Aber es nützt nichts. Ich muss etwas Essbares zu Mittag besorgen.«

»Mag Janosch Rouladen? Ich habe noch zwei Fertiggerichte von gestern, die ich euch überlassen könnte. Es ist nichts Tolles, aber man kann es essen.«

Ich nehme ihr Angebot dankend an und ändere meinen ursprünglichen Plan. Es wird nicht zum Supermarkt, sondern zum Kiosk an der Ecke gehen. Dort werde ich ein Eis kaufen und mir das Wochenblatt besorgen.

Vielleicht finde ich in den Inseraten ein akzeptables Wohnungsangebot. Denn dass wir hierbleiben werden, habe ich bereits gestern Abend entschieden.

Gleich nach dem kurzen Telefonat mit Lore wurde mir klar, dass unser Zuhause in diesem mir einst so verhassten Kaff sein muss. Wir werden dort leben, wo meine Freunde sind.

Zahnweh

Lore

Die Bootsfahrt, die Hubert vollmundig angekündigt hat und auf die ich mich bereits gefreut habe, fällt aus. Er klagt über Zahnschmerzen und sucht verzweifelt im Bad nach Schmerzmitteln.

»Hast du vielleicht Tabletten dabei, die du mir geben könntest?«, jammert er wie ein kleines Kind.

»Wenn du wie ich unter Arthritis, hohem Blutdruck und einer Schilddrüsenunterfunktion leiden würdest, könnte ich dir aushelfen. Aber bei Zahnschmerzen empfehle ich, einen Dentisten aufzusuchen.«

Er winkt ab und nimmt sich die Jacke von der Garderobe. »Ich flitze schnell zur Apotheke.«

»Schnell? Überanstreng dich nicht! Nicht dass du wieder Wadenkrämpfe bekommst«, veralbere ich ihn.

»Du hast recht, Lore. Besser wäre es, du würdest mir deinen Wagen geben. Dann wäre ich schneller wieder zurück. Und vielleicht bleibt dann noch Zeit, unseren Ausflug wie geplant zu unternehmen.«

Warum nicht? Ich suche in meiner Handtasche nach dem Schlüssel, als ein Handy klingelt.

»Das muss deins sein, Hubert. Nur du hast so fiese Klingeltöne.«

Er geht ran, spricht aber nicht. Zumindest kann ich nichts hören.

Als ich ihm den Schlüssel reiche, frage ich, wer der Anrufer war.

Wie aus der Pistole geschossen antwortet er mir. »Infratest! Dieses Meinungsforschungsinstitut ruft ständig bei mir an und fragt, ob ich an einer Umfrage teilnehmen würde. Schon hundertmal habe ich gesagt, dass sie mich von ihrer Liste streichen können. Aber sie tun es einfach nicht. Jetzt lege ich immer gleich auf, wenn sie mich anrufen.«

Eine recht lange Erklärung für ein so kurzes Gespräch, denke ich und schließe die Tür hinter ihm.

Hubert ist schon länger als eine Stunde fort. So langsam macht sich Langeweile bei mir breit. Um mich zu beschäftigen, könnte ich das Bad putzen oder die Gardinen im Schlafzimmer waschen. Die hätten es mal wieder nötig. Bin ich hier, um ihm den Haushalt zu führen, oder um mich von ihm verwöhnen zu lassen?

Mein Entschluss ist schnell gefasst. Ich werde das milde Wetter nutzen und mich mit einem Buch auf den Balkon setzen.

Hubert besitzt ein volles Regal mit Schmökern. Ich setze meine Lesebrille auf und durchforste seine Bibliothek.

Donnerwetter. Was für eine Auswahl! Nie hätte ich gedacht, dass Hubert klassische Frauenromane liest. Er ist eben doch ein waschechter Romantiker.

Gegen Mittag sehe ich ihn mit meinem Wagen vorfahren. Kurz darauf klingelt er. Ich öffne ihm und frage, warum er nicht selber aufschließt.

»Ich hatte nur deinen Bund dabei und daran befindet sich kein Wohnungsschlüssel. Noch nicht.« Er grinst mich verschmitzt an. »Bleib für immer bei mir, dann bekommst du einen eigenen.«

Ich will mich in dieser Entscheidung nicht drängen lassen und verweigere die Antwort. »Nur um Tabletten zu besorgen, warst du aber lange unterwegs.«

»Ich habe deinen Rat befolgt und war beim Zahnarzt«, erklärt er.

Erstaunt schaue ich ihn an. »Du hörst tatsächlich auf das, was ich dir sage? Hubert Sandmann, du verblüffst mich von Tag zu Tag mehr. – Und? Hast du noch Schmerzen?«

Vorsichtig tastet er mit dem Finger über seine Oberlippe. »Noch ist alles betäubt. Aber sobald die Narkose nachlässt, wird es wieder wehtun. Ich kenne das. Es ist nicht meine erste Wurzelbehandlung.«

Augenblicklich tut es mir leid, dass ich seine Schmerzen nicht ernst genommen habe. »Du Armer«, bedauere ich ihn. »Dann lass uns die Bootsfahrt lieber auf morgen verschieben.«

»Bis dahin geht es mir sicher besser«, stimmt er mir seufzend zu und legt sich aufs Sofa. Sollte ich ernsthaft darüber nachdenken, zu ihm zu ziehen, werden wir uns eine zweite Couch anschaffen müssen. Auch ich würde gern die Beine hochlegen.

Da das einzige Möbel, auf dem man sich gemütlich ausstrecken kann, aber mal wieder von ihm besetzt ist, kehre ich zu meiner ursprünglichen Idee zurück und nehme die Vorhänge ab.

Hubert hat mir erzählt, dass sich die Waschmaschine im Untergeschoss des Hauses befindet. Dort soll es einen Hauswirtschaftsraum geben, der von allen Bewohnern genutzt wird.

Mit den angestaubten Stoffbahnen über dem Arm fahre ich mit dem Lift hinunter, öffne die graue Eisentür und passiere Kellerräume, die nicht mit Namenschildern, sondern mit merkwürdigen Kürzeln gekennzeichnet sind. Mit P-1 ist wohl die Parterrewohnung gemeint. OG-6 muss Huberts Wohnung sein. Ich werfe einen kurzen Blick durch die Tür und entdecke rund zwanzig Umzugskartons, die fein säuberlich übereinander gestapelt sind.

Weil ich von Natur aus ein neugieriger Mensch bin, betrete ich den Raum und nehme die Kisten genauer unter die Lupe. Ohne mir etwas dabei zu denken, reiße ich einen Karton auf.

Bitte? Damenschuhe? Ich bin mir sicher, dass Hubert keine roten Pumps trägt. Sollte er etwa eine versteckte Leidenschaft für Frauenklamotten haben? Nein, dieser Gedanke ist absurd.

Weil ich wissen will, was es mit den Sachen auf sich hat, stecke ich die Gardinen in Windeseile in die Waschmaschine und rase zurück in die Wohnung.

Es ist mir völlig schnuppe, dass Hubert zwischenzeitlich eingeschlafen ist. Ich wecke ihn. »Wem gehören die Kartons in deinem Keller?«

Er öffnet die Augen einen Spalt weit und blinzelt mich an. »Hä? Wovon sprichst du?«

»Von der Schuhsammlung, die du in deinem Keller aufbewahrst. Erzähl mir nicht, es wären deine. Deine Quanten passen nicht in Größe 38.«

»Du warst im Keller?«

Sollte er noch weiterhin dumme Fragen stellen, statt mir zu antworten, werde ich ernsthaft sauer. Ich schlage meinen sarkastischen Tonfall an. »Nein, Hubert. Ich habe Röntgenaugen und verfüge über hellseherische Fähigkeiten. Natürlich war ich im Keller!«

»Warum? Was wolltest du dort?«

»Deine stinkenden Gardinen waschen. Aber nun antworte endlich auf meine Frage! Wem gehören die Schuhe?«

Er lacht mich aus. »Ach, Lore-Schatz. Du bist noch immer so misstrauisch und eifersüchtig wie früher. Aber es gibt eine ganz einfache Erklärung dafür. Die Kartons gehören der Frau, die vor mir die Wohnung gemietet hatte. Ich habe ihr erlaubt, die Sachen vorerst im Keller zu lassen, weil ich den Platz sowieso nicht brauche.«

Mehr als *Aha* fällt mir dazu nicht ein.

»Das war doch sehr nett von mir. Ich weiß gar nicht, warum du mich jetzt so böse ansiehst.«

Ich schaue ihn nicht böse, sondern skeptisch an. Eine gesunde Portion Skepsis ist bei Hubert Sandmann immer angebracht. Konzentriert denke ich über seine Erklärung nach, bis mir plötzlich klar wird, was er mir gerade offenbart hat. »Mit anderen Worten, das ist gar nicht deine Eigentumswohnung? Du wohnst hier nur zur Miete?«

Meine Schlussfolgerung scheint ihn zu verwundern. »Dass mir die Wohnung gehört, habe ich nie behauptet.«

So? Das hat sich aber vor ein paar Tagen noch völlig anders angehört.

Er steht auf und kommt auf mich zu. »Was geht dir durch den Kopf, Liebes?«

»Ich frage mich gerade, wer von uns beiden an Alzheimer erkrankt ist. Ich bin mir zu hundert Prozent sicher, dass du von deiner *Eigentumswohnung* gesprochen hast.«

»Du irrst dich, Lore. Es war immer nur von *meiner Wohnung* die Rede. Letztendlich ist es doch völlig egal, ob mein Name oder der meines Vermieters im Grundbuch steht. Die Hauptsache ist doch, dass wir beide uns hier wohlfühlen. Du fühlst dich doch wohl, oder?«

Ich gebe zu, der Punkt geht an ihn.

SCHOCK

STINE

Mit einem Babyfon und einer Zeitung in der Hand betritt Franziska den Laden.

»Er schläft jetzt«, verkündet sie und gibt mir meinen Wohnungsschlüssel zurück. »Danke für die Rouladen. Sie waren zwar nicht mit denen deiner Oma zu vergleichen, aber Janosch haben sie geschmeckt.«

Kraftlos lässt sie sich in den Korbsessel fallen. Mir fällt auf, wie blass sie ist.

»Geht es dir schon etwas besser?«, will ich wissen.

Sie verneint. »Mir ist immer noch schlecht. Und als wäre die Trennung von Lukas nicht schlimm genug, hat mir mein Vater gerade mitgeteilt, dass er morgen nicht kommen kann, weil die Piloten streiken.«

Nun bin ich aber richtig erstaunt. »Ihr redet wieder miteinander?«

Sie nickt verhalten. »Ich bekomme das Geld von ihm, das Simon für die Wohnung gezahlt hat.«

Das nenne ich aber großzügig, denn ich weiß, dass mein Schatz einen schönen Batzen für die Mansarde hingeblättert hat. Angesichts dieses Geldsegens könnte Franz getrost mal ein anderes Gesicht machen. Aber sie starrt mit heruntergezogenen

Mundwinkeln unaufhörlich auf ihr Handy. »Lukas hat nicht einmal angerufen. Dabei sind wir schon seit Stunden fort.«

Da keine Kunden in Sicht sind, setze ich mich zu ihr. »Was ist überhaupt passiert?«, will ich nun endlich von ihr wissen.

Gebannt höre ich ihr zu, als sie mir von Antonios plötzlichem Auftauchen erzählt.

Zwar kann ich verstehen, dass Lukas nicht begeistert davon ist, dass Franzis Verflossener unerwartet erscheint. Aber er ist nicht nur einfach ihr Ex, sondern auch Janoschs leiblicher Vater. »Lukas kann ihn doch nicht mit Waffengewalt von dir fernhalten. Schließlich hat er ein Recht darauf, seinen Sohn zu sehen.«

»Du glaubst, Antonio wäre wegen Janosch gekommen?« Franz schüttelt mit einem zynischen Grinsen den Kopf. »Nicht dieser Mistkerl. Er war es, der mich überfallen und ausgeraubt hat.«

»Wie bitte?«, stoße ich ungläubig aus. »Wieso hast du behauptet, du hättest den Täter nicht erkannt?«

Sie schaut verlegen zu Boden. »Wer gibt schon gerne zu, sich auf so einen miesen Typen eingelassen zu haben?«

»Jeder macht mal Fehler. Deshalb muss Lukas noch lange nicht eifersüchtig auf diesen Mistkerl sein.«

Verzweifelt ruft sie aus: »Es geht doch nicht um Eifersucht, sondern um Drogen!«

Ich muss Franzi jeden einzelnen Satz aus der Nase ziehen, um die Geschehnisse nur annähernd zu begreifen. »Der Typ ist abhängig?«

»Er konsumiert und dealt im großen Stil. Für Lukas sind Drogen ein rotes Tuch, seit seine Schwester sich einen goldenen Schuss gesetzt hat.«

»Okay«, sage ich gedehnt. »Das kann ich nachvollziehen. Aber das ist doch kein Grund, dass ihr beide euch trennt. Du nimmst schließlich keine Drogen.«

»Natürlich nicht«, echauffiert sie sich.

Eine Kundin kommt in den Laden. Während ich sie bediene, blättert Franziska im Wochenblatt. Aus dem Augenwinkel beobachte ich, dass sie mit einem Stift Kreuze aufs Papier kritzelt.

Als wir wieder unter uns sind, verrät sie, drei Wohnungen gefunden zu haben, die für sie infrage kämen.

»Süße, du solltest nichts überstürzen. Bestimmt renkt es sich mit Lukas wieder ein.«

»Ach, Stine, verstehst du denn nicht?« Plötzlich füllen sich ihre Augen mit Tränen der Verzweiflung. »Antonio wird nicht so einfach aus meinem Leben verschwinden. Nicht bevor ich ihm eine hohe Summe zahle. Er meint, ich sei es ihm schuldig. Dabei habe ich meine Schuld längst beglichen. Trotzdem würde ich alles tun, damit er uns endlich in Ruhe lässt. Ich würde ihm sogar das Geld meines Vaters geben.«

Ich hole tief Luft, bevor ich lospoltere. »Du hast doch wohl nicht vor, ihm auch noch Geld in den Rachen zu werfen, oder? *Er* sollte zahlen! Und nicht nur den laufenden Unterhalt für Janosch, sondern auch die Alimente, die seit der Geburt angefallen sind.«

Franz lacht hysterisch auf. »Eher schneit es in der Wüste, bevor Antonio Verantwortung übernimmt. Und ganz ehrlich? Ich kann darauf verzichten. Hauptsache, er hält sich für immer von uns fern.«

Obwohl ich Franziskas Plan für völlig falsch halte, komme ich wieder auf Lukas zu sprechen. »Aber wenn du diesen Antonio los bist, spricht doch nichts dagegen, dein Leben in Berlin fortzusetzen. Lukas liebt dich und vergöttert Janosch. Er tut euch so gut. Warum schmeißt du das so einfach weg?«

»*Einfach* ist mir die Entscheidung gewiss nicht gefallen. Selbst wenn Toni mich künftig in Ruhe lässt, würde Lukas immer nur die Frau in mir sehen, die wegen eines Drogendelikts in den Knast gewandert ist. Das ertrage ich nicht!«

Bitte? Franziska war im Gefängnis?

Plötzlich dämmert es mir. Das hat sie also gemeint, als sie mir einst gestand, sie würde sich für ihr Handeln schämen.

Mein Entsetzen scheint mir ins Gesicht geschrieben zu stehen, denn Franz lacht erneut voller Bitterkeit auf. »Jetzt bist du schockiert, oder? Vermutlich willst du nun auch nichts mehr mit mir zu tun haben.«

Ja, ich bin erschüttert und brauche einen Moment, um diese Nachricht zu verdauen.

Franz interpretiert meine Sprachlosigkeit jedoch völlig falsch. Sie erhebt sich und schaut mir direkt in die Augen. »Es war ein Fehler, es dir zu sagen. Ich hätte wissen müssen, dass du so reagierst.«

Unter Tränen verlässt sie den Laden durch die Hintertür. Ich will ihr folgen, doch genau in diesem Moment klopft Simon ans Schaufenster.

Breit grinsend hält er zwei Einkaufstüten in die Luft.

»Ich war schon im Supermarkt«, lese ich von seinen Lippen ab.

Ich sollte mich freuen, dass mein Schatz so unerwartet früh nach Hause gekommen ist, aber ich bin noch immer in einer Schockstarre gefangen und zu keiner Regung fähig. Ich stehe wie angewurzelt da, als er den Laden betritt.

»Warum guckst du so?«, fragt er und stellt die Einkäufe auf den Tisch.

»Ich muss ganz dringend mit Franz sprechen.«

»So dringend, dass du keine Zeit hast, mich zu begrüßen?« Zärtlich nimmt er mich in die Arme und drückt mir einen Kuss auf die Lippen. »Dann ruf sie an. Ich gehe schon mal rauf und stelle die Sahne kalt.«

»Franz ist hier. Sie und Janosch sind bei Lore in der Wohnung«, erkläre ich und löse mich von ihm.

Er runzelt die Stirn. »Was machen sie denn in Lores Wohnung?«

Ich brauche nicht zu antworten. Simon hat bereits kapiert. »Herrscht etwa immer noch dicke Luft zwischen Franz und Lukas? Ich dachte, sie hätten das geklärt.«

»Was weißt du von ihren Problemen?«

In seine Augen tritt ein schelmisches Funkeln. »Nicht nur ihr Mädels habt Geheimnisse.«

Obwohl es mich brennend interessiert, was die Männer miteinander besprochen haben, ziehe ich es vor, zunächst mit meiner Freundin zu reden. Denn dass sie das trotz allem ist und bleibt, ist unbestritten.

»Kannst du einen Moment für mich die Stellung halten? Ich beeile mich auch«, verspreche ich und renne, ohne seine Zustimmung abzuwarten, nach oben.

Ich klopfe an die Tür, weil mein Klingeln Janosch wecken würde. Franziska reagiert nicht.

Gerade bin ich im Begriff, in unsere Wohnung zu laufen, um Lores Schlüssel zu holen, als mir einfällt, dass ich ihn bereits Franziska ausgehändigt habe.

»Nun mach doch auf!«, rufe ich.

Der Sturkopf rührt sich nicht.

»Stine, Kundschaft! Bitte, komm runter«, hallt es durchs Treppenhaus.

Verdammt! Gerade jetzt.

Ich verkaufe dreihundert Gramm Bambusgarn. Noch bevor ich kassiere, geht Simon nach oben, um die Einkäufe auszupacken. Deshalb kann ich nicht noch einmal hinauflaufen und klopfen. Allerdings will ich auch nicht bis Ladenschluss warten, um mich Franziska zu erklären.

Obwohl uns nur eine Etage voneinander trennt, greife ich zum Handy und sende ihr eine SMS.

Wie kommst du darauf, ich würde mit dir brechen?
Das käme mir nie in den Sinn. Du bist meine beste
Freundin, obwohl du dich mir ruhig früher hättest
anvertrauen können.

Ich lösche den letzten Satz und schreibe stattdessen: *Komm runter! Ich will dich umarmen, du dummes Huhn!*

Ungeduldig warte ich auf eine Reaktion. Doch als es draußen dämmert, hat Franz sich immer noch nicht bei mir sehen lassen. Zähneknirschend verfolge ich, wie der Zeiger der Wanduhr über das Ziffernblatt schleicht.

Gleich werde ich Feierabend machen und so lange bei ihr klingeln, bis der Sturkopf mir öffnet.

Ich überlege gerade, ob es sich lohnt, meine Tageseinnahmen zu zählen, da bemerke ich Moritz' Paketwagen, der vor der Tür in zweiter Reihe hält.

Nanu? Üblicherweise fährt er meinen Laden doch nur vormittags an. Es sei denn, er will mir eine Express-Sendung zustellen. Das ist aber unwahrscheinlich, denn ich habe nichts bestellt.

Neugierig trete ich auf den Bürgersteig. Doch noch bevor ich ihn ansprechen kann, gibt er Gas und fährt davon. Mit einem unguten Gefühl werfe ich einen Blick die Fassade hinauf. Bei uns im Dachgeschoss brennt Licht. In Lores Wohnung hingegen ist es stockdunkel.

Franziska wird sich doch nicht klammheimlich aus dem Staub gemacht haben?

Um meine Vermutung zu überprüfen, gehe ich hinauf. Ich brauche nicht zu klingeln, denn Lores Schlüssel steckt von außen im Schloss.

Ein kurzer Blick in alle Zimmer bestätigt meinen Verdacht. Sie sind abgehauen.

Ganz oben angekommen, will ich Simon von Franzis Abgang berichten, aber er steht in der Küche vor dem Herd und telefoniert.

Weil ich nicht in sein Gespräch platzen will, lüfte ich stumm die Deckel und gucke in die Töpfe.

»Hm, lecker«, flüstere ich und schenke ihm ein Lächeln.

Als der Name *Hubert* fällt, horche ich auf. Simon telefoniert gar nicht geschäftlich, sondern mit meinem Großvater.

»Liebe Grüße«, rufe ich nun doch dazwischen und hole Teller aus dem Schrank.

Als Simon das Gespräch beendet, habe ich den Tisch bereits gedeckt.

»Liebe Grüße zurück«, richtet er mir aus. »Und? Hast du mit Franz gesprochen?«

Verärgert schüttle ich den Kopf. »Sie hat sich verdrückt. Vermutlich ist sie jetzt bei Moritz.«

»Das ist gut«, findet Simon. »Besser, wir halten uns aus ihrem Streit heraus und ergreifen keine Partei. Sonst sind wir noch die Dummen, sobald die beiden sich wieder vertragen haben.«

»Aber …«, will ich widersprechen, komme allerdings nicht dazu, denn Simon ist schneller.

»Wann wolltest du mir eigentlich von Königsteins Angebot erzählen? Ich habe vorhin den Vertragsentwurf hinter deinem Tresen liegen sehen.«

Ich kräusele die Nase. »Ein Wahnsinnsangebot, oder?«

»Eins, über das du dringend nachdenken solltest, Schatz.«

Ich seufze. »Es ist schon sehr verlockend.«

»Was hindert dich daran, es anzunehmen? Gib den Laden auf. Auf Lore musst du keine Rücksicht mehr nehmen. Die treibt jetzt in Konstanz ihr Unwesen und Hubert mit ihrer Eifersucht in den Wahnsinn.«

Ungläubig frage ich nach. »Sie bleibt tatsächlich am Bodensee?«

»So hat es Hubert mir gerade berichtet.«

Ich weiß nicht so recht, ob ich glücklich oder traurig über diese Neuigkeit sein soll. Immerhin ist meine Großmutter eine meiner engsten Bezugspersonen. Und obwohl sie mich mit ihrem Drang, sich in alles einzumischen, manchmal um den Verstand bringt, fehlt sie mir doch sehr.

Das leckere Essen, das Simon für uns zubereitet hat, kann ich nun gar nicht mehr in vollen Zügen genießen. Neben meiner Sehnsucht nach meiner Großmutter und der Sorge um Franz schießen mir zu viele Fragen über meine eigene Zukunft durch den Kopf.

Soll ich den Laden aufgeben? Was mache ich mit der Ware und dem Inventar? Würde es sich lohnen, Mitarbeiter einzustellen? Wohl eher nicht. Ich bin ja noch nicht mal allein auf einen grünen Zweig gekommen, obwohl ich mir kein Gehalt gezahlt habe.

»Ich würde einen enormen Verlust machen«, murmle ich leise vor mich hin.

»Du würdest Gewinn machen, nicht nur finanziell. Denk nur an all die Möglichkeiten«, raunt er mir zu. »Wir beide bei der Arbeit, Tür an Tür.«

»Ich soll mir wirklich ein Büro in deinem Komplex einrichten?«

Simons süffisantes Lächeln wirkt ansteckend. »Dann müssten wir nicht mehr bis abends warten, wenn wir uns küssen und anfassen wollen.«

Ich verstehe. Meinem Schatz steht der Sinn nach einem Dessert.

»Bring die Sahne mit«, kichere ich, springe von meinem Platz auf und laufe ins Schlafzimmer.

Erster Klasse

Franziska

Ich könnte mir vor Wut in den Hintern beißen. Wieso hab ich Stine gegenüber nicht den Mund gehalten? Ich bekomme ihren entsetzten Gesichtsausdruck einfach nicht aus dem Kopf.

Dass es ausgerechnet mein Vater ist, der mich aus diesem tiefen Loch herauszieht, hätte ich nie für möglich gehalten. Er hat mich angerufen und gefragt, ob wir nicht zu ihm kommen wollen.

»Zwar gehen von hier keine Flüge ab, aber nach Sevilla gibt es Verbindungen. Ihr könntet über Frankfurt fliegen. Einen Zubringer habe ich euch auch schon rausgesucht.«

Zehn Minuten später habe ich die Tickets auf meinem Smartphone empfangen. Paps hat sich nicht lumpen lassen und uns Flüge erster Klasse spendiert. Das ist anscheinend seine Art, mir zu zeigen, wie sehr er sich über unser Kommen freut.

Doch wie erreichen wir pünktlich den Hamburger Flughafen? Mein Geld reicht nicht für ein Taxi, und für den Shuttle mit Bus und Bahn bleibt nicht genügend Zeit. Babette kann ich nicht noch einmal bitten. Sie ist auf dem Weg zur Ostsee. Stine werde ich auf gar keinen Fall fragen. Ihr jetzt gegenüberzutreten und mich von ihr umarmen zu lassen, wie sie mir per Kurzmitteilung angeboten hat, bringe ich nicht fertig. Ich schäme mich viel zu sehr.

Moritz! Mein guter Freund wird mich bestimmt nicht hängen lassen.

Ich rufe ihn sofort an.

»Na klar, ich fahre euch. Ich bin in spätestens zehn Minuten da.«

Zufall oder Schicksal

Babette

Es freut mich, dass Dana und die Kinder es so gut getroffen haben. Sie bewohnen ein nettes Appartement in Strandnähe. Überhaupt macht die Anlage einen sehr gepflegten Eindruck. Ich bin mir sicher, dass sie sich dort prima erholen werden. Weniger erfreut bin ich über die Tatsache, dass es bereits dunkel wird. Ich mag es nicht, in der Dunkelheit Auto zu fahren, weil mich die entgegenkommenden Fahrzeuge so sehr blenden, dass ich ständig die Augen zusammenkneifen muss. Es ist, als würden sich die Scheinwerfer in blitzende Sterne verwandeln, je näher sie kommen. Das ist ein eindeutiges Zeichen dafür, dass ich dringend eine Brille brauche. Mit Anfang vierzig ist es nicht ungewöhnlich, dass die Sehkraft nachlässt. Ja, ich bin zweiundvierzig, obwohl im Ausweis steht, dass Frau B. Smolka, geborene Engler, erst vor fünfunddreißig Jahren zur Welt gekommen ist.

Ich weiß nicht, wie lange ich mit der Schummelei noch durchkomme. Bisher hat es problemlos geklappt. Schließlich habe ich alles Mögliche dafür getan, dass man mir mein wahres Alter nicht ansieht. Ich verwende die teuersten Cremes, ernähre mich gesund und treibe regelmäßig Sport. Gut, das mit dem Sport habe ich in letzter Zeit erheblich schleifen lassen. Abgesehen von den Verrenkungen, die ich mit Frank auf der Matratze unternommen habe, war ich nicht sehr aktiv. Frank! Ich hatte doch versprochen, ihn anzurufen. Und Stine habe ich fest zugesagt, dass ich die Angelegenheit regeln werde.

Noch überlege ich, wie ich meine Entschuldigung formulieren könnte, als ich feststelle, dass sich mein Handy nicht anstellen lässt. Der Akku ist restlos leer. Das Ladekabel, das ich jetzt dringend benötige, liegt in der Küche auf der Arbeitsplatte. »Da liegt es gut«, ärgere ich mich und nehme mir vor, den Gang nach Canossa zu Hause anzutreten.

Die Tankanzeige blinkt auf. Für den Rest der Strecke könnte es knapp werden. Deshalb beschließe ich, mir gleich nach der Abfahrt von der Autobahn Benzin zu besorgen.

Ist das Zufall oder Schicksal, frage ich mich, als ich Moritz' Transporter neben mir entdecke. Der Mann, der längst vergessene Gefühle in mir weckt, sobald ich an ihn denke, lehnt entspannt an der Tanksäule und hat mich noch nicht bemerkt.

»Hey«, rufe ich zu ihm rüber, während ich um meinen Wagen herumgehe, um die Klappe vom Tankverschluss zu öffnen. »Hast du noch immer keinen Feierabend?«

Erst jetzt scheint er mich zu erkennen. Er lächelt und winkt mir zu. »Doch, schon lange. Ich bin gerade vom Flughafen zurück. Franz hat mich gebeten, sie und den Kleinen dorthin zu bringen.«

Statt zu fragen, wohin Franz geflogen ist, kommt mir ein selten blöder Spruch über die Lippen. »Menschen, die nie Nein sagen können, leiden bekanntlich unter einem Helfersyndrom.«

Moritz schmunzelt. »Was verschlägt dich zu dieser Zeit in diese einsame Gegend?«

»Ich war an der Ostsee und habe kaum noch Sprit.«

»Stimmt. Du hast Dana und die Kinder nach Poel gefahren. Wie ulkig, dass ausgerechnet du mir ein Helfersyndrom unterstellst.«

»Touché«, räume ich ein und starre verlegen auf die Anzeige der Tanksäule, die sich in rapidem Tempo auf fünfzig Euro zubewegt.

Als ich den Kassenraum betrete, steht Moritz schon vor dem Verkaufstresen. »Die Nummer drei und zwei Wiener zum Hieressen, bitte«, höre ich ihn bestellen.

»Tut mir leid«, antwortet die junge Kassiererin und deutet auf den leeren Behälter. »Würstchen sind schon aus.«

»Na bravo. Dann werde ich wohl mal wieder zu einer Tiefkühlpizza greifen müssen«, knurrt er, dreht sich um und holt eine Packung aus dem Eisschrank.

»*Jetzt oder nie*«, ruft meine innere Stimme. Ich nutze die Gelegenheit und spreche ihn erneut an.

»Wenn du Lust auf ein richtiges Abendessen hast, dann komm doch mit zu mir. Wegen der Kinder habe ich so einen großen Vorrat angelegt, den ich allein bestimmt nicht aufessen werde.«

»Wie nett von dir«, antwortet er. Ich bin gefasst auf ein *Aber*, doch das folgt nicht.

Moritz hat zugestimmt und folgt mir in gebotenem Abstand rund vierzig Kilometer bis nach Hause.

Ich biete ihm an, sich in aller Ruhe umzusehen, während ich mich in der Küche um unsere Mahlzeit kümmern will.

Zuvor verbinde ich mein Handy mit der Ladestation. Es geschehen noch Wunder. Frank hat sich noch nicht wieder bei mir gemeldet. In Moritz' Beisein werde ich gewiss nicht mit ihm telefonieren. Deshalb schicke ich ihm eine SMS.

Tut mir leid, es ist später geworden als beabsichtigt.
Ich melde mich morgen. Liebe Grüße, Babette.

Gleich nach dem Versenden stelle ich das Gerät aus. Dann nehme ich die Minestrone aus dem Kühlschrank, erwärme sie auf dem Herd und schneide unterdessen das knusprige Landbrot in Scheiben, um es mit Salami, Käse und Schinken zu belegen.

»Sehr schön wohnst du hier«, lobt Moritz mein Zuhause, als er von seiner Besichtigung zurückkehrt.

Während wir zu Abend essen, tauschen wir angeregt Neuigkeiten aus. Außerdem zeigt er sich sehr interessiert an dem Gebäude, fragt nach dem Baujahr und will schließlich wissen, wer für die Planung zuständig war.

»Die geht auf Justus' Kappe«, berichte ich, bevor ich einen Schluck Wein trinke.

»Dein Mann war Architekt?«

»Nein, das war er nicht. Justus war ein selbst ernannter Experte, der stets alles persönlich in die Hand genommen hat. Ich würde heute ganz anders bauen, viel moderner und geradliniger. Statt der großen Terrasse hätte ich lieber einen Wintergarten. Den kann man nämlich das ganze Jahr nutzen.«

Moritz, der seine erste Schüssel Minestrone längst verputzt hat, steht auf und geht zum Fenster. »Aber das ist doch ohne großen Aufwand möglich. Hast du die Baupläne zur Hand? Ich würde gern einen Blick darauf werfen.«

Um die Unterlagen zu finden, ist in meinem geordneten Haushalt nur ein gezielter Griff nötig. Mit einem dicken Ordner kehre ich zurück ins Esszimmer.

Moritz studiert die Zeichnungen mit funkelnden Augen, während er weiterisst. Es ist nicht zu übersehen, wie viel Freude ihm sein altes Metier macht. Ich kann förmlich spüren, wie es in seinem Kopf rattert. Leise, aber verständlich entweichen ihm ein »Das ist gut« und ein »So könnte es klappen«.

Plötzlich springt er erneut auf, klopft an die Wände im Wohnzimmer und geht durch die Terrassentür hinaus in den Garten.

Ich knipse die Außenbeleuchtung an und folge ihm. Minutenlang beobachte ich ihn dabei, wie er stumm die Außenfassade begutachtet.

»Ich hätte schon eine Idee, wie wir dein Haus in dein Traumhaus verwandeln können. Würdest du mir erlauben, die Pläne für einige Tage mitzunehmen? Ich verspreche, sie dir spätestens am Wochenende zurückzugeben.«

Ich presche vor und stelle ihm listig eine Falle. »Lass dir ruhig Zeit damit. Am Wochenende bin ich gar nicht da. Ich werde zu Dana und den Kindern fahren.«

Moritz tappt direkt hinein. »Ich auch. Dana hat mich eingeladen und ich habe zugesagt, sie am Sonntag zu besuchen.«

Ich spiele die Erstaunte. »Wirklich? Dann lass uns doch gemeinsam hinfahren. Es ist unsinnig, doppelt Emissionen in die Umwelt zu blasen, wenn wir den gleichen Weg haben.«

»Du bist umweltbewusst?«, zieht er mich amüsiert auf. »Das gefällt mir, Babette.«

Du gefällst mir auch – und das von Stunde zu Stunde mehr.

Er bedankt sich für das leckere Abendbrot, rollt die Pläne zusammen und reicht mir zum Abschied die Hand.

Ich begleite meinen Gast zur Tür, obwohl ich es lieber sehen würde, wenn er noch bliebe.

Noch einmal dreht er sich um. »Lass uns die Handynummern austauschen«, schlägt er unerwartet vor.

Nichts lieber als das!

Nachdem ich seiner Bitte mit Freuden nachgekommen bin, schließe ich beschwingt die Tür hinter ihm, räume den Tisch ab und gehe ins Bad.

Beim Anblick meines Spiegelbildes bekomme ich augenblicklich einen Schreck. Ich mache mir nichts vor. Es liegt nicht am grellen Licht, das meine Falten um die Augen wie tiefe Furchen erscheinen lässt. Es ist auch nicht dem mangelnden Schlaf geschuldet, den ich der Kinder wegen in den letzten

Tagen eingebüßt habe. Es führt kein Weg daran vorbei, ich sehe so alt aus, wie ich bin.

Mir wird auf der Stelle klar, dass ich dringend zum *Auffüllen* muss, wenn ich vermeiden will, dass der Altersunterschied zum wesentlich jüngeren Moritz sofort ins Auge fällt.

Für Frank müsste ich mich dieser Prozedur nicht unterziehen. Er ist gerade mal drei Jahre jünger als Frau Smolka. Aber ich tue es nicht nur, um anderen zu gefallen, sondern weil meine Existenz von meinem äußeren Erscheinungsbild abhängt. Gleich morgen früh werde ich im Berliner Institut anrufen und einen Termin vereinbaren.

GUTE NACHT

FRANZISKA

Es dauert eine gefühlte Ewigkeit, bis ich den Buggy und meinen Koffer auf dem Laufband entdecke. Ich befürchte schon, dass mein Vater die Geduld verloren hat und bereits abgefahren ist. Denn das wäre typisch für ihn. Er hasst es, warten zu müssen.

Umso erstaunter bin ich, als ich ihn in der Ankunftshalle breit lächelnd und mit weit ausgestreckten Armen auf uns zustürmen sehe. Er drückt mich so fest an seine Brust, dass ich seinen Herzschlag hören kann.

»Ich hatte schon Angst, du hättest es dir anders überlegt. Aber nun seid ihr ja da. Endlich«, äußert er mit tränenerfüllter Stimme und wendet sich Janosch zu. »Komm zu Opa auf den Arm.«

Obwohl Janosch völlig erledigt ist, erkennt er seinen Großvater sofort wieder und strahlt ihn an. »Ich bin heute mit dem Zug gefahren«, berichtet er stolz.

»Und mit dem Flugzeug geflogen«, ergänzt Paps. »Das war bestimmt sehr aufregend für dich.«

Es war so aufregend und kräftezehrend, dass Janosch noch im Auto einschläft.

Ich trage ihn ins Haus, vorbei an Zora, der ich keine Möglichkeit gebe, uns zu begrüßen.

Als sie kurz darauf in mein ehemaliges Zimmer kommt und fragt, ob sie helfen könne, schüttle ich nur stumm den Kopf.

»Soll ich noch eine zweite Decke bringen? Nachts wird es schon verdammt kühl.«

»Nicht nötig«, antworte ich knapp.

Ich spüre ihren Atem in meinem Nacken. Sie steht dicht hinter mir und schaut mir über die Schulter. »Kann ich denn gar nichts für euch tun?«

Ich drehe mich um und durchbohre die falsche Schlange mit dem stechendsten Blick, den ich beherrsche. »Doch! Du könntest leiser sprechen oder legst du es darauf an, Janosch zu wecken?«

Mein Vater steht im Türrahmen und fordert seine Frau auf, uns allein zu lassen. »Kommst du später noch zu uns ins Wohnzimmer, wenn du den Kleinen hingelegt hast?«, flüstert er mir zu.

»Heute nicht mehr. Lass uns morgen reden«, bitte ich ihn.

»Dann wünsche ich eine gute Nacht.«

Wenn jemand eine gute Nacht nach diesem Scheißtag verdient hat, dann ja wohl ich.

Ich streife meine Schuhe ab, ziehe Jeans und Strümpfe aus und verschiebe meine Absicht auf morgen, noch vor dem Schlafen eine Dusche zu nehmen. Anstatt den Koffer zu öffnen und mein Nachthemd rauszuholen, falle ich so, wie ich bin, ins Bett. Ganz eng an meinen kleinen Schatz gekuschelt, verspreche ich ihm im Stillen, dass schon bald wieder Ordnung in unser Leben einziehen wird.

Nur wie und wo, ist mir in diesem Moment noch vollkommen unklar.

FRÜHAUFSTEHER

LORE

Huberts Handy hat schon wieder um Punkt halb sieben geklingelt. Dieses Mal habe ich nicht gefragt, warum er sich so früh
wecken lässt, denn ich kenne seine Antwort. »Ich stehe immer
um halb sieben auf.« Aber ohne mich.

Ich schlafe bis neun. Um diese Zeit blitzt die Sonne durchs
Fenster, der Frühaufsteher ist von seinem Morgenspaziergang
zurück und hat frische Brötchen mitgebracht.

Sobald ich im Bad verschwinde, stellt er den Kaffeeautomaten
an, den er bereits am Vorabend bestückt hat.

Heute höre ich nicht das Gurgeln seiner in die Jahre gekom-
menen Maschine, sondern seine Stimme. Er telefoniert. So, wie
es scheint, mal wieder mit Simon. Was haben die beiden ständig
zu bequatschen?

»Nein, noch nicht. Mein altes Mädchen ist gestern Abend
eingeschlafen, bevor ich das Thema ansprechen konnte. Aber
heute während der Bootstour zur Insel Mainau werde ich
Gelegenheit haben, ihr die freudige Nachricht zu überbringen«,
tönt es aus der Küche.

Freudige Nachricht? Das kann nur eins bedeuten. Ich
werde Urgroßmutter. Aber warum erfahre ich das nicht direkt
von Stine? Sie weiß doch, wie lange ich darauf gewartet habe.

Es ist mir nicht möglich, so zu tun, als hätte ich von dem Telefonat nichts mitbekommen. Noch beim Frühstück bitte ich Hubert, meinen Verdacht zu bestätigen.

»Du liegst völlig falsch, Liebes. Unsere Kleine erwartet kein Kind. Sie hat ein sensationelles Angebot erhalten und würde gern wieder in ihren alten Beruf zurückkehren.«

»Das soll die tolle Neuigkeit sein?«, frage ich enttäuscht und kann nicht begreifen, weshalb Hubert sich so darüber freut.

Ohne mich anzusehen, murmelt er: »Sie wird den Laden aufgeben.« Gespannt wartet er auf meine Reaktion.

Ich reagiere gelassen. »Damit habe ich bereits gerechnet, als die beiden uns mitgeteilt haben, dass sie sich ein Haus in Hamburg bauen wollen.«

Völlig verblüfft schaut er mich an. »Du flippst nicht aus? Lore, du erstaunst mich.«

Ich überhöre seine Bemerkung und frage, wann die Barkasse ablegt.

»Welche Barkasse? Wir sind doch nicht in Hamburg und wollen eine Hafenrundfahrt machen. Hier am Bodensee gibt es richtige Boote«, verbessert er mich und fügt an, dass wir noch genügend Zeit haben, um eine zweite Tasse Kaffee zu trinken.

Was meint er mit *richtigen* Booten? Kanus, Paddel- oder Ruderboote? Beabsichtigt er etwa, die romantische Szene aus meiner Lieblingsschnulze mit mir nachzustellen? Die Vorstellung, wie er sich für mich abrackert, während ich gemütlich zurückgelehnt die Aussicht genieße, hat schon was.

Während ich uns gedankenversunken nachschenke, legt er einen Prospekt auf den Tisch. Auf dem Deckblatt ist kein Ruderboot, sondern ein dreistöckiges Schiff zu sehen, das durch azurblaues Wasser gleitet. Die Realität hat mich wieder.

Ich blättere die erste Seite auf und überfliege die Überschrift: *Wandern, radeln, schlemmen und genießen am Bodensee.*

Noch bevor ich mich dem Inhaltsverzeichnis widmen kann, schlägt Hubert vor, dass wir auch eine Drei-Länder-Tour unternehmen könnten. »Die deutschen, schweizerischen und österreichischen Uferlandschaften bieten herrliche Ausblicke. Oder wir fahren nach Radolfzell und von dort auf die Insel Reichenau zum Weinfest. Entscheide du, worauf du Lust hast.«

Ich durchforste den Prospekt und kann mich nicht entscheiden. Lindau, Friedrichshafen, Meersburg oder Überlingen? Die Angebote klingen alle so verführerisch. »Um alle Sehenswürdigkeiten zu erkunden, müsste ich Wochen bleiben.«

Hubert erhebt sich vom Stuhl und tritt hinter mich. Ich spüre seine Hände, die mir sanft die Schultern massieren. »Du glaubst, ich würde dich wieder gehen lassen? Nein, Lore-Schatz, jetzt hab ich dich hier und lass dich nie wieder los.«

Ich lege meinen Kopf in den Nacken und schaue zu ihm auf. »Du meinst, ich soll hier zur Miete wohnen, obwohl ich ein bezahltes Haus besitze?«

Hubert lässt sofort von mir ab. »Deine Macke, dass nur *eigene* vier Wände für dich infrage kommen, hast du wohl immer noch nicht abgelegt. Bitte erspare mir deine Phrasen wie: *Eigener Herd ist Goldes wert* oder *Wer sich im Alter wärmen will, muss sich in der Jugend einen Ofen bauen.*«

»Was ist so schlimm an meiner Haltung? Glaubst du, dass ich mich von einem Vermieter abhängig mache, der jederzeit die Miete erhöhen oder unvermittelt Eigenbedarf anmelden kann? Nein, Hubert, das tue ich mir in meinem Alter nicht mehr an.«

Jetzt habe ich ihn verärgert, denn er raunzt: »Dann geh doch zurück in dein altes und viel zu großes Haus. Aber denk daran, dass du dort allein wohnen wirst.«

Hubert so aufgebracht zu erleben, lässt mich schmunzeln. »Wer sagt denn, dass ich zurückwill? Ich habe lediglich betont, dass ich nicht zur Miete wohnen möchte.« Mein Ex scheint noch immer nicht zu verstehen, was ich eigentlich meine. »Statt der

Grafenfamilie Bernadotte heute einen Besuch abzustatten, sollten wir uns lieber nach einer geeigneten Immobilie umsehen.«

Jetzt hat es Hubert die Sprache verschlagen. Für einen kurzen Moment schaut er mich mit offenem Mund an, dann geht er vor mir auf die Knie. Er greift nach meiner Hand und sagt die Worte, von denen ich glaubte, sie in diesem Leben nie mehr zu hören.

»Ich liebe dich, Trude Sandmann. Nicht im Traum hätte ich daran gedacht, dass dieser Vorschlag von dir kommt. Wenn es dir wirklich ernst ist, dann wüsste ich einen schönen Platz für uns.«

Auf einmal kann es ihm nicht schnell genug gehen. Er zieht an meinem Arm und fordert mich auf, ihm zu folgen.

Ich hoffe sehr, dass Hubert nicht vorhat, mir den Friedhof zu zeigen.

Wer ist Coco?

Babette

Seit einer Stunde hänge ich an der Strippe und rufe abwechselnd bei Frank und im Berliner Institut für Ästhetik an. Bei meiner Schnippeldoktorin ist ständig besetzt und bei Frank läuft die Mailbox. Er hat sie so eingestellt, dass ich keine Nachricht hinterlassen kann.

Endlich erhalte ich ein Freizeichen. »Guten Morgen. Hier spricht Engler. Ich brauche ganz dringend einen Termin. Besser heute als morgen.«

Die Kleine vom Empfang weiß genau, wer zu ihr spricht. Oft genug hat sie mir den Mantel abgenommen und mich ins Behandlungszimmer geführt.

»Was soll gemacht werden, Frau Engler? Wieder Botox und Hyaluron?«

Ich stöhne auf. »Damit ist es diesmal nicht getan. Ich fürchte, Frau Doktor muss zu härteren Mitteln greifen. Bei meinem letzten Besuch haben wir über ein Fadenlifting gesprochen.«

»Moment«, bittet sie und ich warte geduldig. »Der früheste Termin, den ich Ihnen anbieten kann, ist der kommende Montag. Aber auch nur, weil Sie es sind.«

Nach dieser Ansage verziehe ich zunächst missmutig das Gesicht. Ich hatte gehofft, mich noch vor dem bevorstehenden

Wochenende verjüngen lassen zu können. Da jedoch die Haut nach dem Eingriff sicherlich einige Tage gerötet sein wird, stimme ich dem Termin zu.

Ich beende das Gespräch und will es ein letztes Mal bei Frank versuchen, als es bei mir klingelt.

Der Blick aufs Display zeigt, dass Stine die Anruferin ist.

Ohne mir einen guten Morgen zu wünschen, legt sie gleich los. »Hast du die Sache mit Frank in Ordnung gebracht?«

»Er geht nicht ans Handy«, antworte ich entschuldigend.

»Dann setz dich in Bewegung und fahr zu ihm!«

Ich wundere mich über ihren forschen Ton und beschwere mich sogleich.

»Du meinst, ich würde ruppig klingen? Dann solltest du hören, wie ich gleich mit Franziska umspringen werde. Die wird von mir ein richtiges Donnerwetter zu hören bekommen, sollte sie endlich mal ans Telefon gehen.«

»Was hat sie angestellt, dass du so aufgebracht bist?«

»Sie hat sich ohne ein Wort verdrückt und mit Janosch Unterschlupf bei Moritz gesucht.«

»Das hat sie nicht. Moritz hat die beiden gestern Abend zum Flughafen gefahren. Vermutlich sitzen sie jetzt mit Lukas in Berlin am Frühstückstisch und trinken gemütlich Kaffee. Genau das werde ich jetzt auch tun, wenn du gestattest«, motze ich zurück.

»So?«, erklingt es kleinlaut am anderen Ende der Leitung, bevor ihr ein gequältes Stöhnen entweicht. »Ihr Mädels schafft mich.«

»Ja, du hast recht, Stine. Wir sind schon eine verrückte Truppe.« Wir beide lachen.

Wie angekündigt, koche ich mir einen starken Kaffee. Gleich danach begebe ich mich auf die Suche nach der Visitenkarte, die Frank mir einst überreicht hat. Ich bin mir absolut sicher, dass ich sie in diese Schublade gepackt habe, aber dort ist sie nicht. Egal. Ich habe Frank schon einmal gegoogelt.

Augenblicklich erinnere ich mich an den besagten Abend, als er als starker Mann Eindruck auf mich gemacht hat.

Er ist ja auch ein Netter. Aber nett allein reicht mir nicht.

Ich stelle meinen Computer an. Einige Mausklicks später finde ich seinen Eintrag. Ich notiere Straße und Hausnummer und beschließe, keine Zeit zu verlieren und die unangenehme Sache schnellstmöglich aus der Welt zu schaffen.

Der helle Transporter mit der Aufschrift *Frank Münster Malerbetrieb* parkt vor der Hausnummer 2a.

Es handelt sich um ein schmuckloses Doppelhaus aus den Fünfzigern. Noch auf dem Weg durch den Vorgarten fällt mir die Redensart von den Schustern ein. Von denen, die die schlechtesten Rappen haben. Das ist auch hier der Fall. Die Putzfassade bettelt förmlich nach einem neuen Anstrich.

Noch bevor ich klingele, reißt eine ältere Frau die Tür auf. »Ja, bitte?«, fragt sie recht unfreundlich.

»Mein Name ist Babette Smolka. Ich möchte zu Herrn Münster.«

Sie mustert mich eingehend. »Geschäftlich? Dann sind Sie hier falsch. Der Betrieb ist in 2b. Das ist auf dem Hof.«

Ich bedanke mich für die Auskunft und mache mich auf den Weg zum Nebengebäude, als ich sie hinter mir rufen höre.

»Sparen Sie sich das. Er ist nicht da. Seine Coco liegt in den Wehen. Er holt gerade die Ärztin ab. Ausgerechnet heute streikt ihr Wagen. Kennen Sie sich eventuell mit Geburtshilfe aus?«

Ich schüttle entschieden den Kopf.

»Dann entschuldigen Sie mich jetzt bitte. Ich muss mich um die werdende Mutter kümmern.«

Völlig verdutzt steige ich in mein Auto.

Wer zum Geier ist Coco?

In Gedanken setze ich meine Fahrt fort. Vor dem *Café Laine* drücke ich voll auf die Bremse.

Was steht dort auf dem Schild im Schaufenster? *RÄUMUNGSVERKAUF*? Das gibt es doch nicht.

Ich stürme in den Laden und frage, was das zu bedeuten hat. »Du gibst auf?«

Stine nickt und erzählt mir von ihrer beruflichen Herausforderung.

Bestürzt lasse ich mich in den Sessel fallen. »Und was sagt Lore dazu?«

Stine zuckt verlegen mit den Schultern. »Ich habe noch nicht mit ihr gesprochen. Aber auch wenn sie meine Entscheidung nicht gutheißt: Es bleibt dabei.«

Noch bevor sie mich fragen kann, ob ich mit Frank geredet habe, will ich von ihr wissen, ob sie *Coco* kennt.

»Ich kenne nur Coco Chanel.«

»Die wird wohl kaum im Haus von Franks Mutter gerade sein Kind zur Welt bringen.«

Stine gibt sich nicht mit Wortfetzen zufrieden. Sie will die ganze Geschichte und ich berichte, was sich gerade zugetragen hat.

»Das ist ja ein starkes Stück. Er macht dir den Hof und spricht von wahrer Liebe, während eine andere Frau ein Kind von ihm erwartet? Nie hätte ich gedacht, dass Frank so ein Hallodri ist«, lautet ihr Resümee.

»Mir soll's nur recht sein. So kann ich ihm den wahren Grund ersparen, weshalb ich es beende. Die Erklärung, dass wir intellektuell nicht zueinander passen, hätte er ohnehin nicht geschluckt.«

Stine schaut mich prüfend an. »Dann macht es dir nichts aus, wenn wir ihn doch mit den Malerarbeiten für die Büros beauftragen? Simon findet nämlich so schnell keinen Ersatz und es eilt wirklich. Außerdem hat Frank es handwerklich drauf.«

»Nur zu. Als frischgebackener Vater kann er jeden Cent gebrauchen.«

DANKBARKEIT ZEIGEN

FRANZISKA

Obwohl ich Janosch bitte, so lange zu warten, bis ich mich abgetrocknet und angezogen habe, rennt er aus dem Zimmer.

Erst ziehe ich das Handtuch fester und verknote die Ecken über der Brust, dann glitsche ich ihm mit nassen Füßen durch den langen Flur auf den spiegelglatten Fliesen hinterher.

Ich bin dennoch nicht schnell genug. Zora hat ihn sich schon gekrallt und wirbelt ihn durch die Luft.

»Gut geschlafen?«, fragt sie mich mit gekünstelter Freundlichkeit.

Ich würde ihn ihr am liebsten aus den Händen zerren. Doch ich reiße mich zusammen. »Ist mein Vater auch schon wach?«, erkundige ich mich stattdessen.

»Er schläft noch. Aber Kaffee steht bereit. Bedien dich. Du kennst dich ja aus.«

»Bevor wir frühstücken, mache ich erst Janosch fertig. – Komm her, Schatz«, fordere ich meinen Sohn auf.

Es gelingt ihm nicht, sich aus Zoras Armen zu befreien.

»Lass ihn los«, sage ich betont ruhig. Mein drohender Unterton kann ihr jedoch unmöglich entgehen. Dennoch ignoriert sie mich und drückt Janosch schnelle Küsse auf die Wange, was mich noch wütender macht.

»Auf der Stelle!«, zische ich. Es kostet mich sämtliche Kraft, sie nicht vor meinem Sohn anzuschreien, obwohl ich genau das am liebsten tun würde.

»Hab dich doch nicht so«, tönt sie überheblich und stellt Janosch endlich wieder auf die Füße. »Ich bin schließlich seine Großmutter.«

»Du bist die Frau meines Vaters, mehr nicht!«, herrsche ich sie an.

Sie schnalzt mit der Zunge. »Wie undankbar du bist. Wir geben dir eine Menge Geld, das dir eigentlich erst nach Bernhards Tod zugestanden hätte. Aber du benimmst dich so, als wäre es eine Selbstverständlichkeit.«

Ich gehe drei Schritte auf sie zu. Erst kurz vor ihrem Gesicht mache ich halt. »*Ihr* gebt mir Geld?«, frage ich kühl und mustere sie mit unverhohlener Abscheu. »Davon abgesehen, dass du gar kein eigenes Geld besitzt, würde ich von dir nicht einen müden Cent annehmen!«

»Dein Benehmen spottet jeder Beschreibung, Franziska. Du bist eine erwachsene Frau und benimmst dich wie ein kleines, verzogenes Kind.«

»Was willst du von mir?«

»Dass du deine Feindseligkeit mir gegenüber unterlässt. Es gibt keinen Grund, mich derart zu behandeln.«

»Nicht?«, presse ich hervor und bin nun doch kurz davor, die Fassung zu verlieren. »Du scheinst unter Vergesslichkeit zu leiden. Darf ich dich an den Tag erinnern, als du mir hundert Euro zugesteckt hast, die angeblich von meinem Vater stammten? Ich sollte ihm eine Freude machen, endlich mal wieder ausgehen und mich mit Leuten meines Alters verabreden. Wie hattest du dich noch ausgedrückt? *Er wünscht sich so sehr, dass du dich mal wieder amüsierst.* Nur weil ich meinen Vater nicht enttäuschen wollte, habe ich das Geld angenommen und mich den ganzen Abend im Ort gelangweilt, während du deinen perfiden Plan im Theater gefeiert hast.«

»Das sind doch alte Kamellen«, wiegelt sie ab. »Dem Kleinen ist ja nichts passiert. Er stand nur für einen kurzen Moment weinend am Fenster, als wir nach Hause gekommen sind.«

»Nur weinend am Fenster?«, wiederhole ich fassungslos und balle die Hände zu Fäusten, damit ich ihr nicht doch eine klatsche. Ich bin so wütend, dass ich am ganzen Leib zittere.

»Dann war es doch so, wie Franziska stets beteuert hat«, ertönt plötzlich die Stimme meines Vaters hinter mir. Er klingt völlig entsetzt. »Du hast sie bewusst fortgeschickt und in Kauf genommen, dass der Kleine ganz allein ist.«

Zora bekommt einen roten Kopf, der noch heller leuchtet als ihr purpurfarbenes Haar. Als sie realisiert, dass sie aufgeflogen ist, bricht sie in Tränen aus. Mit gesenktem Kopf flieht sie aus der Küche.

»Das hat ein Nachspiel«, knurrt Paps seiner Frau hinterher, bevor er mich betreten ansieht.

Mehrfach fährt er sich durchs Haar, sucht offenbar nach den richtigen Worten. Doch er findet keine. Ich erlebe meinen Vater vollkommen sprachlos.

Um die Stille zu brechen, äußere ich den Wunsch, mich ankleiden zu wollen. »Passt du unterdessen auf Janosch auf?«

Wir frühstücken zu dritt auf der Terrasse. Zora hat es vorgezogen, sich im Schlafzimmer zu verkriechen.

Statt Small Talk zu halten, kommt Paps gleich zur Sache. »Wie viel Geld soll ich von der Bank holen? Du solltest nicht die ganze Summe in bar mit dir herumschleppen. Ich überweise es dir lieber auf dein Konto.«

Ohne ihm eine Zahl zu nennen, bedanke ich mich für sein Geschenk. »Du hilfst mir gerade sehr«, stammle ich.

»Du willst mit Lukas eine neue Bar eröffnen, stimmt's? Mach das, Franzi. Das ist eine gute Investition.«

Mir bleibt gerade der Bissen im Hals stecken. »Woher weißt du, dass Lukas eine Saftbar betreibt?«

»Der junge Marcel Lübberstedt hat es nebenbei erwähnt, als er für mich das Schloss zur alten Dachgeschosswohnung aufgebrochen hat. Daraufhin habe ich ein wenig recherchiert. Es war nicht schwierig, euren Laden in Friedrichshain zu finden.«

»Du hast immer gewusst, wo wir sind?«

Mein Vater nickt. »Lukas' Franchise-System hat Hand und Fuß. Diesmal hast du den Richtigen an deiner Seite. Ich freue mich und bin unbeschreiblich stolz auf dich.«

So viel Lob löst unmittelbares Unwohlsein in mir aus. Ich kämpfe mit aller Macht gegen den Magensaft, der merklich in meiner Speiseröhre aufsteigt.

Statt mich zu entschuldigen und zu erklären, dass ich dringend mal wohin muss, schaffe ich es nur noch, ein unverständliches »Tschuldi…« herauszuwürgen.

Mit vorgehaltener Hand laufe ich ins Bad und übergebe mich.

Durch die offene Tür höre ich, wie mein Vater Janosch fragt, ob ich häufiger spucken müsse.

»Mama hat Aua im Bauch«, antwortet er und fügt an: »Ist aber nicht schlimm.«

»Soso«, kommentiert Paps die Diagnose seines Enkels.

Als ich kurz darauf an den Tisch zurückkehre, starrt mein Vater auf sein Handgelenk. »Wie spät ist es jetzt? Ich glaube, meine Uhr ist stehen geblieben.«

Ich muss mein Handy holen, um ihm die genaue Zeit ansagen zu können. Mit zittrigen Fingern stelle ich es an. »Halb zehn«, erkläre ich und sehe, dass ich mehr als neun Anrufe in Abwesenheit erhalten habe. Aufgeregt schaue ich nach, wer versucht hat, mich zu erreichen.

Lukas war es nicht. Alle Einträge stammen ausschließlich von Stine.

Unter den argwöhnischen Augen meines Vaters stelle ich das Telefon wieder aus.

»Was haltet ihr von einem Spaziergang über den Golfplatz, bevor wir uns ins Getümmel der Stadt werfen und zur Bank gehen?«

Ich stimme zu, obwohl ich mich viel lieber im Bett einkuscheln würde. Mir ist immer noch speiübel. Andererseits ist mein Magen bereits leer und etwas Bewegung würde mir wahrscheinlich guttun, um meinen Kreislauf wieder in Schwung zu bringen.

Ohne sich von Zora zu verabschieden, schließt mein Vater die Tür hinter uns. Er legt seinen Arm um mich und seufzt. »In der Vergangenheit ist viel Schlimmes passiert. Nicht nur du, *wir beide* haben Dummes angestellt. Aber egal, was war, lass uns einen Schlussstrich darunter ziehen und nur noch positiv in die Zukunft blicken.«

»Das würde ich gern, wenn die Vergangenheit mich endlich loslassen würde«, antworte ich vage.

Aber Paps gibt sich mit vagen Antworten nicht zufrieden. »Was meinst du? Ich bin bereit, das Gewesene gewesen sein zu lassen. Wenn du es auch bist, dann können wir doch …«

Ich nehme meinen ganzen Mut zusammen und schneide ihm das Wort ab. Genauso, wie es sich verhält, sage ich es frei heraus: »Es geht nicht um uns beide. Antonio ist in Berlin aufgetaucht und setzt mich massiv unter Druck.«

Mein Vater ist fassungslos. »Man hat diesen Schwerverbrecher wieder freigelassen? Ich hätte diesen miesen Hund damals überfahren sollen, so, wie ich es vorhatte.«

»Dann würdest du jetzt einsitzen«, lache ich gequält. »Das wäre auch nicht besser.«

»Was will er von dir? Er erhebt doch wohl keine Ansprüche auf den Kleinen?«

»Keine Sorge, Janosch interessiert ihn nicht.«

Schweigend marschieren wir zum Clubhaus, in dessen unmittelbarer Nähe sich ein kleiner Spielplatz mit einer Schaukel und einem Klettergerüst befindet.

Janosch rennt die letzten Meter. Er hat die Zeit bei seinem Opa nicht vergessen.

Lächelnd beobachten wir ihn, bis mein Vater den Kopf dreht und mich forschend betrachtet. »Was will dein Ex von dir? Und warum stellst du dein Handy aus? Gibt es Probleme mit Lukas?«

Sein Ton ist frei von Vorwurf, weshalb es ihm gelingt, mir nach und nach die ganze Geschichte zu entlocken. Ich lasse kein Detail aus.

Als sich sein anfänglicher Zorn auf Antonio gelegt hat, unterbreitet er mir einen Vorschlag. »Bleibt vorerst bei uns. Hier seid ihr in Sicherheit. Wenn du zur Ruhe gekommen bist, entscheide mit klarem Kopf, wie und wo es weitergehen soll.«

Ich nicke betrübt und lasse mich von ihm in eine tröstende Umarmung ziehen. Nach Tagen der Verzweiflung fühle ich das erste Mal, dass doch noch nicht alles verloren ist.

Ich habe einen fantastischen Sohn und einen lernfähigen Vater, der viel gütiger und verständnisvoller ist, als ich es je für möglich gehalten habe.

Vielleicht gibt es ja doch noch Hoffnung.

SAMSTAGSKUCHEN

STINE

Seit ich das Schild ins Schaufenster gehängt habe, rennen mir die Leute die Bude ein. Was das Rabattzeichen für eine Wirkung hat, ist doch immer wieder erstaunlich. Vielleicht hätte ich nicht so lange mit einer solchen Aktion zögern sollen. Andererseits wollte ich meine Ware nicht unter Wert verkaufen. Inzwischen ist das zweitrangig.

Binnen drei Tagen bin ich die Hälfte meines Lagerbestands losgeworden. Der Löwenanteil ging online über den virtuellen Ladentisch.

Das war auch gut so, denn noch mehr Kunden, die mir ihr tiefes Bedauern ausdrücken, hätte ich nicht ertragen.

»Ach, wie schade, dass Sie aufgeben«, höre ich heute schon zum x-ten Mal.

Zu gerne würde ich auch dieser Schnäppchenjägerin antworten: »Wären Sie früher gekommen und hätten den regulären Preis bezahlt, würde ich nicht aufgeben.« Aber das spreche ich nicht aus, sondern bleibe wie immer freundlich und bedanke mich für die mir entgegengebrachte Treue.

Die letzte Kundin ist gerade gegangen, als die Hintertür klappt. Simon kommt in den Laden und präsentiert stolz einen noch warmen Kuchen, den er an seinem freien Samstagvormittag für uns gebacken hat.

»Wow, hier sieht es ja schon richtig leer aus«, staunt er beim Blick auf die Regalwand.

Ich schnuppere genüsslich am Gugelhupf und küsse meinen Bäcker anerkennend auf den Mund. »Wenn das so weitergeht, könnte ich bereits am kommenden Wochenende endgültig schließen.«

»Lass uns zunächst dieses Wochenende planen. Laut Wetterbericht soll es noch mal warm werden. Ab Montag ist Herbstwetter angesagt«, erklärt er und stellt den Kuchen auf den Tisch.

Ich schlage vor, uns zum Gebäck einen Cappuccino zu servieren.

»Mach gleich drei. Frank ist gerade vorgefahren. Ich hoffe, er nimmt mir meinen Rückzieher nicht übel. Dass ich ihn jetzt anbetteln muss, den Auftrag doch noch zu übernehmen, ist mir sehr unangenehm.«

Da nur ich mit meiner unüberlegten Plauderei für diese Unannehmlichkeit verantwortlich bin, biete ich an, mit ihm zu sprechen.

Doch Simon lehnt entschieden ab. »Du hast schon genug gesagt. Besser, ich übernehme das.«

Ich habe verstanden und begebe mich ohne weiteren Kommentar zur Kaffeemaschine.

Mit einem freundlichen »Hey« kommt Frank wenig später in den Laden. »Du wolltest mich sprechen, Simon?«

Mein Göttergatte nickt. »Setz dich doch. Magst du etwas trinken? Stine bereitet gerade Cappuccino für uns zu.«

Ich beobachte die beiden aus fünf Metern Entfernung. Frank wirkt nicht nachtragend auf mich, denn er antwortet gewohnt freundlich. »Sehr gern.«

Routiniert balanciere ich drei Tassen zum Tisch, ohne auch nur einen Tropfen zu verschütten. »Gratuliere zum Nachwuchs«, sage ich lächelnd und stelle das Getränk vor ihm ab.

»Danke, aber woher weißt du davon?«

Simon hebt die Brauen und schaut mich vorwurfsvoll an. Wieso? Hätte ich das etwa nicht sagen dürfen?

Nun ist es zu spät. Ich kann meine Worte nicht mehr zurücknehmen und antworte auf Franks Frage. »Babette hat es mir erzählt.«

Das scheint ihn wahrhaftig zu erstaunen. »Und wie hat Babette es erfahren?«

»Sie hat es von deiner Mutter.« Ich runzle die Stirn. »Wieso fragst du mich das? Habt ihr denn immer noch nicht miteinander geredet?«

Frank verneint. »Zwar hat sie versprochen, mich anzurufen, aber ich hatte die letzten Tage viel um die Ohren und war telefonisch schwer erreichbar.«

»Verständlich. Als frischgebackener Vater hat man ja auch Wichtigeres zu tun. Wie geht es Coco? Hat sie alles gut überstanden?«

Weil es Simon bisher nicht gelungen ist, mich mit Blicken zu bremsen, raunt er recht laut: »Stine!« Dabei zieht er das *i* so lang, dass auch Frank bemerkt, dass mein Mann mir gerade den Mund verbietet.

»Was?«, empöre ich mich und schaue Simon beleidigt an. »Ich werde mich doch wohl nach dem freudigen Ereignis erkundigen dürfen.«

Frank kriegt nicht mit, dass Simon resigniert den Kopf schüttelt.

»Coco geht es gut, aber so freudig, wie du denkst, war das Ereignis nicht. Ich würde es eher als Zitterpartie bezeichnen. Einer hat es leider nicht geschafft. Wäre die Ärztin schneller da gewesen, hätten wir ihn vielleicht noch retten können.«

Simon geht es wie mir. Mit aufgerissenen Augen und offenem Mund glotzen wir Frank an.

Mein Schatz spricht das aus, was auch ich denke. »Wie furchtbar, Frank! Ich kann gar nicht sagen, wie leid es mir tut.«

»Es war Cocos erste Schwangerschaft. Die Ärztin meinte, dass sie eigentlich noch viel zu jung sei. In solchen Fällen sollen Komplikationen nicht ungewöhnlich sein.«

Dass Frank jetzt lächelt, wirkt nicht nur auf mich befremdlich. Er zückt sein Handy aus der Hosentasche und stellt es an. »Aber die anderen vier sind wohlauf und entwickeln sich prächtig. Wollt ihr mal sehen?«

Hat er gerade von *vier* gesprochen? Coco hat zu Hause *Fünflinge* entbunden? Das ist in meinen Augen nicht nur leichtsinnig, sondern in höchstem Maß verantwortungslos.

Sofort erscheint das Bild von Susans Frühchen vor meinem inneren Auge. Ich erinnere mich noch gut daran, wie schockiert ich damals war, als ich die Kleine das erste Mal zu Gesicht bekommen habe. Wie werden erst diese Babys ausschauen? Nein, ich will sie nicht sehen und lasse Simon den Vortritt.

»He!«, schreit er. »Die sind ja pechschwarz und so winzig.«

»Blättere mal weiter«, schlägt Frank vor. »Es gibt auch noch Bilder von den Kleinen, während sie an Cocos Zitzen nuckeln.«

Hallo? Geht's noch?

So langsam kann ich Babette verstehen. Frank hat wirklich eine unmögliche Art, sich auszudrücken.

»Der Vorgang heißt *Stillen*«, rufe ich ihm entrüstet zu.

»Willst du alle behalten?«, fragt Simon und gibt Frank das Smartphone zurück.

»Hättest du Interesse?«

»Schon, aber das müsste ich erst mit Stine besprechen.«

»Sie haben keine Papiere«, gibt Frank zu bedenken. »Allerdings kann ich dir versichern, dass der Vater ein Prachtexemplar ist und nur beste Eigenschaften vererbt hat.«

Simon streicht mir mit der flachen Hand über den Rücken. »Papiere sind uns nicht wichtig, oder, Schatz?«

Mittlerweile glaube ich, in einem aberwitzigen Traum festzustecken. Das, was hier gerade passiert, kann unmöglich wahr sein.

»Was redet ihr denn? Spinnt ihr jetzt beide?«, platzt es aus mir heraus.

Simon kichert. »Ach, Schatz, Coco ist eine Hündin«, gluckst er und schlägt mir amüsiert auf die Schulter.

»Ja sicher, was denn sonst?«, fragt Frank, der sich offensichtlich keinen Reim auf unser lautes Lachen machen kann. Ich verrate ihm nicht, was wir gedacht haben. Frank darf uns gern für verrückt halten. Vermutlich sind wir es auch.

Simon greift zur Tasse und nimmt einen großen Schluck. Ich ahne, dass er jetzt zum Geschäftlichen kommen will. Und richtig.

»Sag mal, Frank, hättest du noch Interesse an dem Auftrag?«

»Sagtest du nicht, die Hausverwaltung würde sich um den Anstrich kümmern?«

Aha. Mit der Hausverwaltung hat Simon sich also rausgeredet.

»Ja, das habe ich gedacht, aber zwischenzeitlich hat sich die Situation geändert.«

Weil ich vergessen habe, hinter Frank abzuschließen, trudelt nun doch noch ein Kunde ein. Zu meiner Überraschung handelt es sich um einen Mann.

Ich erhebe mich vom Stuhl und widme mich dem Herrn, der bereits wahllos Wollknäuel aus den Regalen herausreißt.

»Schön weich«, befindet er die Garne und fragt, was das für Sorten seien.

»Nun«, beginne ich zögerlich, nehme ihm nach und nach die edle Ware aus der Hand und lege sie auf den Tresen. »Alpaka, Kaschmir, Seide …« Weiter komme ich nicht mit meinen Ausführungen, denn er fragt, wie viel Warenbestand noch vorhanden sei.

Auf diese ungewöhnliche Frage verweigere ich die Antwort und will wissen, welche Absicht er verfolgt.

Wortlos reicht er mir eine Visitenkarte. Ich lese *Günther Günstig Restposten*.

»Ich zahle Ihnen fünfzig Cent pro Knäuel«, tönt er und zieht eine prall gefüllte Brieftasche aus der Innentasche seines Sakkos.

»Fünfzig Cent? Donnerwetter«, lache ich ihn laut aus.

Er erhöht sein Angebot auf siebenundfünfzig, besteht jedoch auf drei Prozent Skonto bei Barzahlung.

»Ich nehme Ihnen den ganzen Plunder ab. Sie brauchen sich um nichts zu kümmern.«

Ich hole tief Luft und ringe um Contenance. »Bester Mann, mir scheint, Sie haben keine Ahnung. Bei diesem *Plunder*, wie Sie meine Ware nennen, handelt es sich um die erlesensten Qualitäten, die auf dem Markt zu haben sind.«

»Und für die Sie offensichtlich keine Abnehmer gefunden haben«, kontert er. »Also lassen Sie Ihre Arroganz stecken. Ich bin Geschäftsmann und habe jeden Tag mit Leuten zu tun, die Rosinen im Kopf hatten und ihr Geschäft gegen die Wand gefahren haben. Achtundfünfzig Cent. Das ist mein letztes Angebot.«

»Raus! Aber sofort!«, brülle ich, so laut ich nur kann. »Mach 'ne Fliege, Günther, bevor ich mich vergesse.«

Er schaut überheblich auf mich herab. »Für einen Pleitegeier haben Sie eine recht große Klappe.«

»Wie haben Sie mich genannt?«, fauche ich und gehe näher auf ihn zu.

Simon und Frank haben ihre Unterhaltung unterbrochen. Sie sind im Begriff aufzustehen, um mir zu Hilfe zu eilen, aber ich weise sie mit ausgestreckter Hand zurück. »Schon gut,

Jungs. Mit diesem Ekel werde ich allein fertig«, tobe ich und reiße die Tür auf.

Der Leichenfledderer hat verstanden und tritt den Rückzug an, noch bevor ich handgreiflich werden musste.

Kopfschüttelnd überquert er die Straße und wird um ein Haar von einem Paketwagen erfasst.

»Bist du blind?«, schimpft der Fahrer aus dem offenen Fenster und zeigt dem Restposten-Fuzzi einen Stinkefinger. Nur durch das reaktionsschnelle Ausweichmanöver des Kuriers konnte das Schlimmste verhindert werden.

Erst jetzt erkenne ich Moritz, der augenscheinlich beim Frisör gewesen ist und so verändert aussieht, dass ich zweimal hingucken musste.

»Der ist nicht nur blind, sondern auch blöd und unvorstellbar unverschämt«, kreische ich über die Fahrbahn.

»Mein Herz rast bis zum Hals wegen dieses Idioten«, erklärt Moritz und fährt sich mit der Hand durch sein kurzes Haupthaar.

»Dann komm rein und beruhige dich. Ich gebe einen Kaffee aus. Kuchen gibt es auch.«

Ich warte im Türrahmen, bis er eingeparkt hat. Gleich nachdem er den Laden betreten hat, schließe ich ab.

Flüchtig winkt er den Männern zu, setzt sich aber nicht zu ihnen an den Tisch, sondern folgt mir zur Kaffeemaschine.

Ich ergreife die Gelegenheit, um ihn nach Franziska zu fragen. »Hat sie sich mal bei dir gemeldet, seit sie wieder in Berlin ist? Ich versuche es seit Tagen, aber sie geht nicht an ihr Handy.«

»Wie kommst du auf Berlin? Sie und Janosch sind in Spanien bei ihrem Vater.«

»Etwa für immer?«, frage ich erschrocken.

Moritz' Antwort besteht aus einem stummen Achselzucken.

Ich bereite einen obligatorischen Doppelten für meinen ahnungslosen Freund zu, nehme ein Messer und vier Teller für den Kuchen aus dem Schrank und folge ihm zu den anderen beiden.

»Coole Frisur«, lobt Frank Moritz' Haarschnitt. »Ich müsste auch mal wieder zum Putzer, aber ich komme vor lauter Arbeit nicht dazu.«

»Dann besorg dir besser ein Gummiband für deine langen Zotteln, denn die nächsten zwei Wochen wirst du keine Zeit haben«, rät Simon ihm.

Ich gehe mal davon aus, dass die beiden sich einig geworden sind.

»Endlich Wochenende«, stöhne ich und plumpse auf Simons Schoß.

»Und endlich scheint mal die Sonne. Bisher hat es immer geregnet, wenn ich frei hatte«, murrt Frank und greift beherzt zu.

Moritz lehnt den Kuchen ab. »Hoffentlich hält sich das Wetter bis morgen. Ich will wenigstens einmal in diesem Jahr in der See baden.«

»Wo soll es denn hingegen?«, fragen Simon und ich simultan.

»An die Ostsee auf die Insel Poel.«

»Da war ich schon oft zum Jetski-Fahren. Bei einer Geschwindigkeit von mehr als hundert Stundenkilometer über das Wasser zu heizen und dabei riskante Manöver zu fahren, ist für mich fast so berauschend wie Sex«, lässt Frank uns wissen.

Offensichtlich haben die drei ein gemeinsames Thema gefunden.

Ob Frank nun ein *Steher* oder ein *Sitzer* ist, interessiert mich jedoch nicht die Bohne.

»Ich gehe schon mal rauf«, erkläre ich und verabschiede mich von der Männerrunde.

FUNKSTILLE

FRANZISKA

Mein Vater geht Zora seit Tagen aus dem Weg. Die dicke Luft, die zwischen den beiden herrscht, ist förmlich zu spüren und macht für alle Anwesenden jede Mahlzeit zur Tortur. Bisher hat Paps auf ihre Fragen bei *Ja* nur mit einem stummen Kopfnicken, bei *Nein* mit Kopfschütteln reagiert.

Doch sie gibt nicht auf und spricht ihn auch heute beim Sonntagsfrühstück wieder direkt an. »Ich habe dir deine Golfklamotten aufs Bett gelegt, Bernhard.«

»Danke, aber das war nicht nötig«, antwortet er völlig unerwartet.

»Das hab ich doch gern getan. Wann beginnt dein Turnier?«

»Gar nicht.«

Janosch stellt die Frage, die uns allen auf den Lippen liegt. »Warum nicht, Opa? Ich will doch zugucken.«

Paps streicht seinem Enkel sanft über den Kopf. »Wenn ich das nächste Mal spiele, kannst du mitkommen.«

»Findet der Wettstreit denn nicht statt?«, hakt Zora nach.

»Doch, aber ohne mich. Ich habe meine Teilnahme abgesagt, weil ich dich gleich zum Flughafen fahren werde. Deine Mutter freut sich schon sehr auf deinen Besuch.«

»Ich verstehe nicht«, stottert sie. »Wieso? Was meinst du?«

Ich hingegen begreife sofort, was Paps ihr gerade unverblümt mitgeteilt hat. Er gibt ihr den Laufpass. Ich kenne das schon. Zora ist nicht die erste Frau, die ein Flugticket bekommt und auf Nimmerwiedersehen in den Wind geschossen wird. Allerdings ist sie seine erste *Ehefrau*, die auf diese Weise abgeschoben wird.

Er wird deutlich, ohne aufzuschauen. »Ein wenig Abstand wird uns guttun.«

Zora wird augenblicklich leichenblass. Sie ringt nach Luft. Bevor sie anfängt zu keifen, nehme ich Janosch an die Hand und gehe mit ihm nach draußen.

Das war eine gute Entscheidung, denn sie schreit so laut, dass es bis zur Straße schallt.

Auch mein Vater ist klar zu verstehen. Bei seinen Worten zucke ich regelrecht zusammen.

»Ich brauche Zeit zum Nachdenken. Momentan weiß ich nicht, wie es mit uns weitergehen soll.«

Verdammt! Lukas hat sich fast genauso ausgedrückt. Ich greife instinktiv in meine Hosentasche und ziehe das Handy heraus. Wieder nur Anrufe von Stine.

Ich bin seit Dienstag fort und er hat sich nicht ein einziges Mal bei mir gemeldet.

Mein Vater reißt mich aus den dunklen Gedanken. Er verlässt das Haus durch den Garten und kommt mit großen Schritten auf mich zu.

»Fang«, ruft er, als uns noch gute drei Meter voneinander trennen. Er holt aus und wirft mir etwas zu. Ich fange Zoras Schlüsselbund.

»Künftig kannst du ihren Wagen nehmen, dann seid ihr mobil. Fahrt doch mal an den Strand. Zeig Janosch das Meer und lasst euch frischen Wind um die Nase wehen. Ich bin gegen Abend zurück. Dann würde ich gern eine Sache mit dir besprechen.«

»Welche Sache?«, frage ich neugierig nach.

Paps lächelt. »Keine Angst. Es ist nur eine Idee. Eine verdammt gute Idee. Warte nur ab.«

Wie gemein von ihm, es mir nicht gleich zu verraten. Er weiß doch, wie ungeduldig ich bin.

Vorschnell

Lore

Ich bereue es bereits zutiefst, Hubert den Vorschlag unterbreitet zu haben, nach etwas Eigenem zu suchen. Seit Tagen schleppt er mich in Orte, von denen ich noch nie gehört habe. Bisher haben wir uns nur Schrottimmobilien angesehen. Baufällige Reihenhäuser oder Wohnungen ohne Fahrstuhl und ohne jeglichen Komfort.

»Startklar?«, fragt er mich nach unserem Sonntagsbrunch.

Statt ihm zu antworten, verziehe ich das Gesicht.

»Was ist, Lore? Keine Lust auf eine weitere Besichtigungstour?«

Ich räume schweigend den Tisch ab. Auf der Suche nach den passenden Worten bringe ich das Geschirr in die Küche. Nach einem kurzen Blick aus dem Fenster weiß ich, was ich sagen will. »Ein Haus mit einem so schönen Ausblick wie hier werden wir nie finden.«

Hubert nickt. »Immobilien in Ufernähe kosten ein Vermögen. Für solche Objekte reichen meine Ersparnisse leider nicht aus und die Banken gewähren Leuten in meinem Alter keinen Kredit mehr. Entweder suchen wir uns etwas in meiner Preislage oder wir bleiben hier zur Miete wohnen.«

Hubert denkt zu kurz, wenn er nur zwei Möglichkeiten in Betracht zieht. Es gibt noch eine dritte Alternative. Ich könnte meine Wohnung und den Laden verkaufen. Mit dem Erlös hätten wir genug Kapital, um uns in Seenähe niederzulassen.

Ich spreche meinen Gedanken laut aus.

Hubert traut seinen Ohren nicht. »Dazu wärst du bereit?«

Hätte ich es sonst angeboten?

Entschlossen hebe ich das Kinn. »Ja, aber lass uns einen Makler beauftragen. Meine Restlebenszeit ist begrenzt und zu kostbar, um täglich auf sinnlose Suche zu gehen.«

Schelmisch grinst er mich an. »Lore Sandmann, du bist ein Spitzenweib. Wie konnte ich mich nur von dir trennen?«

Ich helfe seiner Erinnerung auf die Sprünge. »Nicht du hast dich von mir getrennt, Hubert. Ich habe dich hochkant rausgeworfen, weil ich deine *Herumbutscherei* satthatte. Du hattest nur dein Vergnügen im Kopf, während ich mich um die Arbeit kümmern musste.«

Die Stimmung steht kurz davor zu kippen, aber der alte Casanova zeigt sich zu meinem Erstaunen einsichtig und lenkt ein. Demütig kommt er auf mich zu, nimmt mich in den Arm und säuselt in mein Ohr: »Ich habe dir versprochen, es wiedergutzumachen, Lore-Schatz.«

Genug der Worte. Lass endlich Taten sprechen. Lange genug habe ich darauf gewartet.

Während meine Hand langsam über sein Hemd gleitet, schaue ich ihn sehnsüchtig an. »Na, dann zeig mal, was du noch so draufhast, Hubert.«

Ich bin nicht davon ausgegangen, dass er mich von der Küche ins Schlafzimmer auf Händen trägt. Aber etwas mehr als das, was ich gerade geboten bekomme, hatte ich mir schon erhofft.

Unter uns. Das Warten hat sich nicht gelohnt.

ANDERS ALS GEPLANT

BABETTE

Ich bin aufgeregt wie ein Teenager und kann es kaum erwarten, Moritz gleich zu sehen. Ich habe mir fest vorgenommen, den heutigen Ausflug zu nutzen, um ihm näherzukommen. Es versteht sich von selbst, dass ich behutsam vorgehen werde, schließlich will ich ihn nicht verschrecken. Auf keinen Fall werde ich zulassen, dass Dana mir in die Quere kommt.

Wieso sehe ich in ihr überhaupt eine Konkurrenz? Abgesehen von ihrem Alter hat sie nichts mit Moritz gemeinsam. Worüber sollte sie sich auch mit ihm unterhalten? Ich hingegen weiß, wie ich ihn in ein Gespräch verwickeln kann. Meinen Köder habe ich bereits ausgelegt, als ich das Thema *Wintergarten* zur Sprache gebracht habe.

Wie vereinbart fahre ich um Punkt acht Uhr morgens bei ihm vor, um ihn abzuholen.

Vor dem Hauseingang wartet ein groß gewachsener Mann, aber Moritz ist es nicht. Oder doch? Der Typ winkt mir zu und nähert sich dem Wagen. Erst als er die Beifahrertür öffnet und sich herunterbeugt, bin ich sicher, dass er es ist.

Statt ihn zu begrüßen, frage ich, ob er beim Frisör gewesen sei. »Du siehst aus wie ein bekannter Rockstar, dessen Name mir gerade nicht einfällt.«

Kein Wunder, denn ich kenne mich bekanntlich nicht mit Rockmusik aus.

Er steigt ein und stopft sich eine ziemlich große Tasche zwischen die Beine.

»Hast du vor, länger als einen Tag zu bleiben?«, necke ich ihn beim Blick auf sein Gepäck. »Leg deinen Kram doch auf die Rückbank, dann hast du es bequemer.«

»Das geht schon«, wiegelt er ab, schnallt sich an und fragt, ob ich die genaue Adresse wisse. Dann zückt er sein Handy und schaut mich erwartungsvoll an.

»Wie die Straße heißt, weiß ich nicht. Aber wo ich schon einmal gewesen bin, finde ich immer wieder hin. Auch ohne Navi.«

»Könntest du dann bitte einen Schlenker zum *Café Laine* machen?«

»Klar, kann ich, aber das ist ein Umweg.«

»Mach es trotzdem. Wie sollen Stine und Simon sonst wissen, wohin es geht?«

Eigentlich könnte ich jetzt abfahren, wenn Moritz mir nicht gerade einen Stoß versetzt hätte. Ich frage nach, ob ich ihn richtig verstanden habe. »Die beiden kommen mit?«

»Ja, sie haben auch Lust auf Sonne und Strand.«

Er hält sich das Telefon ans Ohr. Kurz darauf höre ich ihn sagen: »Babette weiß nicht, wie die Straße heißt.«

Weil Moritz den Lautsprecher angestellt hat, kann auch ich verstehen, was Simon ihm antwortet.

»Nicht tragisch, dann fahren wir euch halt hinterher.«

»Das ist doch Quatsch«, widerspricht Moritz und lacht. »Wie hatte Babette sich noch so treffend ausgedrückt? *Es macht doch keinen Sinn, doppelt Emissionen in die Umwelt zu pusten, wenn man den gleichen Weg hat.* Ihr fahrt bei uns mit, oder, Babette?«

Hab ich jetzt noch eine Wahl?

»Na klar«, antworte ich und bin bemüht, mir meine Enttäuschung nicht anmerken zu lassen.

Ich halte in zweiter Reihe und hupe zweimal kurz, dennoch knutscht das frisch angetraute Ehepaar ungestört weiter.

Hunde trennt man mit kaltem Wasser. Aber erstens sind Stine und Simon keine Hunde und zweitens habe ich keinen Eimer dabei.

»Muss Liebe schön sein«, äußert Moritz. Mir entgeht nicht die Wehmut, die aus ihm spricht.

Das Paar, das nicht voneinander lassen kann, könnten Moritz und ich sein. Er sollte an meinen Lippen kleben und mehr von mir fordern. So hatte ich es zumindest geplant.

»Null Prozent Regenwahrscheinlichkeit«, kreischt Stine aufgekratzt, nachdem sie endlich Notiz von uns genommen hat. »Hast du Sonnencreme dabei, Babette? Wenn nicht, gebe ich dir was aus meiner Tube ab. Die ist noch ganz frisch und fast voll. Ich habe sie auf Sardinien gekauft, obwohl wir während unserer Hochzeitsreise die Sonne kaum gesehen haben«, kichert sie.

Moritz und sie tauschen die Plätze. Die Männer quetschen sich auf die Rückbank. Was sie miteinander tuscheln, kann ich nicht verstehen, denn Stine quatscht mich ununterbrochen voll, als wäre sie auf Speed.

Ich höre nur mit halbem Ohr hin, als sie von einem *Günther* berichtet.

»Der Typ hat mich einen Pleitegeier genannt. Ist das zu fassen? Am liebsten hätte ich ihm seine schmierige Visage poliert. Glaubst du, dass nun alle Leute im Ort denken, dass ich pleitegegangen bin? Das würde Lore ziemlich zusetzen. Ihr ist der gute Ruf nämlich besonders wichtig.«

Im Rückspiegel beobachte ich, dass Simon den Kopf schüttelt. Gleich darauf legt er seine Hand auf Stines Schulter. »Hör auf, dir Gedanken zu machen. Der Kerl war ein Spinner. Und selbst wenn das Gerücht im Ort die Runde macht, sollen die Leute doch reden. Was schert es dich?«

Stine dreht sich um. »Mir ist es völlig egal, aber Lore wird das Gesabbel zu schaffen machen.«

Simon beruhigt seine Frau. »Deine Oma bleibt doch sowieso in Konstanz. Sie wird von den Gerüchten gar nichts mitbekommen.«

Mir reicht es. Es ging lange genug um die Sandmanns. Es wird höchste Zeit, die Aufmerksamkeit auf mich zu lenken.

Ich setze mein süßestes Lächeln auf und bemühe mich, einen unbeschwerten Ton anzuschlagen. »Hast du dir die Baupläne schon mal angesehen, Moritz?«

»Apropos Baupläne«, mischt Simon sich ein. »Stine und ich haben uns entschieden, das besagte Grundstück zu kaufen. Wir möchten, dass du die Planung und die Bauleitung übernimmst.«

Moritz strahlt über das ganze Gesicht. »Ist das euer Ernst?«

Wieder rutscht Stine auf dem Sitz herum und dreht sich nach hinten. »Ein Nein wird nicht akzeptiert.«

Verlegen kratzt sich Moritz am Kinn. »Wie kommt ihr gerade auf mich? Nur weil wir befreundet sind, müsst ihr doch nicht ...«

Stine unterbricht ihn sofort. »Wir sind nicht *nur* befreundet. Du bist mein bester Freund und der beste Architekt, den ich kenne.«

Dann stößt sie mich an. »Sag doch auch mal was, Babette.«

Mir wird augenblicklich klar, dass mein popeliger Wintergarten gegen Stines Angebot, ihr Traumhaus zu entwerfen, nicht anstinken kann. »Selbstverständlich ist Moritz der Beste.« Ich neige leicht meinen Kopf, um ihn direkt anzusprechen. »Du solltest nicht zögern und die Chance ergreifen, die sich dir bietet. Es wird Zeit, dass du wieder deiner wahren Berufung folgst.«

Für einen Moment herrscht Stille im Wagen. Ich sehe, wie angestrengt Moritz nachdenkt.

Nach meinem Empfinden trifft er seine Entscheidung viel zu schnell. »Es schmeichelt mir sehr, aber ich muss ablehnen. Ich habe mit der Architektur abgeschlossen.«

Er lehnt ab? Das hätte ich nicht erwartet. Wo ist der Mann, der noch vor einigen Tagen so eifrig für seinen Beruf gebrannt hat?

»Spinnst du?«, entfährt es mir. »Willst du etwa bis an dein Lebensende Pakete ausfahren?«

»Die sichern mir wenigstens meinen bescheidenen Lebensunterhalt«, kontert er.

Zu diesem Blödsinn fällt mir nur eins ein. »*Bescheidenheit ist eine Zier, doch besser geht es ohne ihr.*«

Simon meldet sich zu Wort und wendet sich mit ernster Miene an seinen Sitznachbarn. »Wir bitten dich doch nicht um einen Freundschaftsdienst. Selbstverständlich zahlen wir dir das übliche Honorar.«

Moritz lacht. »Na, wenn das so ist, sollte ich tatsächlich mal über euer Angebot nachdenken.«

Die Männer stecken ihre Köpfe zusammen. Ich konzentriere mich auf den Verkehr, als Stine plötzlich erwähnt, dass ich völlig falschgelegen habe.

»Franz ist nicht in Berlin«, erklärt sie mir. »Sie hat sich in den Süden verdrückt.«

»Bitte?« Ich verstehe kein Wort.

»Franziska ist mit Janosch nach Sevilla zu ihrem Vater geflogen. Die blöde Kuh geht seit Tagen nicht an ihr Handy. Die kann was erleben, wenn ich sie in die Finger bekomme.«

Ich entschuldige mich prompt für meine falsche Vermutung. »Davon wusste ich nichts. Ich bin fest davon ausgegangen, sie sei zu Lukas geflogen.«

»So, wie du gedacht hast, dass Coco die Mutter von Franks Baby ist?« Sie bricht in Gelächter aus. »Meine Güte, Babette, du bist ein ausgewachsener Blindfisch.«

Schon wieder dreht sie sich zu ihrem Mann um. Die beiden klatschen gackernd ab.

Schön, dass ich zur Belustigung meiner ungebetenen Fahrgäste beitragen kann, dennoch wüsste ich gern, worüber sie lachen.

»Und wer ist dann diese Coco, der ich euren Spott zu verdanken habe?«

Simon beugt sich kichernd nach vorn. »Sie ist eine bildhübsche Briard-Hündin und in acht Wochen werden Stine und ich einen ihrer entzückenden Welpen bei uns aufnehmen.«

Coco ist ein *Hund*? Das hätte seine unfreundliche Mami auch gleich sagen können.

Moritz fragt verblüfft nach. »Ihr schafft euch einen Briard an? Ist das nicht so ein Riesenköter mit Zottelfell?«

»Was heißt denn hier *Köter*?«, erwidert Stine entrüstet. »Ein Briard ist ein französischer Rassehund mit tollen Charaktereigenschaften. Man sagt ihm nach, gehorsam, furchtlos, intelligent und treu zu sein.«

»Ich weiß, was ein Briard ist. Auf meiner Tour gibt es eine Familie, die so ein Zotteltier hält. Das Viech springt mich jedes Mal an, wenn ich das Grundstück betrete.«

»Du magst wohl keine Hunde«, frage ich dazwischen.

»Keine Hunde und keine Katzen. Die machen nur Arbeit und Dreck.«

Hinter mir klingelt ein Handy. Der Tierhasser geht ran.

»Du bist schon da? – Super. – Nee, aber das sollten wir schaffen, wenn Babette ein wenig mehr Gas gibt.«

Mit wem spricht er denn?

»Alles klar, alter Knabe. – Das richte ich gern aus. Bis später.«

Moritz legt auf. »Schöne Grüße von Frank. Er ist bereits da und hat sich um alles gekümmert.«

Ich gehe abrupt vom Gas. »Frank ist wo?«, frage ich entsetzt nach.

Stine lacht sich leise ins Fäustchen.

»Sag nicht, dass er auch …«, presse ich hervor.

Doch genau das tut sie: »Die Männer haben gestern verabredet, sich Jetskis zu mieten.«

Ich glaub, ich hör nicht richtig. Sie weiß es schon seit gestern und warnt mich nicht vor?

»Hättest du das nicht verhindern können?«, zische ich sie an.

»Warum sollte ich? Das ist doch eine tolle Idee. Ich wollte schon immer mal auf so einem Ding fahren.«

Dass mein ursprünglicher Plan, mit Moritz ein romantisches Wochenende zu verbringen, geplatzt ist, wäre schon Grund genug, sauer zu sein. Aber dass Frank auch mit von der Partie ist, bringt das Fass zum Überlaufen.

»Dann wünsche ich euch viel Spaß am Strand. Ich werde bei Dana und den Kindern bleiben.«

Meine gerade geäußerte Absicht stößt bei Moritz auf taube Ohren. Ihn scheint es nicht zu stören, dass ich der geplanten Gruppenveranstaltung fernbleiben werde.

Stine schon. Sie schaut mich kopfschüttelnd an. »Ich hätte nie gedacht, dass du so eine feige Nuss bist. Was ist so schwierig daran, dich bei Frank zu entschuldigen? Er wird dir schon nicht den Kopf abreißen. Schließlich hat er dich gern.«

Nur mühsam unterdrücke ich ein Seufzen.

Das ist es ja, was die Sache nicht einfacher macht.

Chalet Nummer vier

Lore

Hubert schlägt vor, mit dem Wagen zum Nordufer zu fahren. Allerdings will er nicht am See promenieren, sondern einen Waldspaziergang unternehmen. Er verspricht mir einen sensationellen Ausblick auf die Insel Mainau, den Bodanrück und auf das Alpenmassiv.

»Du solltest dir festes Schuhwerk anziehen«, empfiehlt er und schnappt sich meinen Autoschlüssel. »Ich warte unten auf dich.«

Ohne mich stürmt er aus der Wohnung.

Ich spüre, dass er etwas im Schilde führt, nur was, ist mir noch nicht klar. Daher postiere ich mich am Badezimmerfenster. Von dort habe ich freien Blick auf den Parkplatz.

Während ich vorsichtig eine Lamelle der Jalousie nach oben drücke und hinunterspähe, sehe ich, dass Hubert sich mit dem Handy am Ohr meinem Panda nähert.

»Ich werde noch herausfinden, mit wem du ständig hinter meinem Rücken telefonierst«, drohe ich in der Stille des Raumes.

Mist. Jetzt schaut er rauf. Reflexartig trete ich einen Schritt zurück, doch er hat mich schon entdeckt. Breit grinsend winkt er mir zu.

Ich gebe mir nicht die Blöße, ihn zu fragen, wen er angerufen hat, sondern warte, bis er mir die Beifahrertür öffnet, und steige ein.

Für seine Verhältnisse kutschiert er uns recht zügig zum Anleger. Wir schaffen es als eines der letzten Fahrzeuge auf die Autofähre, die uns nach Meersburg bringen wird.

Doch in Meersburg haben wir unser Ziel noch nicht erreicht. Hubert fährt geschätzte fünfzehn Kilometer weiter über eine Bergstraße. Erst dann stoppt er und verkündet: »Wir sind da.«

Ungläubig schaue ich aus dem Fenster. Wir befinden uns inmitten einer Großbaustelle. Ich sehe kein Alpenmassiv, sondern meterhohe Sandberge, einen Kran und diverse Schaufelbagger.

»Was wollen wir hier?«, frage ich irritiert.

Hubert deutet mit ausgestreckter Hand auf ein Schild.

Ich lese: *Hier entsteht ein moderner Wohnpark.*

Um die kleine Schrift zu entziffern, brauche ich meine Brille, die ich nicht dabeihabe. »Was steht da? Kannst du mir bitte vorlesen.«

»Hier entstehen ein Pflegeheim mit insgesamt 45 Pflegeappartements und zwei hochwertige, seniorengerechte Mehrfamilienhäuser mit jeweils 12 Wohnungen.«

Ich reiße die Augen auf. »Ein Pflegeheim? Soll das ein Witz sein?«, keife ich entrüstet.

Hubert steigt aus und nähert sich einem weißen Container. Nach wenigen Metern dreht er sich um und ruft: »Kommst du?«

Ich zeige ihm einen Vogel. Just in dem Moment öffnet sich die Tür des provisorischen Verkaufsbüros. Ein Mann in einem mausgrauen Anzug tritt heraus und geht auf Hubert zu. Die beiden begrüßen sich und wechseln einige Worte.

Hubert winkt zu mir rüber und grölt laut meinen Namen.

Da kannst du lange warten. Ich steige nicht aus. Pflegeheim! Was für eine Unverschämtheit.

Ich drehe meinen Kopf und schaue demonstrativ in die andere Richtung.

Kurz darauf klopft es an die Fensterscheibe.

»Guten Tag, gnädige Frau. Darf ich Ihnen beim Aussteigen behilflich sein?«, bietet der Anzugträger freundlich an.

Ich antworte unfreundlich. »Nicht nötig. Ich bin noch sehr gut zu Fuß.«

Er lässt sich durch meinen forschen Ton nicht abschrecken. »Ich habe die Präsentation für das Chalet Nummer vier für Sie vorbereitet. Kommen Sie. Ich verspreche Ihnen, Sie werden begeistert sein.«

Mürrisch folge ich ihm, habe aber vor, Hubert später den Marsch zu blasen.

Schweigend nehme ich auf dem Stuhl am runden Tisch Platz. Ich würdige Hubert keines Blickes, sondern schaue den Verkäufer an, der versucht, mir seinen Wohnpark schmackhaft zu machen.

»Mit diesem exklusiven Wohnkonzept decken wir den kurz- und mittelfristigen Bedarf pflegebedürftiger Menschen.«

Mache ich etwa einen pflegebedürftigen Eindruck?

Ich hole tief Luft und nehme mir vor, nicht vor dem Verkäufer auszuflippen.

Er fährt fort. »Alle Wohneinheiten entsprechen individuellen Bedürfnissen und bieten zusätzlich attraktive gemeinschaftliche Einrichtungen und Serviceangebote«, fährt er strahlend fort. »Wie Herr Sandmann mir gesagt hat, interessieren Sie sich für das Chalet. Die Nummer vier ist noch vakant.«

So? Hat Herr Sandmann das gesagt?

Ich presse die Lippen so fest aufeinander, dass es schmerzt.

Unterdessen nimmt der Verkäufer eine Fernbedienung zur Hand und drückt auf den roten Knopf. Gleich darauf erscheinen farbige 3D-Grafiken auf dem großen Flatscreen an der Wand.

»Insgesamt verfügt das Chalet über eine Wohnfläche von hundertfünfzehn Quadratmetern, die sich in drei Zimmer, Küche und Vollbad aufteilen. Selbstverständlich sind alle Räume schwellenfrei erreichbar. Küche und Bad sind rollstuhlgerecht konzipiert. Ferner wird ein Notrufsystem für den Bedarfsfall eingerichtet. Na, was sagen Sie, Frau Sandmann?«

Ich sage nichts und starre gebannt auf die Außenansicht des Hauses. Zugegeben. Bei dem Chalet handelt es sich um ein schmuckes Häuschen. Es hat nur einen Fehler: Es liegt in einem Seniorenpark. Ich will keine uralte Nachbarschaft, die mich Tag für Tag ans Sterben erinnert.

Hubert, der die ganze Zeit stumm neben mir gesessen hat, ergreift das Wort. »Ich würde meiner Frau gern den Bauplatz zeigen.«

Hat er mich gerade als *seine Frau* betitelt?

»Eine gute Idee«, stimmt der Verkäufer ihm zu und erhebt sich vom Stuhl.

»Ich würde gern allein mit meiner Frau hinaufgehen, wenn Sie gestatten«, bittet Hubert.

Der Verkäufer gestattet.

Kurz bevor wir den Bürocontainer verlassen, will er jedoch noch eins loswerden. »Überlegen Sie nicht zu lange. Die Chalets sind heiß begehrt.«

Hubert greift nach meiner Hand und zieht mich in Richtung Wald. Wir erklimmen eine Anhöhe, von der man tatsächlich über den See zur Insel Mainau blicken kann.

»Das ist die Vier«, erklärt Hubert und zieht mich auf das bereits fertige Fundament. Mit großen Schritten schreitet er die Betonplatte ab. »Hier wäre das Wohnzimmer, Lore-Schatz. Wir können noch entscheiden, ob wir eine offene Küche oder eine vom Wohnraum abgetrennte haben wollen.«

»Das Haus hat noch keine Wände und du denkst über die Küche nach?«

»Gib es zu. Es gefällt dir.«

Ich stöhne laut auf. Es tut mir leid, Hubert den Spaß zu verderben, denn ich sehe doch, wie begeistert er ist. Trotzdem spreche ich das aus, was ich denke. »Warum ausgerechnet in einer Seniorenanlage? Ich fühle mich noch nicht so alt.«

Hubert macht ein ernstes Gesicht. »Aber *ich* bin in dem Alter. Und sollte sich mein Gesundheitszustand irgendwann verschlechtern, will ich nicht, dass du mich pflegst. Wenn es eines Tages mit mir zu Ende geht, kann ich ruhigen Gewissens abtreten, weil ich weiß, dass in so einer Anlage gut für dich gesorgt wird.«

Huberts Erklärung rührt mich zu Tränen.

»Was soll der Spaß denn kosten?«, frage ich leise und krame auf der Suche nach einem Taschentuch hektisch in meiner Handtasche.

»Wenn du für dein Haus einen anständigen Preis erzielst, könnten wir uns dieses Schmuckstück leisten.«

Ich weiß nicht, wie viel mein Haus wert ist. Aber das ist momentan gar nicht der Punkt. Vielmehr möchte ich wissen, wann Hubert auf die Idee gekommen ist, sich hier einzukaufen. Denn dass wir rein zufällig hier gelandet sind, braucht er mir gar nicht erst zu erzählen. Er hatte das Ziel bereits fest vor Augen, als wir losgefahren sind.

»Wie bist du überhaupt auf dieses Bauvorhaben gestoßen?«

»Ich hab in der Zeitung von diesem Projekt gelesen«, erklärt er selbstsicher.

»Wann?«, bohre ich nach.

»Heute früh, als du noch geschlafen hast.«

Mein Blick verrät ihm, dass ich meine Zweifel habe.

Hubert reagiert gereizt. »Was soll die Fragerei, Lore? Darf ich anmerken, dass du es warst, die unbedingt nach Immobilien Ausschau halten wollte?«

Es ist weder nötig, dass er mich daran erinnert, noch dass er die Stimme erhebt. Lore Sandmann lässt sich nicht anschreien.

Die Rückfahrt verbringen wir schweigend nebeneinander.

Zu Hause pflanzt Hubert sich beleidigt aufs Sofa. Er dreht sich sogar demonstrativ auf die Seite und zeigt mir seine kalte Schulter.

Soll er doch schmollen.

Ich koche mir einen Kaffee, setze mich an den Esstisch und durchforste die Sonntagszeitung. Tatsächlich. Im Mittelteil finde ich eine zweiseitige Anzeige über das Bauprojekt. Hubert hat vermutlich tatsächlich die Wahrheit gesagt.

In Ruhe schaue ich mir noch einmal die Bilder an. Je länger ich auf den von einem Computerprogramm gestalteten Park sehe, desto mehr finde ich Gefallen an der Idee, dort zu wohnen.

Ich fotografiere die Seiten mit meinem Smartphone ab, um Stine die Bilder zu schicken. Bevor ich auf *Senden* drücke, verfasse ich noch einen kurzen Text.

> *Diese Immobilie wird schon bald unser neues Zuhause sein. Melde dich, wenn du mehr erfahren willst. Kuss für dich und Gruß an Simon!*

Treffpunkt Leuchtturm

Stine

Nachdem ich Babette eine feige Nuss genannt habe, mault sie. Stur geradeaus blickend setzt sie die Fahrt fort.

Kurz vor dem Ziel klingelt ihr Telefon. Sie nimmt den Anruf über die Freisprechanlage entgegen. Eine helle Mädchenstimme erklingt und zaubert unserer Fahrerin endlich wieder ein Lächeln ins Gesicht.

Ich vermute, dass es sich um Danas Tochter handelt, von der schon oft die Rede gewesen ist.

»Wann kommst du?«, fragt die Kleine. »Wir sind nämlich nicht in der Wohnung.«

»Wo seid ihr denn?«

Es folgt ein lautes Stimmengewirr, das darauf hindeutet, dass jemand versucht, dem Mädchen das Telefon abzunehmen. Nach einem kurzen Geschrei hat Dana den Kampf ums Handy gewonnen.

»Wir sind in Timmendorf am Strand«, erklärt sie leicht atemlos. »Der Ort liegt an der Westküste der Insel gleich neben dem Hafen. Achte auf den alten Leuchtturm, dann kannst du es nicht verfehlen. Wir warten am DLRG-Posten auf dich.«

»Dann musst du hier abbiegen«, mische ich mich ein und deute auf die Ausschilderung direkt vor uns.

Zwanzig Minuten später setze ich den Fuß in den warmen Sand.

»Da sind sie«, ruft ein kleiner Junge und rennt auf uns zu. Mit einem Hechtsprung landet er in Babettes Armen.

Es ist nicht zu übersehen, wie sehr sie sich über seine herzliche Begrüßung freut.

Kurz darauf stehe ich der Frau gegenüber, von der ich schon so viel gehört habe.

»Freut mich sehr, dich endlich persönlich kennenzulernen. Ich bin Stine«, sage ich und reiche ihr die Hand. »Das ist mein Mann, Simon, und Moritz kennst du ja schon.«

Sie stellt sich ebenfalls vor, bevor sie mit ausgestrecktem Arm auf zwei gegenüberstehende Strandkörbe zeigt. »Hätte ich früher gewusst, dass wir zu sechst sind, hätte ich einen dritten Korb bestellt. Aber jetzt sind bereits alle vermietet«, entschuldigt sie sich. »Ich hätte nie gedacht, dass zu dieser Jahreszeit noch so viel los ist.«

»Kein Problem, Simon und ich legen uns einfach in den Sand.«

Babette schaut sich suchend um. »Wo steckt denn Trixi?«

»Die lässt sich von Frank durchs Wasser ziehen«, antwortet ihr Bruder und deutet auf ein knallgelbes Kinderschlauchboot, das vor der ersten Sandbank treibt.

Babette stöhnt merklich auf. Sollte ihr Seufzen heute noch weiter zunehmen, kommt sie bestimmt ins Guinnessbuch der Rekorde.

Simon und Moritz kriegen von ihrer Reaktion nichts mit. Sie werden vom kleinen Patrick in Beschlag genommen, der von ihnen wissen will, ob sie Fußball spielen können. »Frank hat einen Ball mitgebracht.«

»Dafür ist später noch Zeit«, bestimmt Dana und präsentiert einen prall gefüllten Picknickkorb. »Erst wird gefrühstückt.«

Ich breite unsere Decke aus, beschwere die Ecken mit Steinen und lasse mich zu Boden plumpsen, während Dana eine Flasche Sekt öffnet.

»Sprudelwasser oder Orangensaft? Wer möchte was?«, fragt sie in die Runde.

Babette nimmt ihr zwei Pappbecher ab und setzt sich in den freien Strandkorb. Gleich darauf klopft sie mit der rechten Hand auf den freien Platz neben sich. »Komm, Moritz. Lass uns anstoßen.«

Er gesellt sich zwar zu ihr, lehnt aber den Sekt ab. »Keinen Alkohol für mich, bitte.«

Ich schließe die Augen und hebe meinen Kopf an. Für einen kurzen Moment genieße ich die Sonne, die in mein Gesicht scheint, als ich plötzlich eiskalte Wassertropfen auf der Haut spüre.

»Frank!«, kreische ich laut auf und drohe dem Mann, der in einer deutlich zu knappen Badehose vor mir steht und seine langen, nassen Haare ausschüttelt.

»Das Wasser ist herrlich. Kein bisschen kalt«, lässt er uns wissen.

»Das ist nicht zu übersehen«, kontere ich und halte mir kichernd die Hand vor den Mund.

Simon stößt mich an. »Schau doch da nicht so hin.« Seine Mahnung zieht an mir vorbei. Ich kann nicht anders, als Franks Gehänge weiter anzustarren. »Hast du Sand in der Hose oder ist das echt?«, platzt es aus mir heraus.

Dana und ich biegen uns vor Lachen.

Jetzt hat auch Moritz den Grund für unsere Albernheit entdeckt. Er hebt belustigt eine Braue. »Schon mal was von Boxershorts gehört?«

»Wer hat, der hat«, erwidert Frank schulterzuckend und bedeckt sich endlich mit einem Handtuch.

Babette schüttelt pikiert den Kopf. Als unsere Blicke sich treffen, schaut sie peinlich berührt zu Boden. Vermutlich ahnt sie, was mir gerade durch den Kopf schießt: *Meine Güte, hat das nicht wehgetan?*

Dana bittet ihre Kinder, die Plastikschalen herumzureichen, in denen sie ihre selbst gemachten Snacks aufbewahrt.

Trixi bietet uns einen bunten Obstsalat und eine Schüssel mit kleinen Hackbällchen an. Patrick präsentiert uns voller Stolz Kirschtomaten, die mit Mozzarella-Bällchen und einer Basilikum-Vinaigrette angemacht sind, sowie panierte Mini-Schnitzel. Unterdessen verteilt seine Mutter Teller, Servietten und Besteck.

»Du hast dir aber Mühe gegeben«, staune ich über die Vielfalt und fülle mir mit einem Löffel ein wenig Salat und eine Frikadelle auf einen Pappteller.

Simon kaut bereits. »Sehr lecker«, lobt er den Imbiss mit vollem Mund.

»Wann hast du das alles gezaubert?«, will Moritz von ihr wissen.

Dana lächelt ihn an und lässt sich vor seinen Füßen in den Sand fallen. »Gestern Abend, als die Kinder im Bett waren. Was soll ich hier abends sonst tun?«

»Dich amüsieren, Dana. Hab Spaß. Dafür bist du schließlich hier«, rät Moritz ihr und gibt ihr einen Stupser auf die Nasenspitze.

Babette kneift die Augen zusammen.

Nicht nur mir, auch Frank fällt anscheinend auf, dass sich ihre Finger zur Faust ballen. »Was ist mit dir? Hast du keinen Appetit?«, fragt er sie. Obwohl sie ihm nicht antwortet, spießt er ein Fleischbällchen auf die Gabel und hält es ihr vor das Gesicht.

Sie zieht abrupt den Kopf zur Seite und faucht ihn an. »Lass das gefälligst! Ich sage schon Bescheid, wenn ich Hunger habe.«

»Magst du keine Frikadellen?«, erkundigt sich Dana verunsichert und bietet ihr Salat an.

»Doch, aber nur mit Senf«, blafft Babette und schaut sie mit hasserfüllter Miene an. Gleich darauf erhebt sie sich und stolziert zum Wasser.

Was ist denn das für ein unmögliches Verhalten?

»Oha, die Dame hat aber Allüren«, stellt Simon fest und starrt ihr fassungslos hinterher.

»Welche Dame?«, fragt Moritz nach. »Ich habe nur eine Zicke ohne Benehmen gesehen.«

Dana greift ein. »Redet nicht so über sie. Babette ist keine Zicke. Sie ist ein wunderbarer Mensch. Ich wüsste nicht, wo ich wäre, wenn sie mir nicht beigestanden hätte.«

»Doch, du hast schon recht …«, stimmt Frank Moritz zu, »meine Lady ist gelegentlich ein wenig launisch, aber das werde ich ihr noch abgewöhnen. Sie muss nur mal wieder richtig durchgevögelt werden, dann lösen sich auch ihre Verspannungen.«

Simon verschluckt sich.

Ich klopfe ihm auf den Rücken und schimpfe: »Mensch, Frank, es sind Kinder anwesend!«

»Ich weiß, was Vögeln ist«, lässt Patrick uns wissen. »Hier an der Ostsee gibt es nämlich ganz viele verschiedene Vögel, weil das hier ein Naturschutzgebiet ist. Das hat uns die Lehrerin gesagt.«

»Super, dann geht mal die Möwen zählen«, befiehlt Dana ihren Kids.

Die beiden springen auf und laufen zu Babette, die mit den Füßen im flachen Wasser steht und wie von Sinnen Steine in die See wirft.

»Du solltest später mal allein mit ihr reden«, empfehle ich Frank.

»Das habe ich geplant«, lacht er und öffnet seine Sporttasche. Kurz darauf zieht er eine Schatulle hervor. Mit dem Daumen klappt er den Deckel auf und zeigt uns einen mit kleinen Diamanten besetzten Ring.

»Du willst doch wohl nicht um ihre Hand anhalten?« Simon kann sein Entsetzen kaum verbergen.

»Quatsch. Den Ring habe ich gekauft, nachdem Babette ihren verloren hat. Er ist bei Weitem nicht so kostbar wie der alte, aber ich hoffe, sie freut sich trotzdem darüber.«

Ich teile Franks Hoffnung nicht. Dennoch finde ich die Idee, ihr einen Ersatzring zu schenken, zuckersüß. Ich glaube, er mag sie wirklich.

»Komm, Frau, lass uns 'ne Runde schwimmen«, schlägt mein Schatz vor.

Hand in Hand rennen wir durch das knöcheltiefe Wasser. Erst als wir im Tiefen sind, lässt Simon mich los und taucht kopfüber in die Fluten.

Wieder an der Oberfläche zieht er mich sofort an sich. »Ich finde deine Babette recht merkwürdig. Irgendwie werde ich aus deiner Freundin nicht schlau.«

Lächelnd lege ich ihm die Arme um den Nacken. »Sie ist nur eine Bekannte. Franz ist meine Freundin. Und um sie mache ich mir langsam ernsthaft Sorgen.«

»Hat sie sich noch immer nicht zurückgemeldet?«

Ich schüttle den Kopf. »Ich hoffe so sehr, dass sie nicht vorhat, alle Brücken hinter sich abzubrechen und mit Janosch bei Bernhard in Spanien zu bleiben. Lore in Konstanz, Franz in Sevilla. Dann bin ich ganz allein.«

»Falsch, Baby, du hast mich«, widerspricht Simon und spitzt seinen Mund.

Ich weiß, was das bedeutet, und gebe ihm den Kuss, den er eingefordert hat.

Während sich unsere Lippen berühren, schlinge ich meine Beine um seine Hüften und lasse eine Hand in seine Badeshorts wandern. Plötzlich muss ich lachen. »Na, mir scheint, die Ostsee ist doch kälter, als Frank vorhin getönt hat.«

Simon schaut mich verunsichert an. »Aber so ein riesiger Eumel ist doch nicht normal, oder etwa doch? Hättest du lieber einen Mann mit solch einer überdimensionalen Ausstattung?«

Ich höre augenblicklich auf zu kichern und schaue Simon tief in die Augen. Das, was ich ihm sage, ist mein voller Ernst. »Ich habe einen Mann – und zwar den besten der Welt. Und genau so, wie er *ausgestattet* ist, gefällt er mir.«

Wir amüsieren uns noch eine Weile im Wasser, bis es uns zu kalt wird. Als wir zurückschwimmen, sehen wir Moritz und Frank mit den Kindern am Strand Fußball spielen.

»Er hat zwar 'nen dicken Max in der Hose, aber was Ballgefühl angeht, ist er völlig untalentiert«, stellt Simon mit einer gewissen Genugtuung fest.

»Dann zeig ihm, was ein wahrer Kicker ist«, feuere ich ihn an und kehre allein zu den Strandkörben zurück.

»Dein Handy hat geklingelt«, ruft Babette mir zu. Ihr Blick zeugt nicht mehr von Aggressivität.

Vermutlich ist der Sekt dafür verantwortlich, den sie hemmungslos in sich hineinschüttet.

Wie sollen wir bloß wieder nach Hause kommen?

STRANDGEFLÜSTER

BABETTE

So, wie Stine mich ansieht, weiß ich, dass ich überreagiert habe. Ich hätte mich besser im Griff haben müssen, statt meine Wut und Enttäuschung über Danas Flirtattacke vor allen preiszugeben. Noch überlege ich, ob ich mich entschuldigen oder die Sache auf sich beruhen lassen soll, als Stine ihr Handy zur Hand nimmt und gleich danach laut nach Simon ruft.

»Was ist passiert?«, erkundigt Dana sich besorgt. »Schlimme Nachrichten?«

Stine antwortet nicht. Sie starrt wie gebannt auf ihr Handy. Erst als Simon kommt, verkündet sie die Neuigkeit, die auch mich verblüfft. »Lore und Hubert wollen sich ein Haus am Bodensee kaufen. Sieh doch nur. Sie hat mir Fotos aufs Handy geschickt.«

Anders als Simon scheint ihr diese Meldung schwer zu schaffen zu machen.

Er hingegen wirkt gelassen, um nicht zu sagen: sichtlich erfreut. »Dann hat sie endlich zugestimmt. Bravo. Ich kann die Entscheidung deiner Großeltern nur begrüßen. Die Anlage ist wirklich bestens geeignet, um dort den Lebensabend zu verbringen.«

Stine zeigt sich erstaunt. »Du wusstest davon?«

»Hubert hat es erwähnt. Schatz, nun mach doch nicht so ein trauriges Gesicht. Das ist eine gute Nachricht. Du solltest dich für sie freuen.«

»Eine gute Nachricht für wen?«, fragt sie trotzig nach.

»Für uns. Jetzt, da wir das ganze Haus verkaufen können, besteht nicht nur die realistische Chance, den überzogenen Kaufpreis, den Franziskas Vater gefordert hat, zurückzubekommen, sondern obendrein auch noch einen Batzen Gewinn zu machen.«

Stine schaut ihren Mann skeptisch an. »Das hast du mit Hubert schon von langer Hand geplant, stimmt's?«

Er nickt. »Natürlich. Schließlich bin ich kein Idiot, der sein Geld zum Fenster rauswirft.«

»Ich verstehe das nicht«, wundert sich Stine. »Lore würde doch nie freiwillig ihr Haus verkaufen. Mich würde interessieren, wie Hubert sie dazu gebracht hat.«

Mich beschäftigt vielmehr eine andere Frage. »Von welchem Reibach sprichst du, Simon?«

Er holt tief Luft. »Muss ich euch das wirklich erklären? Ihr kennt doch das alte Haus. Das ist nicht mehr viel wert. Mit dem Grundstück sieht die Sache allerdings anders aus. Es befindet sich in bester Lage, um darauf ein modernes Gebäude zu errichten.«

Stine bäumt sich auf. »Du willst das Haus abreißen? Spinnst du? Dort habe ich meine Kindheit verbracht.«

Simon lächelt milde. »Nicht ich, Schatz. Aber soweit ich weiß, soll es für das Objekt bereits einen zahlungskräftigen Investor geben.«

»Wenn es zu Verhandlungen kommt, sollte sich deine Oma nicht über den Tisch ziehen lassen«, gibt Moritz zu bedenken und bietet seine Hilfe an.

Frank tippt mit dem Finger auf seine Armbanduhr. »Leute! Wir müssen. Die Jetskis warten.«

Mit Ausnahme von mir springen alle auf.

Sie haben sich schon einige Schritte entfernt, als Moritz sich umdreht und mich auffordert, ihnen zu folgen.

»Schau und staune, wie ich deinen Malermeister gleich abhängen werde.«

»Er ist nicht *mein* Malermeister«, entgegne ich voller Entrüstung.

»Nicht?«, fragt er zurück, bevor sich seine Mundwinkel zu einem süßen Grinsen heben. »Was ist nun? Kommst du mit oder bleibst du hier?«

»Ich bleibe. Einer muss schließlich auf unsere Sachen aufpassen.«

Mag sein, dass ich zu viel in seinen Blick hineininterpretiere, aber ich meine, eine gewisse Enttäuschung erkannt zu haben.

»Viel Spaß«, rufe ich ihm hinterher und greife zu meiner Strandtasche.

Jetzt, da alle weg sind, nutze ich die Gelegenheit, mir meinen Badeanzug anzuziehen.

In ein Frotteelaken gehüllt, entledige ich mich meiner Klamotten und schlüpfe in den sündhaft teuren Einteiler.

Bei meiner Figur könnte ich genau wie Stine und Dana auch einen Bikini tragen, aber das traue ich mich nicht. Ich war schon immer der zurückhaltende Typ, der lieber mit seinen Reizen gegeizt hat, anstatt sie für die Durchsetzung der eigenen Ziele schamlos einzusetzen. Im Nachhinein betrachtet, war das vielleicht ein Fehler. Hätte ich nicht stets gedacht, dass Kopf und Verstand für eine Frau ausreichen, wäre mein Leben vielleicht anders verlaufen.

Ich greife zu der Flasche Sonnenöl und schmiere meine Beine ein.

Gerade als ich fertig bin, jagen sich zwei Jungs und liefern sich direkt vor meinem Strandkorb eine Sandschlacht. Einer der beiden ist nicht nur ein verdammt schlechter Läufer, werfen kann er auch nicht. Seine ganze Ladung landet direkt auf meiner eingeölten Haut.

»Hey«, rufe ich aufgebracht, doch er nimmt mich gar nicht wahr. »Blöder Bengel!«, schimpfe ich und versuche, den Sand mit der Hand abzuklopfen. Natürlich ohne Erfolg. Mir bleibt nichts anderes übrig, als ins Wasser zu gehen und den Dreck abzuwaschen.

Als ich mich in Bewegung setze, höre ich eine aufgebrachte Frauenstimme hinter mir. »Haben Sie meinen Sohn gerade einen *blöden Bengel* genannt?«

Ich drehe mich um und antworte verärgert: »Sehen Sie nicht, was er angestellt hat?«

Die Mutter des Rabauken wirft einen kurzen Blick auf meine panierten Beine. Deutlich länger starrt sie in mein Gesicht. Dann runzelt sie die Stirn. »Ich kenne Sie irgendwo her.«

Sie muss sich irren. Ich verfüge über ein gutes Gedächtnis, was Namen und Gesichter angeht. Diese Frau habe ich noch nie im Leben gesehen. Aber was, wenn ich mich irre?

Betont lässig hebe ich die Achseln. »Ich habe ein Allerweltsgesicht. Es ist schon häufiger vorgekommen, dass ich verwechselt wurde.«

Sie gibt nicht auf. »Ich bin mir ganz sicher, nur komme ich im Moment nicht darauf, wo ich Sie unterbringen kann.«

Die Tante geht mir langsam auf den Geist. »Also gut. Ich verspreche, Ihren Sohn nicht noch einmal als dummen Bengel zu betiteln, wenn Sie dafür sorgen, dass das nicht wieder passiert. Einverstanden?«

Offensichtlich nicht. Denn sie folgt mir wie ein Hündchen und beobachtet mich dabei, wie ich meine Beine abspüle.

Ich ignoriere sie und schaue zur Seite. Wenn mich nicht alles täuscht, kommt Dana mit den Kindern zurück.

Trixi ruft schon von Weitem nach mir. »Babette, die Männer sind so fies. Sie lassen uns nicht mitfahren.«

Ich breite meine Arme aus und gehe in die Hocke. »Das ist wirklich gemein«, stimme ich ihr lachend zu.

Dana deutet in Richtung Dünen und erklärt, dass sie mit den Kindern dringend das Toilettenhäuschen aufsuchen müsse.

Da brüllt meine Verfolgerin plötzlich los. »Jetzt weiß ich es. Sie sind Biancas Schwester.«

Mein Herz schlägt bis zum Hals. Jetzt heißt es, souverän zu bleiben.

Ich stehe auf, stütze meine Hände in die Hüften und durchbohre sie mit meinem Blick. »Hätten Sie wohl die Güte, mich endlich in Ruhe zu lassen?«

Zu meiner Überraschung verzieht sie sich tatsächlich. Aber damit ist das Thema noch nicht beendet.

»Was wollte die Frau von dir?« Dana sieht der Frau irritiert nach.

»Die Tussi nervt mich schon seit einer halben Stunde«, übertreibe ich und verdrehe theatralisch die Augen. »Erst behauptet sie, mich zu kennen, jetzt dichtet sie mir eine Schwester an.«

Patrick hüpft von einem Bein auf das andere. Obwohl er dringend muss, bestätigt er meine Aussage. »Die Frau lügt. Babette hat keine Schwester. Sie hat auch keine Eltern, sie hat nur uns.«

Während Dana mit den Kids in Richtung Promenade läuft, kehre ich allein zum Strandkorb zurück, stelle die Rückenlehne ganz nach hinten und versuche, in entspannter Liegeposition wieder zur Ruhe zu kommen.

Das ist ja noch mal gut gegangen.

Ich atme mit geschlossenen Augen konzentriert ein und aus, als ich merke, dass es plötzlich dunkler wird.

Hat sich eine Wolke vor die Sonne geschoben?

Nein, es ist Frank, der vor mir steht und sich zu mir runterbeugt. Ich habe keine Chance, mich seinem schnellen Kuss zu entziehen.

»Das war aber eine kurze Spritztour«, murmle ich und wische mir mit dem Handrücken über die Lippen.

»Ich habe Stine den Vortritt gelassen. Du weißt doch, dass ich einer schönen Frau keine Bitte abschlagen kann. Damit meine ich aber nicht, dass sie schöner ist als du, denn das geht gar nicht, Babettchen.«

Ob er eine Ahnung hat, wie wütend es mich macht, wenn er mich so nennt?

»Gut, dass wir beide einen Moment ungestört sind«, erwidere ich in ernstem Ton und richte mich wieder auf. »Ich möchte dir nämlich etwas sagen.«

»Das passt. Ich dir nämlich auch.«

Er setzt sich vor mir in den Sand und kramt in seiner Tasche.

Bitte, lass es nicht das sein, wonach es aussieht.

»Ich hab was für dich«, säuselt er und zeigt mir einen Ring. »Zwar kann er mit dem Klunker, den du verloren hast, nicht mithalten, aber …«

Nervös winke ich ab. »Ich hab ihn längst wiedergefunden. Es ist also nicht nötig, dass du mir einen neuen schenkst.«

»Er ist wiederaufgetaucht? Dann sollte dir klar geworden sein, dass ich ihn nicht genommen habe. Ich finde, jetzt wäre eine Entschuldigung angebracht.«

»Es tut mir leid, dass ich dich verdächtigt habe.«

»Schwamm drüber. Ich kann dir einfach nicht lange böse sein.«

Ehe ich mich versehe, steckt der Ring an meinem Finger. Gut, dass er mir viel zu groß ist, denn so kann ich ihn sofort wieder abstreifen. »Den kann und werde ich nicht annehmen, Frank.«

»Gefällt er dir nicht?«

»Das ist es nicht. Ich finde nur«, stottere ich, »dass wir keine Teenager mehr sind, die Freundschaftsringe tragen.« Ohne ihn anzusehen, lege ich den Ring in seine Hand zurück. Dann raffe ich mich auf, um ihm die entscheidenden Worte zu sagen, die ich mir schon vor Tagen zurechtgelegt habe. »Wir wissen doch beide, dass es zwischen uns nie etwas Ernstes war. Wir hatten unseren Spaß, aber nun …«

Er fällt mir ins Wort. »Verstehe. Es ist wegen meiner Mutter, stimmt's? Stine hat mir erzählt, dass du mit ihr gesprochen hast.«

Obwohl seine *Mami* mit meinem Entschluss rein gar nichts zu tun hat, nicke ich. Das erspart mir weitere Erklärungen.

Wortlos greift er nach seiner Jeans und zieht sich an. Ich vermeide es, ihm dabei zuzusehen.

Als Dana mit den Kindern zurück ist, verabschiedet er sich.

»Du fährst schon ab? Es ist doch noch so früh«, beschwert sich Patrick.

»Für mich wird es Zeit. Ich kann meine Mutter nicht so lange mit den Welpen allein lassen.«

Trixi klammert sich an seinem Bein fest. Auch sie will nicht, dass er schon geht. »Wann dürfen wir die Hundebabys sehen?«

Mit einem sanften Lächeln streichelt er ihr über den Kopf. »Sobald ihr wieder zu Hause seid, kommt ihr mich besuchen. Das habe ich euch doch versprochen.«

Ich bemerke, dass Dana unentwegt auf meine Hände starrt.

»Moment, Frank. Ich begleite dich zum Wagen«, ruft sie ihm nach.

Er stoppt und wartet auf sie. Dann beobachte ich, wie die beiden tuscheln. Selbstverständlich geht es um mich.

»Sie hat ihn nicht angenommen«, höre ich ihn sagen.

Tröstend legt sie ihre Arme um seinen Hals und entgegnet übertrieben mitfühlend: »Das tut mir leid.«

Was für eine hinterhältige Heuchlerin Dana doch ist. Warum ich weiß, dass ihre Anteilnahme nicht aufrichtig, sondern nur gespielt ist? Ihr höchst zufriedenes Lächeln hat sie verraten.

Dana ist zurück. Mit einem Seufzer setzt sie sich zu mir in den Korb.

»Kriegen wir ein Eis?«, bettelt Trixi ihre Mutter an.

Dana schüttelt entschieden den Kopf. »Es ist noch Obstsalat da.«

Patrick setzt an, zu protestieren. »Aber du hast uns …«

»Hört auf zu quengeln. Wir haben noch genug andere Leckereien«, ermahnt sie die beiden.

Ich nehme mein Portemonnaie in die Hand und spendiere eine Runde Eis.

»Das musst du nicht«, entgegnet sie wie gewohnt.

Doch ich muss, und zwar ganz dringend, denn ich will die Chance nutzen, unter vier Augen mit ihr zu reden.

Ich gebe Trixi zehn Euro. »Behaltet den Rest. Dann könnt ihr euch morgen wieder eins kaufen.«

Nachdem geklärt ist, wer von den beiden auf den Schein aufpassen darf, rennen sie los.

Als sie außer Sichtweite sind, nehme ich Dana ins Visier. »Was hast du vor, du kleines Luder?«

Sie gibt sich erst betroffen, dann ahnungslos.

Also werde ich konkreter. »Du bist auffallend freundlich zu den alleinstehenden Männern in dieser Runde. Nur solltest du dich für *einen* Mann entscheiden. Moritz *oder* Frank. Der Schuss, mit beiden gleichzeitig zu flirten, könnte nach hinten losgehen.«

»Ich flirte überhaupt nicht«, streitet sie ab und wirkt ernstlich empört. »Du kannst mir glauben, dass ich nach meiner Horrorehe wirklich genug von den Männern habe.«

Sofort erinnere ich mich an das Bild am Tag ihrer Befreiung, als sie zusammengeschlagen und total verängstigt im Bett gelegen hat. Ich glaube ihr, dass sie die schwere Zeit noch verdauen muss. Andererseits zählt sie gewiss zu den Frauen, die sich schnell einsam fühlen.

»Du hast also kein Auge auf Moritz geworfen?«, hake ich skeptisch nach.

Überrascht reißt sie die Augen auf. »Moritz? Wie kommst du denn darauf?«

Nun bin ich verwirrt. »Du willst nichts von ihm?«

Sie schüttelt vehement den Kopf, läuft aber knallrot an.

Da wird mir alles klar. »Es ist Frank«, stelle ich fest, woraufhin sie sich noch mehr windet.

»Es tut mir leid, Babette. Aber ich schwöre dir, ich hätte mich niemals in eure Beziehung eingemischt.«

»Wir haben keine Beziehung«, insistiere ich und verspüre eine enorme Erleichterung. »Für mich ist das in Ordnung.«

»Bist du dir sicher?« Verlegen senkt sie den Blick. »Seit ich ihn das erste Mal gesehen habe, will er mir einfach nicht mehr aus dem Kopf gehen«, gesteht sie schüchtern. »Er kann so gut mit den Kindern. Sie sind ganz verrückt nach ihm und ich mag ihn auch. In seiner Nähe fühle ich mich endlich wieder sicher.«

Ich lache auf. »Warum sagst du das erst jetzt?«

»Solange ich dachte, dass ihr zusammen seid, war Frank für mich tabu. Es käme mir doch nie in den Sinn, dir den Mann auszuspannen.«

Das unterscheidet Dana von anderen Frauen. Ich kenne eine, die keine Skrupel hatte.

»Mach ruhig«, erwidere ich augenzwinkernd und lehne mich entspannt zurück. »Nun, da wir das geklärt haben: Sind noch Frikadellen übrig?«

»Schon, aber es gibt keinen Senf. Daran habe ich Dummerchen nicht gedacht.«

»Ach, Süße, ich hasse Senf und ich entschuldige mich aufrichtig bei dir für mein schlechtes Benehmen vorhin. Die Eifersucht ist mit mir durchgegangen.«

»*Du* warst eifersüchtig auf *mich*? Das soll wohl ein Scherz sein.«

Ich komme nicht dazu, ihr zu sagen, wie schön und beneidenswert jung sie ist, denn das Jetski-Trio ist im Anmarsch. Dann eben auf die Schnelle. »Dana, wir zwei sind Freundinnen. Egal, was passiert, wir können uns alles sagen und werden uns nie im Stich lassen.«

Sie drückt mich ganz fest und gibt mir ihr Wort. »Du kannst dich immer auf mich verlassen, Babette.«

CHULETAS DE CERDO IBERICO

FRANZISKA

Janosch ist fix und fertig. Die zweistündige Hin- und Rückfahrt nach Huelva in Zoras Kleinwagen zurückzulegen, in dem es noch nicht einmal eine Klimaanlage gibt, hat ihn restlos geschafft. Obendrein hat er sich am Meer einen Sonnenbrand zugezogen, obwohl ich ihn dick mit Sunblocker eingecremt habe.

Als ich in die Einfahrt einbiege, sehe ich, dass mein Vater schon da ist. Sein Wagen steht in der offenen Garage.

Statt mich mit dem Schlüssel an der Haustür abzumühen, trage ich Janosch auf dem Arm über die Terrasse hinein.

Paps steht im Wohnzimmer und telefoniert. Er unterbricht sein Gespräch und fragt, ob Janosch schlafen würde. Als ich bejahe, wechselt er in den Flüstermodus. »Schade, dann müssen wir das Abendessen im Clubhaus ausfallen lassen. Ich wollte gerade einen Tisch für uns reservieren.«

Ich nicke nur stumm und bringe meinen kleinen Schatz ins Bett.

Als ich ins Wohnzimmer zurückkehre, dekantiert mein Vater eine Flasche Rotwein.

»Ich könnte uns auch was zum Essen kommen lassen«, bietet er an.

155

»Hab gar keinen großen Hunger, aber ein Glas Wein trinke ich gern mit dir.«

Ich proste ihm zu, doch er besteht darauf, richtig mit mir anzustoßen.

»Worauf denn?«, frage ich, denn auf Zoras Abgang will ich nicht anstoßen. Ich habe die Zeit am Strand genutzt und mir Gedanken über sie gemacht. Obwohl ich nie ein Fan von ihr war, muss ich zugeben, dass sie meinen Vater aufrichtig geliebt hat. Sie hat auf den Altersunterschied gepfiffen, auch wenn ihr klar gewesen sein dürfte, dass er ihr nie ein Kind schenken würde. Als sich ihr die Gelegenheit bot, Janosch bei sich aufzunehmen, hat sie nicht gezögert. Ich weiß, dass er es gut bei ihr hatte, auch wenn sie ihre Liebe zu ihm stark übertrieben hat.

Paps will nicht über Zora sprechen. »Lass uns über deine Zukunft reden.«

Gespannt höre ich ihm zu.

»Es wird ein neuer Pächter für das Clubhaus gesucht. Ich könnte für dich ein gutes Wort einlegen. Schließlich bringst du Erfahrung in der Gastronomie mit. Wir müssen ja nicht unbedingt betonen, dass sich dein Wissen nur auf Säfte und Smoothies beschränkt.«

Ich stelle mein Glas ab und schaue meinen Vater ungläubig an. »Ich soll die Bewirtung übernehmen? Hier im Rentnerparadies? Nein, Paps, auf gar keinen Fall. Janosch wird nicht in dieser Kolonie aufwachsen.«

»Ich könnte tagsüber auf ihn aufpassen, dann müsste er nicht in den Kindergarten. Und wenn er sechs wird, könnten wir ihn auf der internationalen Schule anmelden.«

»Paps, wir bleiben nicht. Ich weiß, du fühlst dich hier wohl, aber für Janosch und mich ist das nichts. Ich will, dass er in die Kita geht. Er soll gleichaltrige Freunde haben und ich wünsche mir einen Job, der mir Spaß macht und mit dem ich unseren Lebensunterhalt allein verdienen kann. Ich weiß dein Angebot wirklich zu schätzen, aber ich muss es dennoch ablehnen. Verstehst du das?«

Mein Vater grinst. Erst jetzt begreife ich, dass er mich nur auf die Probe stellen wollte.

»Ich habe gehofft, dass du so reagierst. Endlich bist du erwachsen und verantwortungsvoll geworden.«

»Das nenne ich einen guten Trinkspruch, Paps«, lache ich und halte ihm mein Glas entgegen.

Ich genieße den ersten Schluck und lobe meinen Vater für den guten Tropfen.

»Hast du nicht doch Appetit auf ein leckeres Abendessen?«, fragt er. »Wir haben noch Koteletts vom Iberico-Schwein eingefroren. Ich könnte den Grill anwerfen.«

Plötzlich kriege ich doch Hunger. »Und ich könnte in der Zwischenzeit für uns Olivenkartoffelstampf zubereiten«, schlage ich vor.

Sofort werden die Erinnerungen an meine Mutter wach. Ich weiß nicht sehr viel von ihr, aber dass genau diese Speise ihr Lieblingsgericht war, hat Paps mir stets erzählt, wenn es bei uns zu Hause auf den Tisch gekommen ist.

Das erste Mal seit Tagen behalte ich die Mahlzeit bei mir. Alles andere wäre auch ein Jammer, denn es hat vorzüglich geschmeckt.

Ich räume den Tisch ab und stelle das Schmutzgeschirr in die Spülmaschine, als ich höre, dass Paps' Handy klingelt.

Das wird bestimmt Zora sein, die gelandet ist und ihm die Hölle heißmachen will. Aber so, wie ich meinen alten Herrn kenne, wird er das Gespräch vermutlich gar nicht erst annehmen.

Entgegen meiner Vermutung höre ich ihn doch reden. »Hubert, du alte Socke. Und? – Na, das sind ja hervorragende Nachrichten. Ich wusste, dass ich mich auf dich verlassen kann.«

Hubert? Ich kenne nur einen Hubert, nämlich Lores Ex. Was haben die beiden noch immer miteinander zu tun?

Zombie

Babette

Ich bin wirklich nicht zimperlich, aber der von Frau Doktor als *relativ schmerzlos* beschriebene Eingriff tut höllisch weh. Obwohl ich tapfer die Zähne zusammenbeiße, verkrampft sich mein Körper bei jedem Einstich. Leise jammere ich vor mich hin, während mir ununterbrochen Tränen über die Wangen laufen. Oder sind es gar keine Tränen, sondern Blut?

»Wer schön sein will, muss leiden. Gleich haben Sie es überstanden, Frau Engler«, baut mich die Schönheitschirurgin auf.

Bis *gleich* dauert es noch weitere zehn Minuten, in denen sie mich piesackt.

Ob sich die Strapaze gelohnt hat, vermag ich beim Blick in den Spiegel nicht zu sagen. In Sekundenschnelle schwillt mein gerötetes Gesicht so heftig an, dass eine gewisse Ähnlichkeit mit *Miss Piggy* aus der *Muppet Show* nicht zu leugnen ist.

»Na, zufrieden?«, fragt mich die Medizinerin tatsächlich.

Ich mache kein Hehl aus meinem Entsetzen. »Wie lange wird es dauern, bis das abklingt?«

»Kühlen, kühlen und noch mal kühlen. Keine Sonne, keine Sauna, keine Schminke!«

»Keine Schminke?«

»Ziehen Sie sich für ein paar Tage zurück, aber meiden Sie Bettwärme. Wenn Sie es wünschen, kann ich Ihnen noch eine schmerzlindernde Salbe verschreiben.«

So, wie ich aussehe, soll ich in eine Apotheke gehen und ein Rezept einlösen? Niemals!

Gut, dass ich in der Tiefgarage parke.

Meine Glückssträhne hält an, denn der Lift ist leer. Ohne jemandem zu begegnen, erreiche ich das Untergeschoss.

Ich steige in meinen Wagen und würde am liebsten auf direktem Weg nach Hause fahren, die Klingel und das Telefon abstellen, die Jalousien runterlassen und mich für die nächsten Tage verkriechen. Aber ich habe Frau Kelmendi fest versprochen, mich endlich mal wieder sehen zu lassen.

Das Haus, in dem sie wohnt, verfügt über keine privaten Stellplätze. Ich bin gezwungen, in einer Nebenstraße zu parken und die vierhundert Meter zu Fuß zurückzulegen.

Obwohl ich im Besitz eines Schlüssels für die Wohnung bin, läute ich.

»Ich bin's«, rufe ich durch die Gegensprechanlage. Sofort springt die Haustür auf.

Schon im Treppenhaus werde ich von ihr erwartet.

»Oh, mein Gott. Was ist denn mit Ihnen passiert?«, fragt Frau Kelmendi und schlägt sich sichtlich erschüttert die Hände vor den Mund.

»Eine allergische Reaktion. Es sieht schlimmer aus, als es ist«, spiele ich meine Zombie-Visage herunter und folge ihr mit gesenktem Kopf in die Wohnung. »Und sonst? Alles klar?«

Sie antwortet nicht, sondern fragt, ob ich einen Kaffee trinken möchte.

»So viel Zeit habe ich nicht.«

»Die Zeit werden Sie sich nehmen müssen. Dieses Mal müssen wir reden!«

»Wieso? Was ist passiert? Hat sich ihr Zustand verschlechtert?«

»Es geht um *meinen* Zustand. Ich schiebe seit drei Jahren Dienst. Und das an sieben Tagen die Woche rund um die Uhr.«

Ich lege meinen Mantel ab, werfe ihn über den Stuhl und hole tief Luft. »Dafür bezahle ich Sie, Frau Kelmendi. Und das nicht zu schlecht«, betone ich.

»Ich kann nicht mehr. Ich bin am Ende meiner Kraft. Ich brauche dringend eine Verschnaufpause.«

»Verstehe ich Sie richtig? Sie wollen kündigen? Dann bitte! Packen Sie Ihre Sachen und verlassen Sie meine Wohnung. Ich halte Sie nicht auf.«

»Ich will Sie doch gar nicht im Stich lassen. Es geht mir nur um eine kurze Auszeit, um selbst wieder zu Kräften zu kommen.«

»Wie *kurz*?«, will ich wissen.

Sie antwortet so leise, dass ich nachfragen muss. »Haben Sie gerade von sieben Tagen gesprochen? Sie wollen sich für eine Woche verdrücken?«

Sie nickt, erhebt sich vom Stuhl und geht zur Arbeitsplatte, um nun doch einen Kaffee zu kochen.

»Und wer soll sich während Ihrer Abwesenheit um *sie* kümmern? Etwa ich?«

»Sie ist doch Ihre Schwester. Wäre es denn zu viel verlangt, wenn Sie sich auch mal persönlich engagieren würden?«

Ich finde, dass die fünftausend Euro im Monat, der Wagen und die Wohnung im begehrten Stadtteil Prenzlauer Berg, für die ich zusätzlich aufkomme, genug Engagement sind.

»Dann erlauben Sie mir, einen ambulanten Pflegedienst zu Hilfe zu ziehen.«

Ich schüttle entschieden den Kopf. »Das ist gegen unsere Abmachung. Keine weiteren Mitwisser.«

Die Art, wie sie mich ansieht, lässt mich frösteln. Pure Abscheu spricht aus ihrem Blick.

»Warum lassen Sie sie nicht endlich sterben? Das, was Sie seit Monaten von mir verlangen und Ihrer Schwester zumuten, ist menschenunwürdig. Ich mache da nicht länger mit.«

Es ist an der Zeit, Klartext zu sprechen.

Ich schlage meinen überheblichen Justus-Ton an, den auch ich nach all den Jahren aus dem Effeff beherrsche. »Verstehe ich das richtig? Sie wollen zurück in den Kosovo? Dann können Sie auf Staatskosten fliegen. Ich habe erst kürzlich gelesen, dass es für abgelehnte Asylbewerber wie Sie eine Ausreiseprämie geben soll. Allerdings hat die Sache einen kleinen Haken. Es ist ein One-Way-Ticket. Eine erneute Einreise in unser Land ist danach für immer ausgeschlossen.« Ich greife demonstrativ zu meinem Telefon. »Na, soll ich die Ausländerbehörde informieren oder kommen Sie wieder zur Vernunft?«

»Sie sind ein Unmensch! Gott wird Sie noch strafen.«

Unbeeindruckt von ihren Worten verlasse ich die Küche und gehe in das Zimmer, in dem sich die Frau befindet, die Gott bereits bestraft hat.

Mir fällt sofort auf, dass sie zwar künstlich beatmet wird, aber nicht am Tropf hängt. Ich schaue auf den Monitor, der keine Auffälligkeiten zeigt. Erst dann betrachte ich das magere Geschöpf, das mit weit aufgerissenen Augen in einem breiten Pflegebett liegt. Sie macht einen deutlich hinfälligeren Eindruck auf mich als bei meinem letzten Besuch.

»Du wirst doch wohl nicht schlappmachen, oder? Reicht es denn nicht, was du mir angetan hast?«

Ich verlasse den Raum und kehre in die Küche zurück. Frau Kelmendi hat bereits zwei Tassen Kaffee eingeschenkt. Sie bietet mir Milch und Zucker an.

Ich lehne ab und frage, wieso Bianca keine Flüssigkeit bekommt.

»Ich habe ihr heute schon dreimal die Windel gewechselt«, knurrt die Pflegerin.

»Dann machen Sie es ein viertes Mal«, fahre ich sie an.

Mein Ton führt dazu, dass sie vor meinen Augen weinend zusammenbricht.

»Schon gut«, lenke ich ein. »Legen Sie sich hin und schlafen Sie. Ich werde mich darum kümmern. Aber nicht sieben, sondern maximal drei Tage. Und wir wechseln uns alle sechs Stunden ab!«

FERNGESPRÄCHE GIBT ES
NICHT MEHR

LORE

Stines erste Zurückhaltung, als sie meinen Anruf annimmt, mündet in einen Freudenschrei, als ich ihr berichte, dass ich beabsichtige, morgen für einen Kurzbesuch nach Hause zu kommen.

»Es gibt einiges zu erledigen, deshalb werde ich schon bei Sonnenaufgang losfahren«, erkläre ich und werfe Hubert einen schnellen Luftkuss zu, der sich gerade für einen Kontrollbesuch auf den Weg zum Zahnarzt macht.

»Du kommst mit dem Wagen? Ganz allein? Das ist eine Strecke von über achthundert Kilometern. Warum begleitet Opa dich nicht? Ihr könntet euch mit dem Fahren ablösen. Omi, das passt mir gar nicht.«

»Hubert hat hier genug zu tun.«

»Dann nimm doch die Bahn.«

»Damit bin ich auch nicht schneller und muss obendrein noch fünfmal umsteigen.«

»Dann flieg eben mit der ersten Maschine. Ich hole dich auch in Fuhlsbüttel ab.«

Ich lache laut auf. »Ich muss mit meinem Geld haushalten. Unser Häuschen kostet eine ganz schöne Stange Geld.«

»Quatsch! Dein Wagen fährt auch nicht mit Wasser. Bitte, Omi, mir zuliebe. Ich habe sonst keine ruhige Minute.«

Ich gebe nach. Seit ich mich für das Leben mit Hubert entschieden habe, verhalte ich mich sehr nachgiebig. Gestern meinte er, das stünde mir gut zu Gesicht.

»Warte mal«, bittet Stine und klappert mit den Fingern laut hörbar auf den Tasten ihres Computers herum. »Es gibt eine Direktverbindung ab Zürich. Die Flugdauer beträgt nur anderthalb Stunden und kostet keine hundert Euro.«

»Ich überlege es mir.«

»Zu spät, Omi. Ich habe den Flug bereits für dich gebucht und dir die Bestätigung auf dein Handy geschickt.«

Ich schmunzle über meine Süße. Wie ähnlich sie mir doch ist. Sie fackelt auch nicht lange, sondern handelt.

Stine scheint Kundschaft zu bekommen, denn das Glockenspiel über der Ladentür bimmelt laut und schrill. Ich erinnere mich daran, dass Franziska es ihr zur Geschäftseröffnung geschenkt hat. Gern würde ich meine Enkelin fragen, ob es Neuigkeiten von ihrer Freundin gibt, aber ich will sie nicht aufhalten. Zahlende Kunden gehen vor.

»Sehen Sie sich um und melden Sie sich, wenn Sie meine Hilfe brauchen. Ich muss rasch weitertelefonieren«, höre ich sie sagen.

Nanu? Das sind ja ganz neue Töne.

»Lass es uns nicht so teuer machen. Wir können ja morgen ausgiebig quatschen«, schlage ich vor und will mich verabschieden.

»Zu teuer?«, lacht sie mich aus. »Omi, es gibt schon längst keine Ferngespräche mehr. Heutzutage ist die Distanz beim Telefonieren völlig egal. Leg bitte nicht auf. Ich möchte dir etwas verraten. Tatarata! Simon und ich erwarten Nachwuchs.«

»Hatte ich doch recht«, schreie ich vor Begeisterung. »Wann ist es so weit?«

»Der Kleine kommt schon ...«

Obwohl ich weiß, dass Stine es nicht mag, wenn ich sie unterbreche, tue ich es doch. »Es wird ein Junge? Ich flippe aus.«

»Das heißt *Rüde*, Omi«, kichert sie. »Wir bekommen ein Hundebaby.«

Na, da hat Stine mich aber schön an der Nase herumgeführt. Und ich Trottel bin prompt darauf reingefallen.

»In acht Wochen dürfen wir ihn abholen. Bis dahin müssen wir uns einen Namen überlegen. Simon ist für *Buster*, aber ich finde, das klingt wie Bastard. Hast du vielleicht eine Idee? Ich bin für jeden Vorschlag dankbar.«

»Ohne den Hund vorher gesehen zu haben, kann ich dir keinen Tipp geben.«

»Dann warte. Ich schicke dir ein Foto von seiner Mutter.«

In der Küche piept mein Smartphone. Ich lege den Hörer vom Festnetz beiseite und schaue sofort nach. Es ist erst eine Nachricht angekommen.

»Die Buchungsbestätigung ist schon da«, lasse ich Stine wissen, als es zum zweiten Mal piept.

Ich schaue mir das Foto an und bin erschüttert. »So ein Riesenvieh wollt ihr euch anschaffen?«

Stine lacht. »Genau das hat Moritz uns gestern auch gefragt. Apropos Moritz. Er hat angeboten, dir beim Verkauf des Hauses beratend zur Seite zu stehen.«

So langsam reicht es mir. Auch wenn ich künftig in einer seniorengerechten Wohnanlage leben werde, bin ich noch lange nicht senil. Ich habe noch alle Latten am Zaun und bin hundertprozentig in der Lage, eigenständig Verkaufsverhandlungen führen.

»Das ist nicht nötig. Ich habe mich bereits erkundigt. Vergleichbare Objekte werden um die dreihunderttausend

Euro gehandelt. Mehr ist der alte Kasten nicht wert. Aber wenn Hubert und ich beim Chalet halbe-halbe machen, bleibt noch genug übrig, damit ich etwas für euren Hausbau zusteuern kann. Wenn alles klappt, würde ich euch gern die Einbauküche spendieren.«

Warum sagt sie nichts? Ich verstehe. Sie spricht mit ihrer Kundin.

»So, da bin ich wieder. Bist du noch dran, Omi?«

Ich liebe es, wie Stine *Omi* sagt. Dann wird mir ganz warm ums Herz. Wir setzen unseren Klönschnack noch eine Weile fort, als es an meiner Tür klingelt. Dieses Mal beenden wir das Gespräch.

»Ja, bitte?«, frage ich den Herrn, der offensichtlich erstaunt ist, mich anzutreffen.

»Ich möchte zu Herrn Sandmann. Ist er da?«

»Wer möchte zu Herrn Sandmann? Ich habe Ihren Namen gar nicht verstanden.«

Mit meiner Gegenfrage hat er wohl nicht gerechnet.

Völlig verdattert antwortet er mir. »Ich bin der Eigentümer des Hauses. Und wer sind Sie?«

»Lore Sandmann. Tut mir leid, er ist nicht zu Hause. Kann ich Ihnen helfen?«

Er überlegt kurz. Dann schüttelt er den Kopf. »Richten Sie ihm aus, er möge sich bei mir melden. Er weiß, worum es geht.«

Ohne *Auf Wiedersehen* zu sagen, marschiert er zum Lift.

»Aber ich wüsste auch gern, worum es geht«, rufe ich ihm hinterher.

Er dreht sich um und fragt, ob ich mit Hubert verwandt sei.

Ich finde, das ist eine merkwürdige und sehr indiskrete Frage. Was geht es ihn an? Aber ich will nicht schnippisch reagieren. »In gewisser Weise schon. Ich bin seine Ex-Frau.«

»Und Sie wohnen hier?«

»Ich bin zu Besuch. Warum?«

»Weil die Wohnung von mehr Personen bewohnt wird, als vertraglich vereinbart wurde.«

Mal wieder bestätigt sich meine Auffassung. Zur Miete zu wohnen ist Mist. Vermieter sind das Letzte.

»Ich werde Herrn Sandmann ausrichten, dass Sie hier gewesen sind. Einen schönen Tag wünsche ich Ihnen.«

Mit schmerzverzerrtem Gesicht betritt Hubert zwei Stunden später den Flur. Ich überlasse ihm das Sofa und frage, ob er wieder eine Spritze bekommen habe.

»Zwei«, antwortet er wehleidig und will von mir bedauert werden.

»Dein Vermieter war hier und wollte dich sprechen.«

Plötzlich tritt sein Wehwehchen in den Hintergrund. »Weshalb? Was wollte er?«

»Er meinte, du wüsstest, worum es geht. Dann hat er versucht, mich auszufragen. Wer ich bin und in welcher Beziehung ich zu dir stehe, wollte er wissen. Ich denke, es dreht sich um die Nebenkosten, die du nur für eine Person entrichtest. Aber ich habe sofort geschaltet und ihm erzählt, ich sei nur zu Besuch.«

»Gut gemacht, Lore«, lobt er mich.

»Trotzdem, du solltest dich bei ihm melden.«

»Ach, der kann mich mal. Das Mietverhältnis hat sich doch ohnehin bald erledigt.«

Buschtrommeln

Stine

Wer von draußen durch das Schaufenster in den Laden guckt, könnte meinen, dass das *Café Laine* bereits Geschichte ist. Es befinden sich nur noch vereinzelte Knäuel in den Regalen, was auch damit zu erklären ist, dass ich einen großen Posten für mich persönlich zurückgelegt habe. Ich sehe es nicht ein, die hochwertigen Garne zum Schleuderpreis wegzugeben. Die klassischen Farben Marineblau, Schwarz und Anthrazit habe ich für Simon gebunkert. Irgendwann, wenn ich mal wieder Zeit habe, werde ich für ihn schicke Pullover stricken. Für mich habe ich zarte Pudertöne gewählt.

Gerade beschrifte ich die Kartons mit *Privat*, als zwei Herren zur Tür hereinkommen.

»Sind Sie Lore Sandmann?«, fragt der ältere der beiden.

Bevor ich ihm antworte, nehme ich die zwei Gestalten erst mal unter die Lupe. Sie sehen seriös aus, daher entscheide ich mich, ihnen Auskunft zu geben. »Das ist meine Großmutter. Worum handelt es sich denn?«

»Es heißt, sie sei hier heute anzutreffen.«

»So, heißt es das? Das beantwortet aber nicht meine Frage. In welcher Angelegenheit wollen Sie meine Großmutter sprechen?«

Der Jüngere zückt eine Visitenkarte und legt sie auf den Tresen. »Wir sind von der *Konstrukta Bau- und Boden AG* und möchten mit Frau Sandmann über den Kauf des Hauses reden.«

»Wow, das ist aber fix«, wundere ich mich und nehme das Kärtchen an mich. »Ich werde ihr ausrichten, dass Sie hier waren. Sie meldet sich bei Interesse bei Ihnen.«

Mein Vorschlag scheint den beiden zu missfallen. Der Alte hebt die Brauen, die Mundwinkel des Jungen fallen rapide nach unten. »Wir haben uns auf den weiten Weg gemacht, um heute persönlich mit Frau Sandmann zu konferieren.«

»Sie haben einen Termin mit ihr vereinbart?«

Einer nickt, der andere schüttelt den Kopf.

»Ja, was denn nun?«, hake ich nach, denn es ist klar, dass einer von ihnen dreist lügt.

Um den peinlichen Moment zu überbrücken, öffnet der ältere Mann seinen Aktenkoffer. »Wir sind gekommen, um ein Angebot abzugeben.«

»Das können Sie auch mir aushändigen. Schließlich betrifft es mich ebenfalls. Meinem Mann und mir gehört nämlich das Dachgeschoss.«

Nun sind die beiden aber richtig verwundert. »Sie stehen auch im Grundbuch?«

»Sicher. Das sollten Sie eigentlich wissen, wenn Sie sich für ein Objekt interessieren.«

»Aber Sie wollen doch auch verkaufen, oder?«

Ich antworte souverän. »Wenn der Preis stimmt, denken wir darüber nach.« Ich strecke meine Hand aus und fordere ohne weitere Worte die Angebotsmappe.

Nur zögerlich händigt er sie aus.

»Wir melden uns, sollte uns Ihr Gebot zusagen«, erkläre ich nüchtern, bewege mich in Richtung Ladentür und nicke den beiden zu.

Sie haben verstanden und gehen.

Neugierig blättere ich durch die Offerte. »Eine Unverschämtheit, die das Papier nicht wert ist, auf dem es gedruckt ist«, schimpfe ich leise vor mich hin. Dann schaue ich auf die Uhr. Es ist gleich elf. Um diese Zeit schlägt Moritz gewöhnlich bei mir auf und bringt Pakete oder holt welche ab. Da ich keine Lieferung mehr erwarte, postiere ich mich auf dem Bürgersteig und warte darauf, dass er vorbeikommt.

Schon kurz darauf fährt er vor. Wild winke ich ihm zu. »Hast du eine Minute?«, rufe ich ihm zu.

Während er den Wagen auf den Hof lenkt, renne ich zurück in den Laden und bereite einen der letzten doppelten Espressi zu.

»Heute waren schon die ersten Interessenten da. Dass Lore verkaufen will, hat sich wie ein Lauffeuer herumgesprochen. Kannst du mal einen Blick in die Mappe werfen, die auf dem Tresen liegt?«

Ich serviere Moritz seinen Kaffee und beobachte ihn dabei, wie er argwöhnisch das Anschreiben betrachtet. »*Konstrukta Bau- und Boden* sagt mir nichts. Von der Firma habe ich noch nie etwas gehört. Wo haben die denn ihren Firmensitz?« Er sucht den Briefbogen nach der Anschrift ab. In der Fußnote steht sie so klein und in so heller Druckfarbe geschrieben, dass man sie kaum entziffern kann. »In Luxemburg? Keine Straße, nur ein Postfach? Sehr dubios. Ich sage nur: Finger weg, Stine!«

»Schau mal, was sie anbieten. Ist das nicht frech?«

»Besser, du zeigst Lore diesen Wisch gar nicht erst und steckst ihn sofort in den Schredder.«

Moritz erzählt mir, dass er gestern in der Gemeinde-verwaltung gewesen sei.

»Was wolltest du da?«

»Mir ist zu Ohren gekommen, dass das Bauamt drin-gend neue Mitarbeiter sucht. Ich hab mich mal unverbindlich informiert.«

»Und? Hast du jetzt etwa vor, ein Schreibtischtäter zu werden? Meine Güte, Moritz, du wolltest doch wieder kreativ arbeiten.«

»Es war reine Zeitverschwendung. Aber bei der Gelegenheit konnte ich einen Blick auf den neuen Bebauungsplan werfen, der dort öffentlich aushängt. Aufgrund des Wohnungsnotstands wurden auf politischen Druck hin im Ortskern die GRZ und GFZ drastisch erhöht.«

»Was bedeuten diese Kürzel?«, will ich wissen.

Moritz erklärt es mir so, dass auch ich es verstehe. »Dabei handelt es sich um die Grundflächen- und um die Geschossflächenzahl. Die Werte besagen, wie viel Fläche bebaut und wie viele Stockwerke errichtet werden dürfen. Nach der neuen Verordnung dürfte man hier zwar keinen Wolkenkratzer errichten, aber ein Neubau mit sechs Stockwerken ist jetzt erlaubt. Das bedeutet, euer Grundstück ist ein Vielfaches wert.«

Ich halte mich am Tresen fest. »Im Ernst?«

Ich bin mir sicher, dass Lore davon keine Ahnung hat. Bei Simon habe ich allerdings meine Zweifel. Ich denke an den letzten Sonntag zurück, als wir alle zusammen am Strand gesessen haben. Erst jetzt macht seine Bemerkung vom *großen Reibach* Sinn für mich.

Hubert und er wussten von vornherein Bescheid und haben Lore und mich absichtlich im Dunkeln gelassen.

Aber warum? Weshalb haben sie nicht mit offenen Karten gespielt? Ich muss es wissen, bevor ich sie vom Flughafen abhole.

Zusammen mit Moritz verlasse ich den Laden, schließe ab und fahre nach Hamburg in die Hafencity.

Vor dem Eingang unseres Bürogebäudes parkt Franks Transporter. Er selbst steht auf der Leiter und klebt die Zargen mit Krepppapier ab.

Ich begrüße ihn und gehe in den hinteren Raum, wo Simon sich einen provisorischen Arbeitsplatz eingerichtet hat. Aber er ist nicht da.

»Weißt du, wo er steckt und wann er zurückkommt?«

Frank steigt von der Leiter. »Er hat angeboten, uns etwas zum Mittagessen zu organisieren. Eigentlich müsste er gleich wieder da sein. Er ist schon eine Weile fort.«

Simons Festnetzanschluss klingelt, woraufhin Frank die Augen verdreht. »Das geht schon den ganzen Tag so.«

Ich überlege kurz, für Simon das Gespräch anzunehmen, aber da hört es schon wieder auf.

Um die Zeit totzuschlagen, bis ich in Richtung Fuhlsbüttel aufbrechen muss, versuche ich es mit Small Talk. »Und sonst? Alles klar bei dir, Frank?«

Er steckt sich eine Zigarette an und lehnt sich an die kalte Betonmauer. »Babette hat den Ring nicht angenommen. Ich hätte es mir denken können, nachdem ich von dir erfahren habe, dass sie mit meiner Mutter gesprochen hat. Meine Mom konnte mal wieder ihren Mund nicht halten. Am liebsten hätte ich ihr den Marsch geblasen, aber ich bin auf sie angewiesen, solange die Welpen so klein sind und ich hier bei euch stramm zu tun habe.«

Hä? Wovon spricht er?

»Stine-Schatz. Was für eine schöne Überraschung.«

Simon erscheint neben mir. Er hält eine große Papiertüte vor dem Bauch. »Ich war am Imbiss und habe Frank und mir was zu Mittag besorgt. Ich habe ja nicht ahnen können, dass du kommst. Warum hast du nicht angerufen? Wir hätten uns ein nettes Restaurant suchen können, dann würde mein Anzug jetzt nicht nach altem Frittenfett stinken.«

Simon drückt Frank die Tüte in die Hand, reißt sich sein Sakko vom Leib und wirft es angeekelt in die Ecke.

»Boah«, ruft er aus und schüttelt sich. »Ich kann mich selbst nicht riechen.«

Frank macht sich gierig über das Fast Food her und trinkt dazu eine Flasche Bier.

Ich lehne lappige Pommes und die verkohlte Currywurst ab. Stattdessen bitte ich Simon, den Raum mit mir zu verlassen und ziehe ihn an den künftigen Empfang. »Sagt dir die *Konstrukta Bau- und Boden AG* etwas?«

Er schüttelt den Kopf. »Nein, warum?«

»Heute Vormittag waren zwei Männer von dieser Firma bei mir im Laden und wollten zu Lore. Sie haben gewusst, dass sie heute kommt. Woher?«

»Ich habe keine Ahnung, Schatz. Was wollten die Männer denn?«

»Sie haben ein Angebot für das Haus abgegeben.«

»Hui, das ging aber flott. Hubert kann es wohl nicht rasch genug gehen.«

Gut, dass Simon von sich aus auf meinen Großvater zu sprechen kommt. Umso schneller kann ich an dieser Stelle einhaken. »Was hast du mit Hubert ausgeheckt? Ihr seid nicht nur ungewöhnlich vertraut miteinander. Ihr verheimlicht mir und Lore doch was. Und ich will jetzt auf der Stelle wissen, was!«

Simon stöhnt laut auf. »Die ganze Geschichte?«

»Ich bitte darum.«

Er rückt einen Stuhl, setzt sich hin und zieht mich auf seinen Schoß. »Es ist so, wie ich es dir gesagt habe. Ich habe deinen Opa ausfindig gemacht, um ihn zu unserer Hochzeit einzuladen. Wohlgemerkt, zu der ersten, die ich geplant hatte. Aber er hat abgelehnt.«

»Bitte? Davon hast du nie ein Sterbenswörtchen gesagt.«

»Na ja, nicht richtig *abgelehnt*«, korrigiert sich Simon. »Er hat sich Bedenkzeit ausgebeten. Ich konnte seine Reaktion nachvollziehen, schließlich waren viele Jahre vergangen, in denen er sich nicht bei dir gemeldet hatte.«

Ich schaue auf die Uhr. »Simon, bitte, komm zum Wesentlichen. Ich habe nicht unendlich Zeit.«

Er fährt fort. »Völlig unerwartet rief er mich eines Tages an. Es war zu der Zeit, als Moritz zu dir in die Wohnung gezogen war und zwischen uns Funkstille herrschte. Ich berichtete ihm von unserem Streit und von deiner strikten Weigerung, zu mir nach Düsseldorf zu kommen, weil du Lore nicht allein lassen wolltest. Hubert war fassungslos und hat angeboten, sich um das Problem zu kümmern. Dein Großvater hatte auch schon eine Idee, wie er Lore und dich trennen könnte. Er hat vorgeschlagen, von seinem Vorkaufsrecht Gebrauch zu machen. Es war ihm von vornherein klar, dass Lore es niemals zulässt, dass er dir die Wohnung abspenstig macht, und ihm zähneknirschend anbieten würde, sich bei ihr im kleinen Zimmer einzuquartieren. Daran, dass er sie kurz über lang davon überzeugen könnte, mit ihm nach Konstanz zu ziehen, hat er keinen Zweifel gelassen. *Dort werde ich mich um sie kümmern und ihr könnt sorgenfrei in eure Zukunft blicken*, hat er gesagt. Mir hat die Idee gefallen. Auf diese Weise hatte ich dich endlich wieder für mich.«

»Aber das ist doch nicht das Ende der Geschichte. Da fehlt doch noch was«, entgegne ich und schaue meinen Mann auffordernd an. »Wieso hast du *Hurra* geschrien, als du von der Immobiliensuche erfahren hast?«

»Dass Hubert den Wunsch hatte, sich in diese Seniorenwohnanlage am Bodensee einzukaufen, war mir nicht neu. Ich wusste schon lange vor unserer Hochzeit davon. Allerdings hat er durchblicken lassen, dass seine Ersparnisse nicht ausreichten, um sich das Chalet zu leisten. Aber gemeinsam mit Lore ist es nun kein Problem mehr.«

Ich springe auf und fasse mir an den Kopf. Allmählich begreife ich, was mein Großvater vorhat. »Wie mies! Er manipuliert Lore nach Strich und Faden. Bestimmt hat er es nur auf ihr Geld abgesehen.«

Simon widerspricht. »Das glaube ich nicht, Schatz. Hubert hat sie wirklich gern.«

»Sie oder ihr wertvolles Grundstück?«

Ich werde ausgelacht. »Also, so wertvoll ist es nun auch nicht.«

»Da sind Experten aber ganz anderer Meinung. Moritz hat mir erklärt, dass Lore gut und gerne zwei Millionen verlangen könnte.«

Simon zieht die Brauen hoch. »Wie kommt er denn auf die Schnapsidee?«

»Er hat sich den neuen Bebauungsplan angesehen. Demzufolge darf dort sechs Stockwerke hoch gebaut werden, in denen bis zu zwölf Wohnungen entstehen könnten.«

Jetzt ist mein Mann platt. »Davon wusste ich nichts.«

Ich glaube ihm, auch wenn ich nicht gerade begeistert von seinen kleinen geheimen Absprachen mit meinem Großvater bin.

Sein Telefon klingelt. »Da muss ich rangehen, Schatz.«

»Mach ruhig, ich muss jetzt auch los. Lore landet in dreißig Minuten. Bis später, mein kleiner Stinkmolch.«

Würde er nicht so entsetzlich muffeln, wäre mein Abschiedskuss länger ausgefallen.

Ich bin schon am Auto, als Simon mir nachruft: »Wirst du Lore erzählen, dass Hubert in voller Absicht gehandelt hat?«

»Na sicher! Sie hat ein Recht darauf, es zu erfahren.«

»Vergiss nicht, dass er es nur deinetwegen gemacht hat. Er wollte einmal im Leben was Gutes für dich tun. Dass die beiden nun glücklich miteinander sind, ist doch wunderbar. Willst du das wirklich aufs Spiel setzen?«

Ich weiß es nicht. Ich bin gerade komplett verwirrt.

Gegen ärztlichen Rat

Babette

Frau Kelmendi hat fast zwei volle Tage und Nächte durchgeschlafen. Sie ist nur kurz aufgestanden, um etwas zu trinken, ist zum Klo gegangen und verschwand danach sofort wieder in ihrem Zimmer, ohne auch nur einen Ton von sich zu geben.

So viel zu meiner Bedingung, dass wir uns alle sechs Stunden ablösen.

Mein Telefon klingelt. Es ist Lukas, der wissen will, wo ich stecke. »Ich bin auf dem Weg zu dir, weil ich dringend deine Unterschriften brauche. Es gibt neue Franchisenehmer, die Nägel mit Köpfen machen wollen.«

»Besser, du kehrst um, denn ich bin gar nicht zu Hause.«

»Wo bist du denn? Es eilt. Ich will nicht, dass sie wieder abspringen. Lange genug habe ich nach Betreibern gesucht, die das nötige Eigenkapital nachweisen können.«

»Um welche Städte handelt es sich?«, will ich wissen.

»Frankfurt, Hamburg und München.«

»Wow, das sind unsere Spitzenstandorte. Gratuliere, Lukas.«

»Wann kann ich dich treffen?«

Ich trete vor den Spiegel und betrachte mein ungeschminktes Gesicht. Eine wesentliche Besserung ist noch nicht zu verzeichnen. Es wird wohl noch eine Weile dauern, bis ich mich wieder in der Öffentlichkeit sehen lassen kann, ohne schief angeguckt zu werden. »Ich komme irgendwann die Tage mal bei dir vorbei«, verspreche ich.

»Nee, Babette. So nicht! Nicht *irgendwann die Tage*. Mir reicht es. Ich bin ja gern bereit, die ganze Arbeit zu übernehmen, während dein Part lediglich darin besteht, die von mir akquirierten Verträge mitzuunterzeichnen. Sag es frei heraus, wenn dir selbst das zu viel wird. Dann zahle ich dir deine Einlage zurück.«

Hallo? Wie ist Lukas denn drauf? So unfreundlich kenne ich ihn gar nicht.

»Hör zu, mein Lieber. Lass deinen Liebeskummer nicht an mir aus. Ich kann nichts dafür, dass Franziska sich mit dem Kleinen abgesetzt hat.«

Er stöhnt laut auf. »Offensichtlich habt ihr Kontakt. Wie solltest du sonst wissen, dass sie mich verlassen hat. Richte ihr aus, dass ich …«

Ich falle ihm ins Wort. »Ich richte ihr gar nichts aus. Ich bin deine Mitgesellschafterin und nicht deine Sekretärin. Wenn du ihr etwas zu sagen hast, dann sprich selber mit ihr.«

»Fein! Es ist dir also doch noch eingefallen, dass wir Geschäftspartner sind. Also, wann darf ich mit einem Termin bei dir rechnen?«

»Lass deinen spitzen Ton! Ich komme nach Geschäftsschluss zu dir in die Bar. Solltest du allerdings nur ein Wort über mein Äußeres verlieren, drehe ich mich auf dem Absatz um und bin weg.«

Ich pfeife auf den Rat der Ärztin, hole meinen Schminkbeutel aus der Handtasche und trage eine dicke Schicht Primer, reichlich Concealer, Make-up und zum Schluss einen Hauch Rouge und Puder auf.

Zwar sehe ich noch nicht wieder so aus wie meine jüngere Schwester auf ihrem Ausweisbild, aber das wird schon, beruhige ich mich.

Ohne anzuklopfen, stürme ich in das Zimmer der Pflegerin. »Aufstehen! Ab jetzt übernehmen Sie wieder!«

Unter lautem Ächzen erhebt sie sich aus dem Bett. »Ich brauche noch mehr Ruhe. Ich fühle mich so schlapp.«

»Kein Wunder, dass es Ihnen an Kraft fehlt. Sie haben drei Tage nichts gegessen. Ich habe Lebensmittel vom Supermarkt liefern lassen. Bedienen Sie sich. Es ist bereits alles bezahlt.«

Sie wankt an mir vorbei und zischelt: »Sie glauben wohl, dass Geld alles im Leben ist. Sie tun mir wirklich leid.«

Was erlaubt sie sich?

»Sie wissen gar nichts von mir! Also ersparen Sie mir Ihren Kommentar. Ich lege keinen Wert auf Ihre Meinung.«

Ich warte im Wagen bei laufendem Motor darauf, dass der letzte Gast die Saftbar verlässt und Lukas das Licht löscht. Obwohl es schon fast dunkel ist, setze ich meine Sonnenbrille auf und gehe hinein.

»Bist du es wirklich?«, staunt Lukas, als ich mich auf einen Barhocker schwinge. »Was ist passiert? Du bist nur an der Stimme zu erkennen.«

»Ich habe dich gewarnt, Lukas, und ich habe es ernst gemeint. Noch ein Spruch und ich bin weg.« Ich betrachte ihn genauer. »Du siehst übrigens auch nicht besser aus.«

Dunkle Schatten haben sich unter seinen Augen gebildet. Er ist blass und wirkt furchtbar niedergeschlagen. Anstelle einer Antwort schiebt er mir drei Ordner über den Tresen. »Das sind die Kandidaten. Sie erfüllen alle Anforderungen.«

Da ich durch das getönte Glas der Sonnenbrille ohnehin nichts erkennen kann, erspare ich es mir, die Unterlagen durchzulesen, und bitte ihn um einen Stift.

Wie die Male zuvor unterzeichne ich mit *B. Smolka*.

»Fertig«, erkläre ich. »Und nun zu dir. Was zum Teufel ist in dich gefahren? Was soll deine alberne Eifersucht auf Franziskas Ex?«

»Ich soll eifersüchtig gewesen sein? Das hat sie dir als Grund genannt?«

»Sie hat mir gar nichts erzählt. Aber ich habe Augen im Kopf und sofort erkannt, dass sie furchtbar leidet.«

»Ich leide auch«, kontert er trotzig. »Sie hat mir das Herz gebrochen, verdammt noch mal.«

»Dann macht eurem Leiden ein Ende und vertragt euch. Ist das denn so schwierig?«

»Dafür ist es zu spät. Sie hat sich längst für den Bad Boy entschieden. Wie ich erfahren habe, hat es sie nach Köln verschlagen. In Berlin wurde es nämlich zu heiß, nachdem ich Anzeige erstattet habe.«

Ich verstehe kein Wort. Wer ist der Bad Boy? Von welcher Anzeige spricht er? Und wen hat es nach Köln verschlagen?

»Du sprichst in Rätseln, Lukas. Ich habe keine Ahnung, was du meinst.«

In nur zehn Minuten schildert er mir die ganze Geschichte.

»Es ist gut, dass du ihn angezeigt hast. Es ist auch erfreulich, dass die Polizei in Köln nach ihm fahndet. Aber du irrst dich gewaltig, wenn du annimmst, dass Franzi und der Kleine bei ihm sind.«

»Wo sollten sie sonst sein? Franz hat überhaupt kein Geld, um allein über die Runden zu kommen.« Er überlegt angestrengt, doch gleich darauf lächelt er mich an. »*Du* hast sie aufgenommen, richtig?«

»Kalt, Lukas. Eiskalt.«

»Wo sind sie denn? Du weißt es doch. Sag es mir, bitte.«

Ich sage nichts. Ich singe. »*Die Sonne scheint bei Tag und Nacht. Eviva España.*«

Der Groschen fällt sofort. »Franzi ist bei ihrem Vater? Mit Janosch? Das ist völlig ausgeschlossen.«

Ich nicke und sehe, wie er beide Hände an den Kopf presst. »Sie muss total verzweifelt gewesen sein. Wäre sie sonst zu ihrem Vater gereist? Ausgerechnet zu ihm.«

»Wie fühlt es sich an, wenn man sich eingestehen muss, einen riesigen Bockmist verzapft zu haben?«

»Ja, ich war ein Idiot«, gibt er reumütig zu und schaut mich ratlos an.

Ich korrigiere ihn. »Du *bist* ein Idiot, wenn du sie nicht sofort zurückholst.«

»Aber wird sie mir verzeihen?«

»Das musst du schon selbst herausfinden.«

Babettes Freundin

Lore

Früher als erwartet komme ich in Hamburg an. *Wir haben Rückenwind*, hat der Pilot gleich nach dem Start verkündet. Mit dem Flugzeug ist es wirklich nur ein Katzensprung. Günstiger und bequemer als mit dem Billigflieger ist diese Strecke nicht zurückzulegen. Bleibt zu hoffen, dass diese Airline nicht auch pleitegeht, denn ich habe vor, in Zukunft regelmäßig mit ihr zu reisen, um Stine zu besuchen.

Sie ist noch nicht da, aber das ist kein Problem für mich. Ich nutze die Wartezeit und rufe Hubert an. »Bin gut gelandet«, rufe ich ins Telefon.

»Ich weiß, Lore-Schatz. Ich habe deinen Flug online auf dem Bildschirm verfolgt. Hat es sehr geruckelt? In Hamburg soll stürmisches Wetter herrschen.«

»Davon habe ich nichts gemerkt. Was machst du so allein?«

»Ich sitze im Sessel und denke unentwegt an dich.«

Ich lache laut auf. »Du sitzt im Sessel? Warum denn das? Jetzt, da ich weg bin, könntest du doch dein geliebtes Sofa in Beschlag nehmen.«

»Das ist es ja. Ich will nicht ohne dich sein. Du bist erst drei Stunden fort und ich vermisse dich ganz arg.«

Seine Worte gehen mir runter wie Öl. »Ich bleibe nicht lange. Sobald ich alles geregelt habe, komme ich zu dir zurück. Dann machen wir uns auf die Suche und kaufen eine bequeme Couch, auf der wir beide Platz haben.«

»Das klingt nach einem guten Vorschlag, mein Engel.«

»Dein Engel muss jetzt auflegen. Stine kommt gerade auf mich zu. Lass uns später noch mal telefonieren.«

»Liebe Grüße an unsere Kleine. Drück sie mal ganz fest von mir.«

Ich verspreche es, stelle das Handy aus und winke meiner Lieblingsenkelin zu.

»Wartest du schon lange? Tut mir leid. Der Tunnel war mal wieder dicht.«

»Hör auf, dich zu entschuldigen, und komm in meine Arme«, erwidere ich und drücke sie ganz fest an mich.

Ich wundere mich, dass Stine während der Fahrt so schweigsam ist. Wenn sie nichts sagt, stelle ich halt die Fragen. »Hast du noch viel Ware übrig behalten?«

»Nö, bis auf einen Karton mit kunterbunten Knäueln ist alles weg. Hättest du Interesse?«

»Ich werde kaum Zeit zum Stricken haben. Dein Opa hält mich nämlich ganz schön auf Trab. Heute will er für uns zwei neue Fahrräder kaufen. Er meint, dass man nur auf einem Drahtesel die Schönheit der Natur richtig genießen kann.«

Stine seufzt. »Dann fühlst du dich dort wirklich wohl?«

»Die Gegend ist absolut atemberaubend. Schade, dass ihr nach der Hochzeit sofort wieder abreisen musstet. Aber wenn ihr uns das nächste Mal besuchen kommt, dann führen wir euch herum.«

Sie greift nach meiner Hand und strahlt mich an. »Zuerst machen wir uns hier ein paar schöne Tage. Der Laden ist geschlossen und ich habe jetzt ganz viel Zeit.«

Ich öffne meine Handtasche und ziehe mein Portemonnaie heraus. »Bitte, nimm das Geld an. Ich will nicht, dass du meinen Flug bezahlst«, erkläre ich und reiche ihr einen Hunderteuroschein.

Ohne zu zögern, steckt sie ihn ein. »Danke, Omi.«

»Nanu, kein Widerspruch?«

»Du bist eine reiche Frau und kannst dir das Ticket problemlos leisten«, kichert sie. »Eigentlich bist du sogar bald vermögend genug, um dich künftig mit einem Privatjet einfliegen zu lassen, obwohl ich weiß, dass du das nie tun würdest.«

Mein irritierter Blick scheint sie nicht zu verwundern.

»Dachte ich es mir doch. Du bist völlig ahnungslos.«

»Ganz richtig. Ich habe keinen Schimmer, wovon du sprichst.«

»Ich rede vom neuen Bebauungsplan, der in der Gemeindeverwaltung aushängt.«

»Was interessiert mich der Bebauungsplan? Ich will nicht bauen. Ich will verkaufen – und das so schnell wie möglich. Nicht, dass uns noch jemand das Chalet vor der Nase wegschnappt.«

Sie setzt den Blinker und parkt vor dem *Café Laine* ein. »Wenn eins nicht geboten ist, dann ist es Eile, Omi. Wir sind da. Komm, steig aus. Ich erkläre dir drinnen bei einem starken Kaffee, was ich meine.«

Wir gehen über den Hof zur Eingangstür. Ich lasse meinen Blick noch einmal über mein Zuhause schweifen, für das ich mein Leben lang hart gearbeitet habe und das ich schon bald gegen ein vergleichsweise winziges Chalet eintauschen werde, als ich Stine rufen höre.

»Moritz, willst du zu uns? Ich habe noch gar nicht mit Lore gesprochen. Besser, wir verschieben unser Treffen auf morgen.«

»Deshalb bin ich nicht hier«, antwortet er und kommt in großen Schritten auf uns zu. Zur Begrüßung reicht er mir die Hand, gleich danach wendet er sich an Stine.

Wieso ist er so aufgeregt? Er macht ein Gesicht, als wäre jemand gestorben.

»Hast du eine Ahnung, wo Babette steckt? Sie geht nicht ans Handy. Zu Hause ist sie auch nicht.«

»Hol erst mal tief Luft und dann beruhige dich«, rät sie ihm. »Was ist denn passiert?«

»Es geht um Dana. Überraschend bekam ich noch eine Eilzustellung in ihrer Nachbarschaft. Dort habe ich einen Möbelwagen direkt vor ihrem Haus gesehen und mich packte gleich ein schlechtes Gefühl, das sich wenig später auch bestätigt hat. Ihre Wohnung wurde zwangsgeräumt!«

Welche Dana? Wieso schlägt Stine sich entsetzt die Hände vor den Mund?

»Aber sie ist doch gar nicht da, sondern noch mit den Kindern an der Ostsee.«

»Das hat den Gerichtsvollzieher nicht die Spur interessiert. Er meinte, der Termin wurde ihr schriftlich mitgeteilt.«

»Warum wird ihre Wohnung geräumt?«, will Stine wissen.

»Mietschulden«, antwortet Moritz mit nur einem Wort. »Dieser Scheißkerl von Ehemann hat die letzten Monate keine Miete bezahlt. Wenn wir nicht sofort etwas unternehmen, wird sie obdachlos sein, sobald sie zurückkehrt.«

»Ich werde nicht zulassen, dass eine Mutter mit zwei Kindern so einfach auf die Straße gesetzt wird«, entrüstet sich Stine.

»Ich habe angeboten, einen Teil der Forderungen zu bezahlen, aber darauf hat sich der Gerichtsvollzieher nicht eingelassen.«

»Über welche Summe sprechen wir?«, hakt sie nach.

»Mehr, als ich auf die Schnelle flüssigmachen konnte. Deshalb suche ich ja verzweifelt nach Babette.«

Stine dreht sich um und schaut mich an. »Tut mir leid, Omi, aber das ist ein Notfall. Bitte geh schon mal allein rein. Wir reden, sobald Moritz und ich die Angelegenheit geklärt haben, ja?«

Die beiden rennen zu Stines Wagen. »Wer ist Dana?«, rufe ich ihnen nach.

»Babettes Freundin, du weißt schon.«

»Ach, *die* arme Frau.«

Hat sie nicht schon genug mitgemacht?

WICHTIGE NEUIGKEITEN

BABETTE

Zufrieden darüber, dass ich Lukas erfolgreich den Kopf waschen konnte, fahre ich nach Hause. Ich bin erschöpft. Die Bettwache der letzten Tage hat mir wenig Schlaf gegönnt. Hunger habe ich auch. Ein Blick auf die Uhr zeigt, dass ich es bis zur Schließung der Supermärkte nie und nimmer schaffen werde. Mein Kühlschrank ist leer, während der von Frau Kelmendi prall gefüllt ist. Ich stelle mein Handy an, um die Nummern der Lieferdienste aufzurufen, die ich abgespeichert habe. Da sehe ich, dass Moritz mehrfach versucht hat, mich anzurufen.

Mein Herz hüpft, als ich mich bei ihm zurückmelde. Es stockt, als ich erfahre, was passiert ist.

»Wir waren zu spät. Der Möbelwagen mit all ihren Sachen war bereits abgefahren.«

»Das gibt es doch nicht!«, platzt es aus mir heraus.

»Der Typ von der Hausverwaltung hat sich auch nicht erweichen lassen, obwohl Stine und ich angeboten haben, die Rückstände zu begleichen. Er hat sich stur gestellt und gemeint, dass Dana davon gewusst haben muss. Schließlich habe er sie mehrfach angeschrieben.«

Plötzlich fällt es mir wieder ein. In dem Stapel Post, den ich aus dem Briefkasten genommen hatte, war tatsächlich ein Schreiben der Hausverwaltung, das ich für die Nebenkostenabrechnung und nicht für besonders wichtig gehalten habe. Hätte ich doch den gesamten Stapel Briefe ins Krankenhaus gebracht, statt ihr nur das Schreiben der Krankenkasse zu geben.

»Das ist ganz allein meine Schuld«, antworte ich mit zittriger Stimme. »Aber keine Sorge, Moritz. Ich regle das.«

»Für eine Regelung ist es zu spät. Selbst wenn die Schulden beglichen werden, ist der Vermieter nicht bereit, sie dort weiterhin wohnen zu lassen. Offensichtlich ist er heilfroh, den Krawallbruder Ulf Suhrbier und seine Familie endlich los zu sein.«

»Hast du es Dana etwa schon erzählt?«

Moritz' Antwort beruhigt mich. »Nein. Ich finde, wir sollten ihr diese Hiobsbotschaft vorläufig ersparen. Sie ist doch gerade erst auf dem Weg, sich wieder zu berappeln. Aber irgendetwas muss uns schnellstens einfallen. Wir können nicht seelenruhig dabei zusehen, dass sie und die Kinder vor dem Nichts stehen.«

»So weit wird es nicht kommen«, verspreche ich und frage, wo er jetzt ist.

»In meiner Wohnung. Warum?«

»Bist du schon müde oder wollen wir uns noch treffen?«

»Du glaubst, ich könnte nach dieser Aufregung jetzt schlafen?«

»Magst du noch zu mir kommen? Ich bin in einer halben Stunde zu Hause.«

»Besser nicht. Auf den Schreck habe ich schon ein paar Bier getrunken und darf nicht mehr fahren. Außerdem weißt du ja jetzt Bescheid.«

»Alles klar.« Ich bedanke mich, dass er mich informiert hat und lege auf.

Schon merkwürdig. Er spricht von *Aufregung* und musste *auf den Schreck* etwas trinken. Wieso hat ihn die Angelegenheit so mitgenommen? Er kennt Dana doch kaum. Abgesehen von dem Tag, als wir sie befreit haben, und dem Treffen an der Ostsee haben sie sich noch nie gesehen. Ob er ein Auge auf sie geworfen hat? Das würde seinen Nasenstüber erklären, der meine alberne Eifersucht ausgelöst hat.

Mein knurrender Magen erinnert mich daran, dass ich mir etwas Essbares besorgen wollte. Weil mir jedoch nicht der Sinn nach Sushi steht, verzichte ich auf den Anruf und fahre auf direktem Weg zum Italiener, der seit einem halben Jahr am Ortseingang ein Lokal betreibt.

Das Restaurant ist gut besucht. Ich warte am Tresen, bis der Kellner zu mir kommt und mich charmant begrüßt.

»Einen Tisch nur für Sie?«, fragt er und hält nach einem geeigneten Platz für mich Ausschau.

Bevor er mir wieder den unbeliebten Tisch an der Treppe zuweist, an dem ich schon mit Patrick und Trixi zu Mittag gegessen habe, erkläre ich, dass ich meine Bestellung mitnehmen möchte.

Er nickt und deutet auf den Barhocker. »Ich kann Ihnen das Gericht des Tages empfehlen. Frische Pasta mit Waldpilzen.«

Ich schüttle angewidert den Kopf. »Nein, danke. Mit Pilzen habe ich schlechte Erfahrungen gemacht.«

Ich wähle einen Meeresfrüchtesalat mit Knoblauchbrot.

»Das dauert circa zwanzig Minuten. Sie sehen ja selbst, was hier heute Abend los ist.«

»Kein Problem, ich habe es nicht eilig«, erwidere ich, ziehe meinen Mantel aus und hänge ihn an die Garderobe.

»Möchten Sie etwas trinken, solange Sie warten?«

Ich entscheide mich für ein Glas trockenen Weißwein. Um die Zeit zu überbrücken, blättere ich das Wochenblatt durch, das neben mir ausliegt.

Jemand rempelt mich von hinten an.

Ich drehe mich um.

»Entschuldigung«, sagt ein Herr mittleren Alters, der sein Handy in die Luft hält. »In diesem blöden Kaff gibt es noch nicht einmal Empfang«, schimpft er weiter.

Es liegt mir auf der Zunge, ihm zu widersprechen, doch weil er sich bereits von der Bedienung das Haustelefon aushändigen lässt, spare ich mir meinen Kommentar.

»Ich bin's«, höre ich ihn kurz darauf ins Telefon sprechen. »Nein, sie war nicht da, aber wir haben ihrer Enkelin die Unterlagen übergeben. Wieso muss ich von ihr erfahren, dass es zwei Grundbucheinträge gibt? – Falsch! Der Alten gehören nur der Laden und die Wohnung in der ersten Etage. Die Mansarde ist auf den Namen *Simon Funke* eingetragen. Ich habe mir den aktuellen Grundbuchauszug besorgt. Soll ich ihn dir schicken, damit du mir glaubst? – Kein Irrtum. Hubert Sandmann hat uns gelinkt. Sollte ich herausfinden, dass du mit ihm unter einer Decke steckst, dann hat nicht nur seins, sondern auch dein letztes Stündchen geschlagen.«

Na, das ist ja interessant. Der Typ redet von Lores Haus!

»Herr Ober?«, rufe ich und winke dem Kellner zu. »Ich habe es mir überlegt. Ich würde doch gern hier essen.«

Wutentbrannt knallt der Typ den Hörer auf.

»Ärger?«, frage ich und lege meinen Kopf lasziv zur Seite.

Er runzelt die Stirn. »Reden Sie mit mir?«

Ich schaue demonstrativ nach links. »Ich denke schon. Außer uns beiden ist niemand am Tresen.«

»Tut mir leid, dass Sie Ohrenzeuge geworden sind. Es ist sonst nicht meine Art, so loszupoltern.«

»Ich hatte auch einen verdammt schlechten Tag«, erkläre ich, um ihn bei der Stange zu halten. »Manchmal muss man sich einfach mal Luft machen.«

»Privat oder beruflich?«, erkundigt er sich und hopst direkt neben mir auf einen Barhocker.

Unverblümt starrt er auf meine Hände. Sein Kennerblick verrät ihm, dass ich keinen Modeschmuck trage.

»Geschäftlicher Alltagskram«, säusele ich und nippe an meinem Glas.

»*Prego*, Signora. Ihr Meeresfrüchtesalat mit Brot. Möchten Sie hier essen oder soll ich Ihnen am Tisch servieren?«, fragt der Ober.

Jetzt oder nie. Ich presche vor. »Vielleicht leistet der freundliche Herr mir Gesellschaft und gestattet, dass ich mich zu ihm setze.«

Der freundliche Herr wirkt ein wenig überrascht, stimmt aber zu. »Sehr gern, wenn es Ihnen nichts ausmacht, dass mein Partner auch anwesend ist.«

»Wie nett, dass Sie mich nicht allein speisen lassen. Ich habe mich Ihnen noch gar nicht vorgestellt. Mein Name ist Smolka. Aber Sie dürfen gern Babette zu mir sagen.«

Er geht vor. Der Ober folgt uns und stellt meinen Teller vor den ungläubigen Augen eines älteren Herrn ab.

»Ich hoffe, es ist Ihnen recht, dass ich mich zu Ihnen geselle«, zwitschere ich und nehme gegenüber von ihm Platz.

»Keineswegs. Wer würde sich denn von einer so charmanten Dame gestört fühlen«, erwidert er und erhebt sich wie ein Gentleman alter Schule.

Ich lege die Serviette über meinen Rock und greife zum Besteck. »Sie beide sind aber nicht von hier, oder?«, erkundige ich mich in Anspielung auf ihren Akzent.

»Hört man das gleich?«, fragt mein Gegenüber.

»Das auch. Aber ich habe Sie hier noch nie zuvor gesehen.«

»Mit anderen Worten, Sie essen öfter hier?«

»Es ist das beste Restaurant im Ort«, erkläre ich und probiere einen Bissen.

»Das wird sich schon sehr bald ändern. Wenn erst die neue Ladenpassage gebaut wird, bekommt dieses Restaurant reichlich Konkurrenz.«

»Wir bekommen eine Ladenpassage? Na, das wird auch Zeit. Wo denn?«

»In der Ortsmitte. Die alten Häuser auf der linken Seite der Hauptstraße sollen abgerissen werden«, verrät der Ältere.

»Wenn es überhaupt so weit kommt«, merkt mein Sitznachbar an. Ihm scheint es zu missfallen, dass sein Partner so auskunftsfreudig ist. Aber bei dem Alten scheine ich Schlag zu haben. Besser, ich richte meine Fragen nur an ihn.

»Und dort werden Sie dann ein Lokal eröffnen und dem armen Luigi Konkurrenz machen?«

»Gott bewahre. Ich kann noch nicht einmal Kartoffeln kochen«, lacht er.

»Was machen Sie dann beruflich?«

»Wir sind für eine internationale Baugesellschaft tätig.«

»Interessant. Wo denn? In Hamburg?«

»In Luxemburg«, antwortet er und reicht mir seine Visitenkarte. Ich lese *Konstrukta Bau- und Boden AG.*

»Sagen Sie, Babette, können Sie uns ein Hotel in der Nähe empfehlen?«, fragt mich der Jüngere zur großen Überraschung seines Partners.

»Wir bleiben doch?«, ruft dieser sichtlich verwundert. »Ich dachte, das wäre jetzt Chefsache.«

»Er hat darauf bestanden, dass wir mit Funke direkt verhandeln. Viel Spielraum hat er uns allerdings nicht eingeräumt. Bei vierhundert sollen wir aussteigen.« Dann schaut er mich an. »Sie kennen sich hier doch bestimmt aus. Haben Sie einen Tipp für uns? Der Tag war anstrengend und ich will nur noch ins Bett.«

»Im Zentrum soll es ein nettes Hotel geben, von dem man nur Gutes hört.«

»Super, dort werden wir unser Glück versuchen.«

Kurz darauf bittet er den Ober um die Rechnung. »Ich hoffe, Sie sind uns nicht böse, wenn wir jetzt gehen. Danke für Ihre nette Gesellschaft, Babette.«

Falsch! Ich habe zu danken, ihr Schwätzer.

Noch im Wagen schreibe ich Stine eine SMS.

Muss dringend mit dir reden. Es geht um
das Grundstück deiner Oma. Habe wichtige
Neuigkeiten. Ruf mich an. Babette

Gespenster sehen

Stine

Ich bin noch immer außer mir, als ich zu Hause ankomme. Laut schimpfend stampfe ich durchs Treppenhaus und klingle bei Lore.

Nicht sie, sondern Simon öffnet mir die Tür. »Was ist das für eine Sache, von der Lore mir gerade erzählt. Danas Wohnung wurde zwangsgeräumt?«

Ich nicke, gebe meinem Schatz einen Kuss auf den Mund und folge ihm in die Küche. »Der blöde Kerl hat nicht mit sich reden lassen. In dieser Welt gibt es kein Mitgefühl mehr. Wie kann es einem egal sein, dass eine Mutter mit zwei Kindern auf der Straße steht? Wegen läppischer viertausend Euro.«

»Das muss sie nicht. Bis ich einen Käufer gefunden habe, kann sie vorerst mit ihren Kindern hier wohnen«, bietet Lore an, die bei einer Tasse Tee am Tisch sitzt.

Das ist meine Omi, wie sie leibt und lebt. Obwohl sie Dana gar nicht kennt, bietet sie ihr Hilfe an. »Das ist sehr großzügig von dir. Es ist gut zu wissen, dass wir eine Alternative haben, sollten wir auf die Schnelle keinen Ersatz finden.«

»Wenn Dana mit den Kindern hier einzieht, wird ein kurzfristiger Verkauf aber schwierig«, merkt Simon an und wendet sich an Lore. »Darüber sollten wir dringend sprechen. Stine hat nämlich erfahren, dass es einen neuen Bebauungsplan gibt.«

Lore stöhnt auf. »Davon hat sie mir bereits erzählt. Aber das betrifft mich nicht. Ich will nicht neu bauen, sondern zu Hubert an den Bodensee ziehen.«

Simon schaut mich an. »Siehst du. Ich habe es dir doch gesagt. Lore geht aus freien Stücken, weil *sie* es will.«

Ich hole tief Luft. »Heute waren zwei Männer bei mir im Laden und haben nach dir verlangt. Sie wussten, dass du heute kommst, und ich frage mich, woher sie das wissen konnten.«

»Was für Männer?«, fragt Lore nach.

»Zwei Immobilienhaie, die dir das Haus abkaufen wollen. Ihr Angebot ist eine Unverschämtheit.« Ich setze mich zu ihr und lege ihr die Hand auf den Arm. »Wir sollten jetzt nichts überstürzen, Omi.«

Lore verdreht die Augen. »Kinners, ich habe keine Zeit für Spekulationen. Hubert und ich wollen Nägel mit Köpfen machen. Die Bauzeit beträgt bis zur Fertigstellung ein halbes Jahr. Das ist in unserem Alter eine Riesenzeitspanne.«

»Wie bitte?« Ich bin irritiert. »Das Haus ist noch gar nicht fertig? Was waren das denn für Fotos, die du mir geschickt hast?«

»Das waren Computeranimationen. Das müsstest du als Fachfrau doch wohl sofort erkannt haben. Bisher gibt es nur ein Fundament.«

Ich starte einen neuen Versuch, um sie zur Einsicht zu bringen. »Wenn dieses Chalet seit Monaten nicht verkauft wurde, dann kann die Nachfrage wohl nicht so groß sein. Warum übt ihr keine Option aus? Damit sichert ihr euch das Objekt und geht kein Risiko ein. Sag doch auch mal was, Simon.«

Nicht Simon, sondern Lore ergreift das Wort.

»Quatsch, der Verkäufer hat gesagt, dass nur noch ein Haus vakant wäre und die Nachfrage sehr groß sei. Wie kommst du auf die Idee, dass es schon seit Monaten zum Verkauf steht?«

Simon stupst mich an. Ich weiß, was sein strenger Blick mir suggerieren will, aber ich lasse mich nicht beirren. »Frag Hubert. Er wird es dir bestätigen.«

Lores Blick verfinstert sich. »Ich frage aber dich, Stine.«

Simon steht auf, geht zum Kühlschrank und gibt mir unentwegt Zeichen, still zu sein. Doch ich ignoriere ihn.

»Hubert hatte schon vor seinem plötzlichen Auftauchen hier die Absicht, sich dieses Chalet zu kaufen. Nur leider fehlte ihm das nötige Geld.«

»Das überrascht mich nicht. Ich habe mir schon gedacht, dass er nicht erst am Sonntag auf die Idee gekommen ist. So versiert, wie er mich herumgeführt hat, konnte er nicht zum ersten Mal dort gewesen sein.«

Mit der Reaktion habe ich nicht gerechnet. Sie erfährt, dass er sie belogen hat, und sie bleibt ganz ruhig?

»Omi, gibt dir das nicht zu denken? Überleg doch mal. Nach all den Jahren taucht er hier plötzlich auf. Mit einem Trick verschafft er sich Zugang in deine Wohnung und in dein Herz. Kurz darauf überredet er dich, dein Haus zu verkaufen. Und das alles zu einem Zeitpunkt, als hier die Preise explodieren. Ich will dir nicht wehtun, Omi, aber ich glaube, Hubert will dich nur ausnehmen.«

»Stine!«, fährt Simon mich an. »Musste das sein?«

»Lass sie! Deiner Frau geht gerade die Fantasie durch«, antwortet sie Simon amüsiert. »Du liegst völlig falsch, Stine. Es war mein Vorschlag, dass wir uns was Eigenes suchen. Hubert würde ohne Weiteres seine Wohnung behalten.«

»Aber er weiß auch, was du davon hältst, zur Miete zu wohnen. Und genau den Knopf hat er bei dir gedrückt.«

Lore schnaubt. »Du solltest dich schämen, deinem eigenen Großvater so etwas zu unterstellen.«

»Denk doch mal nach! Woher wussten die beiden Hansel, dass du heute kommst? Ich habe es ihnen nicht gesagt. Wenn du es nicht gewesen bist, können sie es nur von Hubert wissen.«

»Du bist ja paranoid, Stine. Besser, du überlegst erst, bevor du solche unverschämten Anschuldigungen äußerst. Warum sollte Hubert dafür sorgen, dass mir eine Firma ein inakzeptables Angebot unterbreitet, wenn er es nur auf mein Geld abgesehen hat? Das macht doch keinen Sinn!«

»Sag später nicht, ich hätte dich nicht gewarnt.«

Lore steht auf, marschiert in den Flur und öffnet die Tür. »Es ist besser, wenn ihr jetzt geht, bevor es noch zum Streit kommt.«

Sie schmeißt mich raus? Bravo, Hubert. Du hast ganze Arbeit geleistet.

Simon zieht mich wütend die Treppe hinauf. »Warum hast du das gemacht? Ich habe dich eindringlich gewarnt. Jetzt haben wir den Salat. Lore ist stinksauer auf dich.«

»Du glaubst, ich lasse sie sehenden Auges ins Unglück rennen?«

»Stine-Schatz. Deine Oma ist eine erwachsene Frau. Hör bitte auf, überall Gespenster zu sehen. Du hast ja gemerkt, was dabei herauskommt.«

Ich will doch nur nicht, dass ihr wehgetan wird.

Es wird Zeit

Franziska

Ich habe keine Ahnung, was mit meinem Vater los ist. Nach einem harmonischen Abend, den wir gestern zusammen verbracht haben, wirkt er heute Morgen wie ausgewechselt. Wie ein aufgescheuchtes Huhn rennt er mit dem Handy in der Hand um den Pool und schimpft vor sich hin.

»Guck mal, Opa«, ruft Janosch über das Grundstück und bettelt um seine Aufmerksamkeit, aber Paps zischt nur: »Nicht jetzt! Geh zu deiner Mama.«

Ich setze mich mit Janosch an den Tisch und zeichne Bilder für ihn, die er mit bunten Stiften ausmalt.

»Nimm endlich ab! Sonst drehe ich dir den Hals um, du alte Zecke«, höre ich meinen Vater fluchen.

Ich gehe davon aus, dass er versucht, Zora anzurufen. Vermutlich wird auch sie, genau wie all seine bisherigen Ex-Frauen, zum großen Gegenschlag ausgeholt haben.

Mein Mitleid für ihn hält sich in Grenzen. Allmählich sollte er doch wissen, dass man so nicht mit Frauen umspringt.

Als er registriert, dass ich ihn durch die große Panoramascheibe beobachte, steckt er das Telefon in die Tasche und kommt rein.

»Na, was hat sie angestellt?«, frage ich und schaue ihn erwartungsvoll an.

»Welche *sie*?«

»Ich spreche von deiner zukünftigen Ex-Frau. Auf wen sonst könntest du so wütend sein?«

»Es ist was Geschäftliches. Jemand versucht gerade, mir das Fell über die Ohren zu ziehen, aber da hat er sich mit dem Falschen angelegt. Hubert wird das noch bitter bereuen. Nach all den Jahren sollte er wissen, dass ich mich nicht linken lasse.«

Schon wieder fällt der Name *Hubert*. Dieses Mal will ich es wissen. »Sprichst du von Hubert Sandmann?«

Erst jetzt scheint mein Vater zu bemerken, dass er laut gedacht hat. »Vergiss es, Franziska. Meine geschäftlichen Probleme gehen dich nichts an.«

Der Festnetzanschluss klingelt. Abrupt springt Paps auf und rennt zum Apparat. Aber er nimmt den Hörer nicht ab. Er hadert mit sich und überlegt angestrengt, ob er den Anruf annehmen soll. »Geh du für mich ran, Franzi.«

Ich gehorche und nehme das Gespräch entgegen. Wie von mir erwartet, ist es Zora, die mich bittet, ihr ihren Mann zu geben.

»Martina möchte dich sprechen«, lasse ich ihn wissen.

Augenblicklich schwillt sein Hals an. »Sie soll sich schleichen und mich nicht nerven! Leg auf. Die Leitung muss für wichtige Anrufe freigehalten werden«, brüllt er mich an.

Na, bravo. Bernhard Steinbrecher, der Choleriker, ist wieder da. Wo hat er sich nur so lange versteckt?

»Tut mir leid, er will nicht mit dir sprechen«, erkläre ich voller Scham und beende das kurze Gespräch.

»Ist Opa böse?« Janosch schaut mich mit großen Augen an.

Ich antworte auf seine Frage, ohne ihn anzusehen. Stattdessen werfe ich meinem Vater böse Blicke zu. »Nein, Opa gehört so. Ich kenne ihn nicht anders. Nach spätestens einer

Woche lässt er seine Maske fallen und zeigt sein wahres Gesicht. Das war schon so, als ich noch ein Kind war.«

Er hat verstanden. Beschämt lässt er die Schultern sinken. »Tut mir leid, ich wollte vor dem Jungen nicht laut werden, aber mir wächst hier gerade alles über den Kopf.«

»In dem Fall wird es das Beste sein, wenn wir dich allein lassen. Es wird ohnehin Zeit für uns abzureisen.«

Ich bin auf seinen Widerspruch gefasst, aber er schweigt.

In der Küche herrscht eine Luft, die so dick ist, dass man sie schneiden kann. Ich kann diese Atmosphäre nicht länger ertragen und gehe mit der Absicht in mein Zimmer, unsere Sachen zu packen.

Bevor ich den großen Koffer unter dem Bett hervorziehe, schalte ich mein Smartphone ein. Online will ich meinen Kontostand überprüfen. Inzwischen sollte das restliche Geld, das Paps mir transferiert hat, gutgeschrieben sein.

Ernüchtert stelle ich fest, dass ich nach wie vor im Minus bin.

»Wann hast du das Geld überwiesen, Papa? Es ist noch immer nicht bei mir eingegangen«, rufe ich laut durch das Haus. Er antwortet nicht. Stattdessen höre ich lautes Türenschlagen. Ich gehe zurück in die Küche und frage Janosch, wo Opa sei. Er muss mir nicht antworten. Wie sein Wagen mit quietschenden Reifen die Einfahrt verlässt, ist nicht zu überhören.

»Heute werden wir wieder mit dem Flugzeug fliegen«, berichte ich meinem Sohn. »Freust du dich?«

Hoffentlich fragt er jetzt nicht, wohin die Reise geht. Denn das weiß ich noch immer nicht.

Ich werde den Zufall entscheiden lassen. Bei der ersten Maschine, die nach Deutschland fliegt, werden wir an Bord gehen. Um die nächste Zeit gut über die Runden zu kommen, reicht das Geld dicke, das Paps während unseres Stadtbummels von der Bank geholt hat.

»Geh doch noch einen Moment nach draußen zum Spielen«, schlage ich Janosch vor und räume die Zettel und Stifte vom Tisch. Er hüpft auf die Terrasse und durchwühlt seine Spielzeugkiste.

Ich nutze den Moment und schreibe meinem Vater ein paar Abschiedszeilen. Für den Fall, dass wir schon weg sind, wenn er nach Hause kommt, soll er wissen, dass wir nicht im Streit auseinandergegangen sind.

> *Lieber Paps,*
> *Janosch und ich brechen in unser neues Leben auf.*
> *Wir melden uns bei dir, sobald wir wissen, wohin*
> *es uns verschlagen hat. Ich danke dir für alles und*
> *hoffe, dass du deine Probleme schnell in den Griff*
> *bekommst.*
> *Deine Fran...*

Ich komme nicht dazu, meinen Namen auszuschreiben, denn Janosch kommt aufgeregt zu mir gelaufen.

»Da ist ein Mann draußen. Der sieht ganz komisch aus.«

»Wo?« Ich recke meinen Kopf und spähe durch das Fenster in den Garten. Ich sehe niemanden.

»Warte hier«, bestimme ich und schleiche auf Zehenspitzen hinaus.

Ängstlich luge ich um die Ecke. Janosch hatte recht. Eine groß gewachsene Gestalt mit langen zerzausten Haaren hat mir den Rücken zugewandt und klingelt an der Haustür.

»Ja bitte?«, frage ich und erschrecke zu Tode, als der Kerl sich zu mir umdreht. Ich zittere am ganzen Körper, als er sich mit großen Schritten auf mich zubewegt.

»Keinen Meter weiter«, schreie ich und nehme eine Haltung ein, die ich aus den alten Karatefilmen kenne, die sich mein Vater mit Hingebung anschaut.

»Ich bin es doch«, ruft der Mann, aber ich habe keine Ahnung, wer dieser Urmensch ist.

Plötzlich reißt er sich eine Perücke vom Kopf, zieht eine halbe Gummimaske von seinem Gesicht, greift sich an den langen Kinnbart und spuckt falsche Zähne auf den Gehweg. Er krümmt seinen Rücken und neigt seinen Kopf. Mit herunterbaumelnden Armen, die fast den Boden berühren, setzt er einen Fuß vor den anderen. »Du so gute Frau. Ich so dummer Mann!«

Ich bekomme auf der Stelle eine Gänsehaut. »Lukas! Bist du verrückt geworden? Weißt du, wie sehr du mich gerade erschreckt hast?«

»Ach, Franzi. Ich war so ein Idiot.«

Zu gern würde ich ihm zustimmen, aber er drückt mich so fest an seine Brust, dass ich kein weiteres Wort rausbekomme.

»Ich wäre schon früher gekommen, aber man hat mich über eine Stunde auf dem Flughafen festgehalten. Es hat mich reichlich Überredungskunst gekostet, die Sicherheitsbeamten davon zu überzeugen, dass ich nur ein harmloser Neandertaler bin, der seine Frau nach Hause holen will.«

Ich lache ungläubig auf. »Bist du etwa in dieser Aufmachung geflogen?«

»Beim Boarding habe ich noch ganz normal ausgesehen. Die Stewardess hatte ein Herz. Sie hat mir während des Fluges bei der Verwandlung geholfen, als ich ihr erzählt habe, dass ich die Liebe meines Lebens so schmerzlich vermisse.«

Janosch öffnet die Haustür einen Spalt. Sein anfänglich vorsichtiger Blick mündet in breites Strahlen, als er den Mann erkennt, der mich anfleht, ihm zu verzeihen, und mich bittet, uns eine zweite Chance zu geben. Mit Anlauf springt er in seine Arme. »Wir fliegen heute mit dem Flugzeug«, berichtet er stolz.

Lukas presst seine Stirn gegen Janoschs Kopf. »Ganz richtig, mein Großer. Und du darfst wieder am Fenster sitzen.«

WILLKOMMENSFRÜHSTÜCK

STINE

Noch bevor Simon sich auf den Weg zur Hafencity macht, nimmt er mir das Versprechen ab, meine Vorbehalte gegen Hubert künftig für mich zu behalten.

»Genieß doch die kurze Zeit, die Lore hier ist, statt mit ihr zu streiten.«

Das klingt nach einer guten Idee, die sich aber nur umsetzen lässt, wenn Lore mitspielt. Und das tut sie nicht.

Schon in der Früh hat sie das Haus klammheimlich mit unbekanntem Ziel verlassen.

Trotzdem lasse ich das dritte Gedeck auf dem Tisch liegen, das ursprünglich für sie gedacht war, denn Babette hat sich überraschend angekündigt, um uns ihre brandheißen Neuigkeiten persönlich zu überbringen.

»Mit *uns* meint sie mich *und* dich«, betone ich ausdrücklich, als ich sehe, dass mein Mann sich bereits sein Sakko angezogen hat.

»Erzähl es mir später. Ich habe jetzt wirklich keine Zeit. Frank wartet auf mich. Er hat keinen Schlüssel fürs Büro.«

»Lass ihn warten. Es gibt Wichtigeres«, hören wir Babette durch die Wohnungstür rufen.

Simon zieht genervt die Brauen hoch, ich mache ihr auf.

»Ich komme gleich zum Punkt«, verspricht sie. »Im Ort soll eine Ladenpassage gebaut werden. Und zwar genau hier.« Um deutlich zu machen, was sie mit *hier* meint, deutet sie mit dem Finger auf den Boden. Danach greift sie in ihre Manteltasche und zückt eine Visitenkarte. »Ich habe es aus bester Quelle«, erklärt sie und reicht Simon das Kärtchen.

Wir schnappen beide überrascht nach Luft.

»Das ist doch die Firma, die gestern ein Angebot abgegeben hat, oder?«, fragt er und lässt es sich von mir bestätigen.

»Sie werden heute wiederkommen und das Gebot erhöhen. Doch ihre vom Oberboss gesetzte Obergrenze liegt bei vierhunderttausend Euro, was angesichts der Projektgröße ein Witz ist.«

Sichtlich erstaunt zieht Simon seine Jacke wieder aus. »Woher weißt du das alles?«

»Nenn es eine Fügung. Ich bin den beiden Vertretern gestern rein zufällig beim Italiener begegnet. Als dein Name fiel, wurde ich hellhörig und habe ihnen auf den Zahn gefühlt.«

»Eine Ladenpassage«, wiederhole ich fassungslos. »In der Zeit der Wohnungsknappheit gibt es doch wohl Wichtigeres.«

»Mit Gewerbeflächen lässt sich deutlich mehr Geld verdienen«, meint Simon und fügt an, dass Moritz tatsächlich recht haben könnte. »Ich werde ihn gleich anrufen.«

Während mein Mann telefoniert, gehen Babette und ich in die Küche.

Sie begutachtet die bunten Platten, die ich mit viel Liebe angerichtet habe. »Frühstückt ihr immer so fürstlich?«

»Es sollte ein Willkommensfrühstück für Lore sein. Aber sie ist nicht gekommen.«

»Sie ahnt ja nicht, was ihr entgeht. Darf ich?«, bittet sie und greift sogleich zu einer Gabel, fischt eine Scheibe Räucherlachs vom Teller und steckt sie sich in den Mund. »Schlimme Sache, die Dana widerfahren ist. Ausgerechnet an dem Tag, als ich nicht da war.«

»Ganz so katastrophal wie gestern stellt sich die Situation heute nicht mehr dar. Lore hat angeboten, ihr und den Kindern vorübergehend ihre Wohnung zu überlassen, bis sie was Neues gefunden haben.«

»Das ist ganz entzückend von ihr, aber nicht nötig. Ich werde die drei zu mir holen. Schließlich bin ich nicht ganz unschuldig an der Misere.«

»Wie auch immer. Hauptsache, sie haben ein Dach über dem Kopf.«

»Und Lore meint es wirklich ernst? Sie will für immer an den Bodensee ziehen? Heißt es nicht, dass man einen alten Baum nicht umpflanzen kann?«

Ich seufze. »Es ist ihr bitterernst. Sie will so schnell wie möglich mit Hubert dieses Chalet kaufen.«

»Ein Chalet? Wie nobel. Aber nach Lage der Dinge kann sie es sich ja jetzt leisten.«

»*Chalet* ist etwas weit hergeholt. Eigentlich handelt es sich eher um ein Häuschen. Hab ich dir die Bilder nicht schon an der Ostsee gezeigt?«

Sie verneint, dabei bin ich mir sicher, das Smartphone an alle weitergereicht zu haben. Noch einmal rufe ich die Fotogalerie auf.

Babette kneift die Augen zusammen. »Sehr scharf ist das Bild nicht.«

»Es wurde von einer Zeitung abfotografiert«, erkläre ich die schlechte Qualität.

Ich sehe, dass sie die Abbildung mit einem Fingerwisch vergrößert. »Aber von einer sehr alten Zeitung«, kichert sie. »Sieh dir doch mal das Datum in der oberen Ecke an.«

Obwohl sich nach dieser Entdeckung mein Verdacht erhärtet, versuche ich, mir meine Verwunderung nicht anmerken zu lassen.

Erst als Babette die Wohnung verlässt, rufe ich Simon. Er spricht noch immer mit Moritz.

»Das soll die letzte Sonntagsausgabe sein? Die ganze Sache stinkt zum Himmel«, fluche ich und zeige ihm das Datum der zwei Jahre alten Zeitung.

Simon beendet das Gespräch.

»Glaubst du mir nun? Hubert treibt ein mieses Spiel mit meiner Großmutter. Warum sonst sollte er ihr diese alte Ausgabe unterjubeln?«

»Dafür gibt es sicherlich eine plausible Erklärung.«

Auf die bin ich aber gespannt.

Wer nicht vertraut, wird Misstrauen ernten

Lore

Ich hätte Stine fragen können. Sie hätte mich bestimmt zum Frisör gefahren, aber ich habe es vorgezogen, den Bus zu nehmen.

Es beginnt zu regnen. Damit meine frisch geföhnten Haare nicht nass werden, beeile ich mich und überquere die Straße im Laufschritt.

Babettes Limousine parkt auf dem Stellplatz, der sonst für mich reserviert ist.

Sie selbst begegnet mir im Treppenhaus.

»Lore, du siehst toll aus«, tönt sie und drückt mir ein Bussi auf die Wange.

Ich gebe das Kompliment zurück, obwohl ich ihr Aussehen eher als verändert empfinde.

»Stine hat ein tolles Frühstück gezaubert. Du solltest zu ihr raufgehen. Es ist noch ausreichend da.«

Ich nicke nur und schlängle mich an ihr vorbei, denn ich habe es eilig. In wenigen Minuten erwarte ich Besuch von den beiden Herren, die gestern schon nach mir gefragt haben. Sie haben mich spätabends angerufen und angekündigt, mir ein lukratives Angebot zu unterbreiten.

Gerade stecke ich meinen Schlüssel ins Schloss, als sich oben die Tür öffnet.

»Bis später, Schatz«, höre ich Simon sagen. Er stürzt so schnell die Stufen hinunter, dass ich es nicht schaffe, vor ihm in meiner Wohnung zu verschwinden.

Lächelnd bleibt er vor mir stehen. »Da bist du ja. Wir haben dich schon vermisst. Stine hat ein leckeres Willkommensfrühstück für dich zubereitet.«

»Ich weiß, Babette hat es mir gerade erzählt«, murmle ich. Es gelingt mir nicht, vor ihm zu verbergen, dass ich noch immer angekratzt bin.

»Ach, Lore. Nun zieh doch kein Gesicht und geh rauf zu ihr. Bestimmt tut es Stine schon leid.«

»Das sollte es ihr auch. Mit ihren Vorwürfen hat sie mich und ihren Großvater sehr verletzt.«

»Da bin ich ganz bei dir«, stimmt er mir zu. »Dein Hubert ist ein feiner Kerl. Lass dir nichts anderes einreden.«

Ich bekomme ein Küsschen. Genau auf die Stelle, an der Babette mich zuvor auch gebusselt hat. »Ich muss jetzt los, Lore. Wir sehen uns heute Abend.«

Die beiden Herren erscheinen pünktlich. Das ist schon mal ein Punkt für sie, denn Pünktlichkeit ist ein Gebot der Höflichkeit. Ich bin auch höflich und biete ihnen Kaffee oder Tee an. Beide lehnen ab.

Die Küche scheint mir nicht der passende Ort zu sein, um Geschäftliches zu besprechen, deshalb schlage ich vor, mir ins Wohnzimmer zu folgen.

»Also gut, meine Herren. Ich bin ganz Ohr.«

»Lesen Sie selbst«, schlägt einer der beiden vor und reicht mir eine Mappe über den Tisch.

Ohne die Miene zu verziehen, blicke ich auf eine fett gedruckte und doppelt unterstrichene Summe, die genau zwanzig Prozent über meinen Erwartungen liegt.

»Ich hatte Ihnen ja versprochen, dass wir ein überaus faires Angebot für Sie haben.«

Seit wann geht es bei Geschäften fair zu? Ich bin mir sicher, dass die beiden noch weiteren Spielraum nach oben haben und gebe mich enttäuscht. »Ich habe mit mehr gerechnet.«

»Weil Sie es sind, Frau Sandmann, werden wir noch einmal mit der Zentrale Rücksprache halten.«

Weil ich es bin? Na, wer bin ich denn? Auf jeden Fall bin ich keine ahnungslose Rentnerin, die sich durch Süßholzraspeln beeindrucken lässt.

»Gestatten Sie, dass ich kurz telefoniere?«

»Bitte sehr«, antworte ich und lehne mich entspannt zurück.

Während der Jüngere sich erhebt und in sein Handy murmelt, bleibt der Ältere sitzen und fummelt nervös an seiner Krawatte herum.

»Sie kommen ganz aus Luxemburg und kaufen Immobilien in Norddeutschland?«, erkundige ich mich interessiert.

»In Luxemburg ist unser Firmensitz«, bestätigt er. »Das hat steuerliche Gründe, gnädige Frau.«

Das Telefonat hat keine Minute gedauert. »Alles klar, Frau Sandmann. Ich habe das Okay. Dreihundertachtzigtausend, unter der Voraussetzung, dass Ihre Enkelin und ihr Mann auch an uns verkaufen.«

Ich überlege nicht lange. »Machen wir vierhundert. Ich mag keine krummen Zahlen.«

Die beiden schauen sich nachdenklich an und tuscheln geheimnisvoll miteinander. Kurz darauf heißt es: »Abgemacht. Wir akzeptieren Ihre Forderung.«

Ich erhebe mich und strecke meine Hand aus. »Dann sind wir uns einig.«

»Besiegelt per Handschlag«, lacht der Ältere.

Ich begleite sie zur Tür. Bevor ich öffne, will ich aber noch eine Frage loswerden. »Woher wussten Sie, dass ich gestern vom Bodensee zurückgekommen bin?«

Der Jüngere reißt überrascht die Augen auf. »Sie waren bis gestern im Urlaub? Wir haben Sie auf gut Glück aufgesucht.«

Ich kneife die Augen zusammen. »Und woher wussten Sie, dass ich verkaufen will?«

»Ach, Sie hatten schon vor unserem ersten Angebot konkrete Verkaufsabsichten? Bitte behalten Sie das für sich. Wenn das in der Zentrale bekannt wird, bekommen wir gewaltig einen auf den Deckel.« Er beugt sich vertraulich in meine Richtung. »Unter uns, Ihren Nachbarn haben wir nicht so viel geboten.«

Ich mache eine Geste, als würde ich mir den Mund zunähen. »Von mir erfährt keiner was«, verspreche ich.

Zufrieden verlassen sie meine Wohnung.

Ich bin mehr als zufrieden. Wenn das kein gutes Ergebnis ist, weiß ich auch nicht. Ich muss sofort mit Hubert sprechen.

Doch ich erreiche ihn nicht. Auf seinem Handy springt die Mailbox an und auf dem Festnetzanschluss ist besetzt. Ich drohe zu platzen, sollte ich nicht sofort jemandem von meinem tollen Verhandlungsgeschick berichten können.

Ich gehe hinauf zu Stine. Von dem opulenten Frühstück, von dem die Rede war, ist nichts mehr zu sehen. Bis auf die Tassen hat sie den Tisch bereits abgeräumt.

Ich bitte sie nicht, mir einen Kaffee einzuschenken, und komme gleich zum Punkt. »Die beiden Herren aus Luxemburg waren gerade bei mir. Wir sind uns schnell einig geworden. Ich habe den Preis für den Laden und die Wohnung von drei- auf vierhunderttausend hochgetrieben. Über das Dachgeschoss könnt ihr allein mit denen verhandeln.«

Stines Miene gefriert. »So, können wir das? Was sagt Hubert denn zu deinem Super-Coup?«

Ich überhöre ihren spitzen Ton und erkläre ihr, dass ich ihn noch nicht erreicht habe. »Bei ihm ist ständig besetzt.«

Ihr Blick spricht Bände. »Vielleicht habe ich ja mehr Glück als du«, faucht sie und greift nach ihrem Handy. »Freizeichen«, verkündet sie und stellt den Lautsprecher an. Ich höre es klingeln. Gleich darauf vernehme ich Huberts Stimme.

»Sandmann.«

Stine legt gleich los. »Ich bin's. Lore hat versucht, dich zu erreichen. Sie hatte heute Morgen Besuch von zwei Kaufinteressenten. Sie haben ihr vierhunderttausend geboten. Wir würden gern wissen, wie du darüber denkst.«

Nach einer kurzen Denkpause antwortet Hubert ihr. »Was soll ich dazu sagen? Es ist schließlich Lores Haus. Sie allein entscheidet, ob und zu welchem Preis sie verkauft.«

Stine zeigt sich überrascht. Mit dieser Antwort hat sie offensichtlich nicht gerechnet. Doch sie setzt nach. »*Ob* sie verkauft? Du willst mir weismachen, es sei dir egal, ob sie sich am Chalet finanziell beteiligt?«

»Süße, ich verstehe deine Fragen nicht und wundere mich nebenbei über deinen Ton. Was ist los?«

Mir genügt, was ich gehört habe, und reiße ihr das Telefon aus der Hand. »Nichts ist los, Hubert. Ich rufe dich später noch mal an«, erkläre ich, lege auf und gebe ihr das Telefon zurück.

»So ein mieser Heuchler«, kreischt sie und stampft vor Wut mit dem Fuß auf den Boden.

Sie benimmt sich wie ein bockiges Kind. Es wird Zeit, sie wieder zur Räson zu bringen. »Es reicht, Stine.«

Schwer atmend kommt sie auf mich zu. »Dieser Mann lügt, wenn er den Mund aufmacht. Meine Güte, wo ist nur deine Menschenkenntnis geblieben?« Sie wird noch lauter. »Wieso siehst du nicht, was so offensichtlich ist? Dein

Vierhunderttausend-Euro-Deal ist reine Abzocke, hinter der dein hochgeschätzter Hubert steckt. Er hat dir diese Haie ins Haus geschickt.«

Ich kann über so viel Blödsinn nur den Kopf schütteln. »Die Haie grasen in der Straße alle Häuser ab und unterbreiten den Eigentümern Angebote. Dass sie gestern hier vorgesprochen haben, war reiner Zufall.«

Trotzig verschränkt sie die Arme. »Und dass Hubert dir eine zwei Jahre alte Zeitung als aktuelle Wochenendausgabe präsentiert hat, ist das etwa auch nur ein dummer Zufall?«

Ich komme nicht dazu, Stine zu fragen, was sie damit meint, denn sie hält mir ihr Handy direkt vor die Nase.

»Kannst du das Datum erkennen?«

Ja, sogar klar und deutlich. Aber was hat das zu bedeuten? Ich hab doch keine uralte Zeitung gelesen. Das hätte ich doch gemerkt, oder nicht? Werde ich jetzt doch schon senil?

Ich muss mich setzen und bitte Stine um einen Schluck Wasser. »Wenn das Chalet schon seit Jahren wie sauer Bier angeboten wird, scheint wirklich etwas faul zu sein«, gebe ich zu, wenn auch ungern.

Sie reicht mir ein Glas, geht vor mir in die Hocke und schaut mich beschwörend an. »Bitte, Omi, sei auf der Hut. Ich habe ein verdammt ungutes Gefühl, was Huberts wahre Absichten betrifft.«

Ich muss schmunzeln. Es ist noch gar nicht lange her, da war ich es, die Stine zur Vorsicht geraten hat, weil ich Simon nicht über den Weg getraut habe. Gut, dass ich mich geirrt habe, und Stine täuscht sich auch, was Hubert angeht.

»Hubert sagt immer: *Wer nicht vertraut, wird Misstrauen ernten*«, belehre ich meine Enkelin.

»So, sagt er das? Ich sage: *Gutgläubigkeit ist die Schwester von Dummheit.*«

Kichernd tätschle ich ihre Wange. »Ich kenne noch eine Redewendung: *Den Letzten beißen die Hunde.* Apropos Hund. Habt ihr schon einen Namen ausgesucht?«

Endlich huscht ihr ein Lächeln übers Gesicht. »Netter Ablenkungsversuch, Omi.« Aber sie lässt nicht locker. »Bitte unterzeichne diesen Vertrag nicht. Jag die Luxemburger zum Teufel. Bitte!«

»Also gut, ich verspreche dir, nicht übereilt zu handeln, wenn es dich glücklich macht.«

Es scheint sie glücklich zu machen, denn sie grinst zufrieden und wechselt endlich das Thema. »Hast du Lust, mit mir nach Hamburg zu fahren? Ich würde dir gern die Büromöbel zeigen, die ich für meine künftige Wirkungsstätte ausgesucht habe. Anschließend könnten wir irgendwo einkehren und lecker zu Mittag essen.«

Ich lobe ihren Vorschlag. »Gib mir zehn Minuten.« Dann gehe ich runter, um mich stadtfein zu machen.

Noch im Treppenhaus höre ich das Telefon klingeln.

Es ist Hubert, der wissen will, was in Stine gefahren sei. »Weshalb hat sie so einen scharfen Ton angeschlagen?«

Mir brennt eine ganz andere Frage unter den Nägeln. »Hast du die letzte Ausgabe der Sonntagszeitung aufbewahrt?«

Er lacht. »Selbstverständlich nicht. Ich habe das ganze Altpapier im Container entsorgt und gleich werde ich Fenster putzen. Denkst du denn, ich würde auf der faulen Haut liegen, wenn du nicht da bist?«

»Fall bloß nicht von der Leiter. Noch wohnen wir nicht rollstuhlgerecht.«

Ich bohre nicht weiter nach. Nicht am Telefon, aber sobald ich zurück bin, werde ich ihn fragen. Dabei will ich ihm in die Augen sehen, wenn er mir erklärt, in welche Trickkiste er gegriffen hat, um mir das Chalet schmackhaft zu machen.

Schlimmer geht immer

Babette

Zufrieden darüber, dass weder Lore noch Stine mich heute auf mein Äußeres angesprochen haben, betrachte ich mein Gesicht im Spiegel. Die Schwellungen sind abgeklungen, die kleinen Löcher von den Einstichen verheilt und die Rötungen sind unter dem leichten Make-up auch nicht mehr zu sehen.

Dann hat es sich ja doch gelohnt, stelle ich fest, als mein Telefon klingelt. Ich verlasse das Bad und nehme den Anruf im Wohnzimmer entgegen. Es ist Dana, die sehr aufgeregt klingt. »Es ist etwas ganz Furchtbares passiert«, jammert sie.

Das weiß ich. Aber wie sie so schnell von der Räumung erfahren konnte, ist mir nicht klar.

»Er ist wieder draußen«, krächzt sie.

»Das gibt es doch nicht«, rufe ich entsetzt. »Wie kann die Justiz ihn wieder freilassen?«

Dana stößt ein ängstliches Wimmern aus. »Er ist hier, Babette. Ich habe keine Ahnung, wie er herausgefunden hat, wo wir sind.«

»Dana, du musst sofort die Polizei verständigen. Er darf sich euch nicht nähern.«

»Du glaubst, Ulf Suhrbier lässt sich von einem Kontaktverbot aufhalten?«

Sie weint noch lauter. Ihr Schluchzen macht es mir unmöglich, einen klaren Gedanken zu fassen.

»Er will mir die Kinder wegnehmen. Wir müssen sofort verschwinden. Bitte, Babette, hol uns ab.«

»Bleibt, wo ihr seid, ich komme.«

Besser, ich fahre in männlicher Begleitung. Sollte sich Ulf noch immer auf dem Kurgelände herumtreiben, wird ein starker Mann nötig sein, um ihn in die Schranken zu weisen.

Ich rufe Moritz an. Er ist nicht im Wagen, denn ich höre keine Fahrgeräusche, sondern Stimmen im Hintergrund. Wenn ich mich nicht täusche, handelt es sich um Simon und Frank.

Moritz bestätigt meine Vermutung. »Ich bin in der Hafencity. Was gibt es denn?«

Ich berichte ihm von Danas Anruf.

»Es ist keine gute Idee, sie zu dir nach Hause zu holen. Dort wird dieser Mistkerl sie zuerst suchen, wenn er rausbekommt, dass sie nicht mehr in der Kurklinik sind.«

»Aber sie können auch nicht dortbleiben. Dana ist total verängstigt und die Kinder sind tagsüber oft nicht unter ihrer Aufsicht, wenn Therapien anstehen.«

»Bei mir kann ich sie nicht aufnehmen. Mein Appartement ist viel zu klein.«

»Es wäre doch nur für ein paar Tage, bis Lore wieder an den Bodensee fährt«, gebe ich zu bedenken. »Sie hat ausdrücklich angeboten, ihre Wohnung zur Verfügung zu stellen.«

»Warte«, bittet Moritz und bespricht sich mit den Männern.

»Quatsch, die drei können zu mir kommen. Meine Adresse kennt er nicht und Platz habe ich auch genug«, höre ich Frank sagen. Dann drängt er Moritz, ihm das Telefon zu geben. »Babette? Ich fahre sofort los. Wir treffen uns auf Poel.«

Ich bedanke mich für seine Hilfsbereitschaft und stimme zu.

Frank Münster, du bist ein wirklich toller Typ. Ein Bild von einem Kerl, ein fantastischer Liebhaber und immer zur Stelle, wenn Not am Mann ist. Trotzdem, als fester Partner kommst du für mich nicht in Betracht.

Dana ist das reinste Nervenbündel und nur noch ein Schatten ihrer selbst. Sie zerrt an Patrick und schimpft mit Trixi, weil sie endlich still sein soll.

»Nun lass doch die Kinder in Ruhe. Sie können wirklich nichts dafür.« Ich nehme Dana in den Arm. »Alles wird gut«, verspreche ich ihr. »Frank ist auf dem Weg. Sobald er eingetroffen ist, werden wir euer Gepäck in seinem Wagen verstauen. Die Kinder fahren bei ihm mit. Du kommst mit mir, denn wir müssen ungestört reden.«

Genau, wie ich es bestimmt habe, geschieht es auch.

Erst als ich auf die Autobahn auffahre, fasse ich genug Mut, ihr von der Zwangsräumung zu erzählen.

»Ich bringe ihn um. Ich bringe diesen Scheißkerl um!«, schreit sie und trommelt mit den Fäusten gegen das Cockpit.

Statt Dana in ihren Mordgelüsten zu bestärken, teile ich ihr mit, was ich mit Frank besprochen habe.

»Zuerst sorgen wir dafür, dass du juristischen Beistand erhältst. Frank wird die Kinder morgen früh in die Schule bringen. Wir beide suchen unterdessen einen Anwalt auf. Im Anschluss holen wir die Kinder wieder ab. Ihr werdet nicht eine Minute allein sein. Tagsüber bin ich da, abends kümmert sich Frank. Sobald Ulf wieder hinter Schloss und Riegel ist, zieht ihr in eine neue Wohnung. Ich habe sogar schon eine geeignete für euch in Aussicht. Du kennst doch das *Café Laine* an der Ecke der Hauptstraße. Das Haus steht zum Verkauf und ich werde es erwerben.«

Dana traut ihren Ohren nicht. »Du willst ein Haus kaufen, damit wir ein Dach über dem Kopf haben? Du bist wirklich die Großzügigkeit in Person, aber das werde ich nicht zulassen. Irgendwo wird sich schon eine bezahlbare Wohnung für uns finden.«

Es ist an der Zeit, ihr zu sagen, dass sie nicht der einzige Grund ist, weshalb ich mich dazu entschlossen habe, Lore ein Angebot zu machen. Der Erwerb wäre nicht nur eine lukrative Geldanlage, sondern böte mir die Möglichkeit, gleich mehrere Fliegen mit einer Klappe zu schlagen.

»Es wäre sowieso nur für den Übergang. In spätestens einem Jahr wird das Gebäude abgerissen. Dann soll nach Moritz' Plänen ein modernes Mehrfamilienhaus auf dem Grundstück errichtet werden. Ich will ihm die Chance geben, endlich wieder hauptberuflich als Architekt zu arbeiten.«

Dana schaut mich ungläubig an. Ich kann mir denken, was ihr durch den Kopf geht. Gerade will ich ihr erklären, dass ich mir das Projekt mit links leisten kann, aber das scheint sie gar nicht zu meinen.

»Du willst dir seine Zuneigung erkaufen? Babette, das hast du doch gar nicht nötig. Du bist ein wunderbarer Mensch, liebenswert, warmherzig und enorm attraktiv. Wenn Moritz das nicht sieht, ist er blind.«

Ich freue mich über das Kompliment, dennoch bitte ich sie, mir keinen Honig ums Maul zu schmieren. »Du musst mir nicht schmeicheln, Dana. Wir sind Freundinnen und sollten immer ehrlich zueinander sein.«

»Ganz ehrlich?«, fragt sie und schaut mich unsicher an. »Also gut. Dann hätte ich mal eine Frage an dich, die mich schon eine Weile beschäftigt. Warum hast du zwei Ausweise?«

Vor Schreck gehe ich vom Gas und reagiere anders, als mir zumute ist. Ich lache schrill. »Wie kommst du denn auf die Idee?«

»Ich habe sie beim Putzen gefunden. Der eine lautet auf Babette Engler, der andere auf Bianca Smolka. Wer bist du von den beiden?«

Vor uns erscheint ein Schild mit dem Hinweis auf die nächste Raststätte.

»Bitte, ruf Frank an und sag ihm, dass wir eine Pause einlegen.«

Ich brauche dringend einen Kaffee, aber noch dringender brauche ich Zeit, um mir zu überlegen, was ich Dana antworten werde.

Angespannt halte ich auf einem Parkplatz.

Dana steigt aus und flitzt hinüber zum Schnellrestaurant, während ich wie paralysiert sitzen bleibe und gegen eine Panikattacke ankämpfe.

Ich bin geliefert. Scheiße! Verdammte Scheiße!

Zurück im Wagen reicht Dana mir einen heißen Becher, ihren stellt sie im Cupholder ab und bittet erneut darum, dass ich mich ihr erkläre.

Obwohl ich sitze, stehe ich mit dem Rücken an der Wand.

»Du kannst mir vertrauen, Babette. Wir sind Freundinnen. Egal, worum es geht, ich werde zu dir stehen. Sag mir einfach, was passiert ist.«

Ich hole tief Luft. »Bianca ist meine jüngere Schwester. Ich hatte jahrelang keinen Kontakt zu ihr. Wir waren nie sehr eng miteinander. Seit drei Jahren liegt sie im Wachkoma.«

»Das ist furchtbar, aber das erklärt nicht, warum du ihre Identität angenommen hast. Geht es um Geld? Ist sie in Wahrheit die Vermögende?«

»Nein«, platzt es aus mir heraus. »Es dreht sich nicht nur um Geld, sondern auch um Gerechtigkeit. Ich war es, die fünfzehn Jahre an Justus' Seite verbracht hat. Für ihn habe ich meine Karriere aufgegeben, seine Launen und seine Überheblichkeit ertragen. Seinetwegen habe ich auf Kinder verzichtet und mich Jahr um Jahr vertrösten lassen, wenn es um das Thema Hochzeit ging. Völlig unerwartet machte er mir eines Tages doch einen Antrag. Die Hochzeit sollte ganz groß auf Sylt gefeiert werden.«

Beim Gedanken daran, dass ich monatelang an meinem Hochzeitskleid genäht hatte, muss ich schlucken. Die Bilder von unserer Einweihungsfeier erscheinen vor meinem inneren Auge. Ich kann das Klingeln an der Tür hören und sehe Bianca vor mir stehen, die mir ein Brot und ein Pfund Salz in den Arm drückt. Ich hätte sie fortschicken sollen, dann wäre das alles nicht passiert.

»Was ist geschehen?« Dana reicht mir ein Taschentuch.

»Justus hat sich über Nacht für meine jüngere Schwester entschieden. Wie leicht sie ihm die Wahl gemacht hat, konnte ich sehen, als ich die beiden in einer eindeutigen Situation erwischt habe. Ihr höhnisches Lachen hallt noch immer in mir nach. Auch Justus schien keinerlei Scham oder Reue zu empfinden. Stattdessen ist er mit ihr nach Las Vegas geflogen und hat sie spontan geheiratet.«

»Was für ein Miststück!«, schimpft Dana und kann sich kaum wieder einkriegen. Die Worte, die sie für Bianca findet, würden mir nie laut über die Lippen kommen, obwohl sie zutreffend sind.

»Justus hat schnell gemerkt, dass er einen fatalen Fehler begangen hat. Schon nach einer Woche kam er angekrochen und bettelte um Vergebung.«

Ich lasse das Fenster runterfahren, denn ich brauche dringend frische Luft. Erst nach einigen langen Atemzügen spreche ich weiter. »Vielleicht wäre ich sogar bereit gewesen, ihm zu verzeihen, aber dann kam der Autounfall dazwischen. Justus erlag seinen schweren Verletzungen noch auf dem Weg ins Krankenhaus. Bianca hat zwar überlebt, aber als *leben* kann man ihren Zustand nicht bezeichnen. Ich habe eine Wohnung in Berlin angemietet. Dort wird sie rund um die Uhr gepflegt.«

Dana greift nach meiner Hand und drückt sie ganz fest. »Ich schwöre auf das Leben meiner Kinder, dass ich dein Geheimnis bewahren werde. Selbst unter Folter wird es niemandem gelingen, dass ich dich verrate.«

Ich glaube ihr. Plötzlich fällt eine Riesenlast von mir ab. Regelrecht befreit starte ich den Motor und setze die Fahrt fort.

Knallrot

Lore

Stine steuert ihren Flitzer in Richtung Hamburger Fischmarkt. Ihr Ziel ist die Große Elbstraße, wo sich das Eldorado berühmter Möbeldesigner befindet.

Sie marschiert zielgerichtet zu einem Showroom für Büromöbel.

Während ich mich umschaue, zeigt sie einem Berater die Grundrisszeichnungen ihrer künftigen Agentur.

Eine halbe Stunde später sitzen die beiden noch immer in eifrige Diskussionen vertieft am Tisch.

Da ich mit meiner Besichtigung längst fertig bin und mir allmählich langweilig wird, unterbreche ich die Beratung. »Ich werde schon mal in das Restaurant gehen, an dem wir vorhin vorbeigekommen sind, und Plätze für uns reservieren.«

Stine mustert geistesabwesend die vielen Kataloge auf dem Tisch. »Ich brauche hier aber noch einen Moment, Omi.«

Ich winke ab. »Lass dir Zeit. Ich komme schon klar«, erwidere ich und mache mich auf den Weg.

Um die Mittagszeit ist das Lokal so gut besucht, dass kein Tisch mehr frei ist. Mir macht es nichts aus, mich irgendwo dazuzusetzen, und ich halte Ausschau nach einem geeigneten Platz. Ich entdecke einen Vierertisch, an dem nur eine Person sitzt. Ich frage die Dame, deren rote Haare hell wie eine Ampel leuchten, ob sie etwas dagegen hätte, wenn ich mich zu ihr geselle.

»Bitte sehr«, antwortet sie. »Ich bin ohnehin fertig und werde gleich zahlen.«

Ich kneife die Augen zusammen. Die Stimme, die roten Haare. Es besteht kein Zweifel. Das ist Frau Steinbrecher, die von uns immer nur *Zora* genannt wird.

»Erkennen Sie mich nicht?«, frage ich. »Ich bin's. Lore Sandmann.«

Sie schaut mich direkt an. Erst jetzt fällt bei ihr der Groschen. »Tut mir leid, es ist schon lange her, dass wir uns das letzte Mal gesehen haben. Wie geht es Ihnen?«

»Gut. Was machen Sie in Hamburg? Sind Sie allein hier oder ist Bernhard auch da?«

Ihr Lächeln gefriert. »Nein, er ist in Spanien. Unsere Wege haben sich getrennt.«

Ich drücke ihr mein aufrichtiges Bedauern aus, denn ich weiß aus eigener Erfahrung, wie sie sich gerade fühlt.

Sie schaut mich skeptisch an. »Ist es Zufall, dass wir uns hier treffen?«

»Absolut! Ich begleite meine Enkelin. Sie sucht sich Möbel für ihr neues Büro aus.«

Meine Antwort scheint sie zufriedenzustellen, denn ihr Gesichtsausdruck entspannt sich augenblicklich.

»Mir ist zu Ohren gekommen, dass Sie Ihr Haus verkaufen.«

»Ja, ich werde an den Bodensee ziehen.«

Wieso grinst sie plötzlich so debil?

»Ich weiß, Hubert hat es uns erzählt.«

Wann soll das denn gewesen sein? Als er mit Bernhard beim Notar gewesen ist, hatte ich mich zu diesem Schritt doch noch gar nicht entschieden.

»Wir beabsichtigen, uns in einen Seniorenpark einzukaufen. Gesetzt den Fall, Stine und ihr Mann stimmen dem Hausverkauf zu. Aber danach sieht es aktuell nicht aus.«

Der Ober kommt an den Tisch. »Sie wollten zahlen?«, fragt er und reicht Zora die Rechnung.

»Später. Ich trinke noch einen Cappuccino«, erklärt sie hektisch.

Ich schließe mich ihrer Bestellung an.

Als er weg ist, schaut sie mich neugierig an. »Wieso brauchen Sie denn deren Zustimmung?«

»Na, weil den beiden die Dachgeschosswohnung gehört.«

»Aber Hubert hat doch von seinem Vorkaufsrecht Gebrauch gemacht.«

»Das stimmt wohl. Aber noch am selben Tag hat er die Mansarde an Stines Mann verkauft.«

Sie reißt die Augen auf. »Wiederholen Sie das!«

Ich antworte auf ihre rhetorisch gemeinte Frage. »Simon Funke ist Eigentümer der Wohnung. Mein Ex hatte nie vor, ins Dachgeschoss zu ziehen.«

»Hubert Sandmann, du ausgekochtes Schlitzohr«, kreischt sie durch das ganze Lokal.

Gäste von den Nachbartischen schauen bereits zu uns rüber, aber das stört sie nicht. Sie kann sich gar nicht beruhigen und lacht schallend laut, während sie unaufhörlich mit der Hand auf den Tisch schlägt.

»Würden Sie mich bitte aufklären«, bitte ich sie entrüstet.

»Ob Bernhard wohl schon weiß, dass sein Riesencoup auf ganzer Linie gescheitert ist? Oh Mann, was würde ich darum geben, sein dummes Gesicht zu sehen, wenn er davon erfährt!«

Die Frau spricht in Rätseln. Ich fordere sie auf, endlich Klartext zu reden. »Was hat Bernhard damit zu tun?«

Der Ober stellt die Tassen auf den Tisch.

Zora schaut ihn kurz an. »Bringen Sie uns bitte noch zwei doppelte Cognacs.«

»Nicht für mich«, erkläre ich. Doch Zora besteht darauf.

»Den werden Sie brauchen, wenn ich Ihnen die Augen öffne, Frau Sandmann.«

Sie beginnt damit, mir zu erzählen, dass sie den Seniorenpark bestens kenne. »Das ist Bernhards Bauprojekt. Allerdings ist mein zukünftiger Exmann inzwischen zahlungsunfähig. Hubert hatte schon vor Jahren seine Ersparnisse eingesetzt und Anteile an der Firma erworben.« Urplötzlich kichert sie albern. »Er war auch aktiv im Vertrieb tätig, um sich das Chalet Nummer vier leisten zu können, aber danach sollten Sie ihn besser selbst fragen.«

Mir liegt eine Frage auf der Zunge, die ich sofort stelle. »Wie viel Geld hat Hubert verloren?«

»Alles. Aber Bernhard hatte eine grandiose Idee, wie er das Ruder noch herumreißen kann. Ihm kam zu Ohren, dass es Pläne für den Bau einer Einkaufspassage gibt, die allerdings nur realisiert werden können, wenn Sie sich nicht querstellen. Er holte Hubert ins Boot, aber der war sich sicher, dass Sie um keinen Preis der Welt Ihr Zuhause aufgeben würden.«

Ich verstehe das nicht und gebe es offen zu. »Bernhards Firma ist pleite und trotzdem will er eine Einkaufsmeile bauen? Woher nimmt er das Geld? Und welche Rolle spielt Hubert dabei?«

Zora lacht. »So ein großer Baulöwe ist mein Ex nun auch nicht. Nein, er hat es nur auf Ihr Grundstück abgesehen, um es später für ein Vielfaches an den Bauträger zu verkaufen, der die Passage plant. Von dem Gewinn wollte er Hubert die Anteile zurückzahlen. So haben es die beiden vereinbart.«

Jetzt brauche ich wirklich einen doppelten Schnaps. Gut, dass Zora sich durchgesetzt hat.

Mit zittrigen Händen öffne ich meine Handtasche und suche nach der Visitenkarte. »Gestern haben mich zwei Herren besucht und mir ein Angebot unterbreitet.«

Sie wirft einen kurzen Blick auf die Karte. »Das ist die Scheinfirma, die Bernhard nur für den Zweck gegründet hat, um Ihnen das Haus abzuluchsen.« Wieder lacht sie schrill auf. »Es wird meinen Ex schwer getroffen haben, ausgerechnet von Hubert ausgebootet worden zu sein. Aber kann man es ihm verdenken? Warum sollte Ihr geschiedener Mann Bernhard den Hintern retten, wenn er den ganzen Kuchen haben kann?«

Endlich werden die Schnäpse serviert. Ich kippe meinen in einem Zug runter.

Meine Güte, Stine hatte mit allem recht. Wie konnte ich nur so blauäugig sein?

Fürsprecher

Stine

Mit einem Schwung Prospekte unter dem Arm verlasse ich den Showroom und gehe in das Restaurant, in dem Lore auf mich wartet.

Ich suche das ganze Lokal nach ihr ab, finde sie aber nicht. Plötzlich vibriert mein Handy. Ich habe eine Kurzmitteilung von ihr empfangen.

> *Muss dringend etwas erledigen. Wir holen das Essen nach. Kuss, Lore*

Was hat das denn zu bedeuten? Ich rufe sie sofort an, erreiche aber nur ihre Mailbox.

Völlig verdattert setze ich mich in meinen Wagen und fahre zu Simon ins Büro.

Gerade will ich ihm die SMS zeigen, als mein Handy klingelt.

Zu meiner großen Überraschung ist es Lukas. Warum spricht er so leise?

»Ich kann dich kaum verstehen. Was hast du gesagt?«

»Franzi soll nicht mitbekommen, dass ich dich anrufe.«

»Du bist bei ihr in Spanien? Oh, das ist gut, Lukas. Vertragt euch! Habt euch wieder lieb! Bring sie endlich zur Vernunft und hol sie ganz schnell zurück!«

Er lacht leise. »Das ist bereits alles erledigt. Ich rufe dich an, um dich zu bitten, den ersten Schritt auf sie zuzugehen. Sie schämt sich und traut sich nicht, sich bei dir zu melden. Dabei vermisst sie dich so.«

»Ich vermisse sie doch auch. Ständig rufe ich sie an, aber sie geht nie ans Telefon.«

»Wir werden in der nächsten Woche Babette besuchen. Es wäre schön, wenn du dort rein zufällig erscheinen könntest.«

»Na sicher, sag mir nur, wann.«

»Ich melde mich.«

KELLERFUND

LORE

Ich habe es rechtzeitig zum Flughafen geschafft und noch einen der wenigen Plätze in der *Swiss-Air*-Maschine ergattert. Zwar musste ich den doppelten Preis für den Rückflug nach Zürich hinblättern, aber dafür fliege ich wieder nonstop.

Auch während der Fahrt nach Konstanz stelle ich mein Handy nicht an. Hubert soll keine Möglichkeit haben, mich zu erreichen. Das würde den Überraschungseffekt kaputt machen, dem ich seit heute Mittag fieberhaft entgegensehe.

In der Wohnung brennt kein Licht. Er ist nicht zu Hause. Ich erkenne sofort, dass die Fenster nicht geputzt wurden, wie er vollmundig getönt hat.

Auf dem Tisch liegt ein verschlossener Brief, der an Hubert adressiert ist. Dass keine Marke draufklebt, weckt meine Neugierde. Ich verletze das Postgeheimnis und reiße den Umschlag auf. Es handelt sich um ein Schreiben seines Vermieters, der eine Nachzahlung der Nebenkosten für die letzten zwei Jahre verlangt. Er untermauert seine Forderung mit Aussagen der Nachbarn, die ihm bestätigt hätten, dass die Wohnung bis Frühsommer dieses Jahres nicht von Hubert allein, sondern auch von wechselnden Damen bewohnt wurde.

»Das wird ja immer schöner«, schimpfe ich. »Von wegen: *Im Alter allein zu sein, ist Mist.*«

Plötzlich fällt es mir wie Schuppen von den Augen. Die roten Schuhe im Keller gehören nicht der Vormieterin, wie er behauptet hat, sondern einer seiner *wechselnden* Mitbewohnerinnen.

Ich nehme den Lift und lasse mich ins Untergeschoss fahren.

Die Kellertür ist nicht verschlossen. Ich trete ein und knipse das Licht an. Wutentbrannt reiße ich Karton für Karton auf und begutachte den Inhalt. Diese Sachen können unmöglich nur einer Frau gehören. Ich finde Schuhe der Größen 36 bis 40. Jacken und Mäntel von schmal bis Übergröße.

Die letzte Kiste beinhaltet keine Klamotten, sondern einen Stapel Briefe. Ich muss sie nicht aufreißen, denn sie wurden bereits geöffnet. Sie beginnen durchweg mit: *Du Schwein, du Mistkerl, du mieser Betrüger.*

Nach einer halben Stunde sehe ich klar. Hubert hat all diese älteren Frauen dazu gebracht, sich in die Seniorenwohnanlage einzukaufen. Vermutlich hat er sie mit den gleichen Worten eingelullt wie mich. Nachdem sie ihre Anzahlung geleistet hatten, hat er ihnen den Laufpass gegeben und sich ein neues Opfer gesucht. Das hat Zora also mit *Vertriebstätigkeit* gemeint.

Mir wird speiübel.

Ich werde ihm keinen Brief schreiben, sondern ihm gepflegt in die Weichteile treten.

Genau mit der Absicht stiefle ich wieder nach oben.

Er ist zwischenzeitlich nach Hause gekommen und staunt nicht schlecht, als ich plötzlich vor ihm stehe.

»Seit wann bist du …«

Ich falle ihm sofort ins Wort. »Seit wann ich im Bilde bin?«, schreie ich ihn an und werfe ihm die Briefe ins Gesicht. »Seit heute Mittag Viertel vor eins!«

Kreidebleich starrt er auf die Blätter auf dem Boden. »Das ist alles nur ein Missverständnis«, stammelt er.

»Spar dir deine Erklärungen, Hubert. Ich bin nicht an deinen Ausflüchten interessiert.«

»Du irrst dich, Lore.«

Ich spreche betont ruhig weiter, während mein Blick ihm meine ganze Verachtung entgegenbringt. »Selbstverständlich habe ich mich geirrt. Wie konnte ich annehmen, dass ein Hallodri, wie du es bist, sich im Alter ändern würde.«

Ich gehe ins Schlafzimmer und packe meinen Koffer.

»Mensch, Lore. Was denkst du denn? Diese Frauen haben mir doch nichts bedeutet. Es war ein Geschäft, mehr nicht.«

Über so viel Abgebrühtheit kann ich bloß den Kopf schütteln. »Das Geschäft mit mir kannst du dir abschminken. Ruf in Spanien an und richte deinem Komplizen aus, dass er die Vertreter seiner Scheinfirma zurückpfeifen kann. Ich unterschreibe nicht.«

»Ach, Lore. Selbst wenn du unterschrieben hättest, wäre Bernhard trotzdem nicht zum Zug gekommen. Nicht er ist mein Komplize. Das ist Simon. Er war von vornherein eingeweiht und hätte nie und nimmer unterzeichnet.«

Ich lache bitter auf. »Du bist wirklich ein ausgekochtes Schlitzohr, Hubert. Du bist so clever, dass du sogar den windigen Bernhard austricksen konntest. Allerdings wirst du dir bei mir deine dritten Zähne ausbeißen. Ich bin fertig mit dir.«

Attacke

Stine

Lore ist seit einer Woche wieder da, aber sie weigert sich strikt, über die Geschehnisse zu sprechen, die sie dazu bewogen haben, Konstanz bei Nacht und Nebel den Rücken zu kehren. Sie ist einfach zur Tagesordnung übergegangen, als hätte es das Kapitel *Hubert* nie gegeben. Doch niemand kennt meine Omi so gut wie ich. Ich spüre nämlich, dass sie zutiefst verletzt ist. Hubert hat ein mieses Spiel mit ihren Gefühlen getrieben. Das werde ich ihm nie verzeihen. Ich habe ihr mein Ehrenwort geben müssen, nicht bei ihm nachzufragen. Auch Simon musste versprechen, den Kontakt abzubrechen. Mein Schatz ist immer noch der festen Überzeugung, dass Hubert nur im Sinne der Familie gehandelt habe und seine Zuneigung für Lore aufrichtig und nicht geheuchelt sei. Letztendlich stimmte er um des lieben Friedens willen zu.

Ich will nicht an meinen Großvater denken. Mehr als zwanzig Jahre bin ich gut ohne ihn ausgekommen. Das wird auch künftig so bleiben. Viel lieber denke ich an das Wiedersehen mit Franzi. Morgen ist es endlich so weit. Unser *rein zufälliges* Treffen wird bei Babette im Haus stattfinden. Sie hat alle zum Sonntagskaffee eingeladen und darauf bestanden, dass Lore auch mit von der Partie ist.

Dana hat angeboten, Kuchen zu backen. Sie soll eine begnadete Konditorin sein. Noch wohnt sie mit den Kindern bei Frank und scheint sich dort recht wohlzufühlen.

Ich finde es toll, dass er ihnen Asyl gegeben hat und nicht darauf drängt, dass sie sich schnellstens was Neues suchen, nachdem Lore ihr Angebot aus nachvollziehbaren Gründen zurückgezogen hat. Noch toller würde ich es allerdings finden, wenn er sich mit gleichem Enthusiasmus um unseren Auftrag kümmern würde. Seitdem er sein Haus für die drei Suhrbiers geöffnet hat, lässt er sich in unseren Büroräumen nämlich kaum noch sehen. Wenn er nicht umgehend die Arbeit aufnimmt, müssen wir die geplante Eröffnung verschieben.

Gestern hat Simon ein Machtwort gesprochen und ihm eine letzte Frist gesetzt.

»Kein Problem, ich werde am Wochenende einen Schlag reinhauen. Ich schaff das, selbst wenn ich die Nächte durcharbeiten muss«, hat Frank beteuert.

Doch Simon und ich hegen berechtigte Zweifel an seinem Versprechen.

Um zu überprüfen, ob er Wort gehalten hat, fahren wir gleich nach dem Frühstück in die Hafencity.

Immerhin. Sein Transporter steht vor dem Haus.

Voller Erwartung gehen wir hinein. Doch schon im Empfangsbereich setzt die pure Ernüchterung ein. Mehr als eine Wand hat Frank noch nicht gestrichen.

»Das wird doch nie was«, schimpft Simon. »Am Montag werden die Möbel geliefert und noch kein einziger Raum ist fertig.«

Ich meckere nicht, sondern rufe Moritz an. Wenn ich ihn bitte, hilft er uns bestimmt.

»Hast du einen zweiten Overall dabei?«, will Simon wissen und krempelt die Ärmel hoch.

Frank nickt schuldbewusst und geht hinaus zu seinem Wagen.

Gleich nachdem er mit einem weißen Arbeitsanzug zurückkommt, meldet sich Moritz. »Na, wo brennt es?«, fragt er, wohl wissend, dass ich ihn um einen Gefallen bitten werde.

»Würdest du uns beim Streichen helfen?«

»Nur, wenn dein Mann auch mit anpackt.«

Ich drehe mich zu Simon um und staune, wie sexy mein Gatte in der Malermontur aussieht. »Das wird er«, verspreche ich.

»Dann bis gleich.«

Ich lege auf und bitte Simon, für mich zu posieren. »Lass mich ein Foto von dir machen«, bettele ich. »Komm, Baby! Zeig's mir«, sporne ich ihn an und knipse, was das Zeug hält. »Wow, du machst mich ganz heiß in diesem Outfit.«

»Dann schnell raus mit dir.«

»Bitte?«, frage ich nach.

»Zu wissen, dass dich das heißmacht, hilft mir nicht, mich auf die Arbeit zu konzentrieren. Im Ernst, Stine. Fahr nach Hause. Mit Moritz sind wir genügend Anstreicher.«

»Ich bin kein Anstreicher, sondern Malermeister«, empört Frank sich.

»Dann mal endlich, Meister, und schwing keine Reden«, ruft Simon ihm verärgert zu.

Angesichts des rauen Tons, der hier gerade einzieht, verdrücke ich mich. Ich habe vor, den Samstag zu nutzen, um mich in einem bekannten Fachgeschäft für Tischkultur umzusehen. Es kann schließlich nicht schaden, mich schon jetzt auf den Werbeauftrag der Porzellanmanufaktur Königstein vorzubereiten.

Natürlich finde ich in der City am Samstagvormittag keinen freien Parkplatz. Statt wieder und wieder um den Block zu kurven, steuere ich das Parkhaus an. Auf dem dritten Deck werde ich endlich fündig und quetsche mich in die freie Lücke.

Auf dem Weg zu besagtem Geschäft muss ich an drei Schuhläden vorbei. Die ersten beiden lasse ich konsequent links liegen, beim dritten kann ich nicht widerstehen und gehe hinein. Die neue Kollektion Winterstiefel weckt mein Interesse. Gerade überlege ich, ob ich zum gewohnten Weitschaft greifen soll oder es mit einem Overknee wagen kann, als mein Telefon klingelt.

Es ist Moritz.

»Du willst doch wohl nicht kneifen?«, frage ich keck.

»Hör mir zu! Simon ist schwer verletzt. Er hat viel Blut verloren. Komm schnell. Ich muss jetzt auflegen, der Rettungswagen fährt gerade vor.«

Im Hintergrund höre ich das Martinshorn, aber Moritz lässt mir keine Zeit für Nachfragen. Er legt nach dieser Schreckensmeldung einfach auf.

Ich stehe kurz davor, den Verstand zu verlieren.

Wieso springen alle Ampeln auf Rot? Ich brauche für den Rückweg mehr als doppelt so lange wie für die kurze Strecke in die Innenstadt.

Als ich am Büro ankomme, sehe ich keinen Krankenwagen, nur das blau-weiße Polizeifahrzeug, das auf dem Bürgersteig parkt. Ich halte dicht dahinter und springe aus dem Wagen.

»Was ist passiert?«, schreie ich Frank an, der leichenblass an der Wand lehnt und versucht, sich mit seinen zittrigen Händen eine Kippe anzustecken.

»Ich weiß es nicht«, stammelt er. »Simon wollte nur einen neuen Farbeimer aus dem Laderaum holen. Als er nach einer Viertelstunde nicht zurück war, habe ich nachgesehen. Da lag er blutüberströmt auf dem Asphalt.«

»Wieso hat er geblutet? Mach endlich den Mund auf, Frank! Wo ist er jetzt? Wie schwer sind seine Verletzungen?«

In Begleitung eines Polizeibeamten kommt Moritz auf mich zu. Er ist besser informiert als Frank. »Simon wurde mit einem Messer verletzt.«

»Der Notarzt hat von drei Stichen in den Rücken gesprochen«, fügt der Uniformierte hinzu.

»Wer tut so etwas?«, schreie ich hysterisch.

»Wir gehen von einem Raubüberfall aus«, erklärt der Beamte nüchtern.

»Wer überfällt denn einen Mann in Malerklamotten, um ihn auszurauben?«

»Beruhigen Sie sich, Frau Funke. Wir haben die Ermittlungen gerade erst aufgenommen.«

»Wohin wurde mein Mann gebracht?«, will ich wissen.

Ich spüre Moritz' Hand auf meiner Schulter. »Komm, Stine. Ich fahre dich hin.«

In hohem Bogen werfe ich ihm den Wagenschlüssel zu und renne vor ihm hinaus auf die Straße.

Obwohl ich mit Religion nicht viel am Hut habe, bete ich auf dem kurzen Weg ins Krankenhaus.

Ich bin froh, dass Moritz bei mir ist. Er behält im Gegensatz zu mir die Nerven und erkundigt sich in der Notaufnahme nach Simon.

»Die Messerstecherei?«, fragt eine Schwester. »Er wird noch versorgt. Bitte warten Sie.«

»Ich will nicht warten, ich will zu meinem Mann. Jetzt sofort.«

»Er schwebt nicht in Lebensgefahr, Frau Funke. Bitte nehmen Sie Platz und lassen Sie die Ärzte ihre Arbeit machen.«

Moritz' Handy klingelt. Nur kurz schaut er auf das Display. »Es ist Babette. Ich gehe gar nicht ran.«

Gleich klingelt meins. Sie ist es wieder. »Jetzt nicht!«, fahre ich sie unwirsch an.

»Leg nicht auf, Stine. Ich weiß, was passiert ist. Frank hat mich gerade informiert. Ich bin mir sicher, dass Ulf dahintersteckt.«

»Wie kommst du darauf? Was hat Simon mit Danas Mann zu tun? Die beiden sind sich noch nie begegnet.«

»Er wird ihn schlicht und einfach verwechselt haben. Ursprünglich hatte er es wohl auf Frank abgesehen.«

»Woher weißt du das?«

»Der kleine Patrick hat gerade unter Tränen gestanden, dass Ulf täglich in den Pausen auf dem Schulhof aufgetaucht ist. Aus lauter Verzweiflung haben die Kinder ihm gestern gesagt, dass er nicht mehr kommen solle, weil Frank jetzt ihr Vater sei.«

»Ich hoffe, sie kriegen das Schwein vor mir, denn wenn ich ihn vor der Polizei in die Finger bekomme, braucht er keine Zelle mehr.«

»Wie geht es Simon? Gibt es schon Neuigkeiten über seinen Zustand?«

»Nein, und ich gehe hier erst weg, wenn ich ihn gesund wieder mit nach Hause nehmen darf.«

Allmählich ebbt mein Schock ab. Ich breche in Tränen aus und heule wie ein Schlosshund. In meiner Verzweiflung bemerke ich kaum, wie Moritz mir das Handy aus der Hand nimmt und mich in eine tröstende Umarmung zieht.

Es sind schon zwei Stunden vergangen und nichts ist passiert. Niemand hält es für nötig, mir über Simons Zustand Auskunft zu erteilen.

Endlich hat das Warten ein Ende. Ein junger Mann im Arztkittel steuert auf uns zu. Er ist nicht älter als ich.

»Frau Funke? Ihr Mann hatte großes Glück. Einen Zentimeter tiefer und es hätte die Lunge getroffen.«

»Kann ich zu ihm?«

Der Arzt erlaubt es. »Aber nur kurz. Er muss sich jetzt ausruhen.«

Moritz darf nicht mit. Er nimmt meinen Wagen und fährt zu Lore. Sie ist noch immer ahnungslos.

»Bring es ihr schonend bei«, rufe ich ihm nach.

***

Selbstverständlich bin ich die ganze Nacht im Krankenhaus geblieben. Auf einem Stuhl neben Simons Bett habe ich ihn stundenlang betrachtet, bis mir vor Erschöpfung die Augen zugefallen sind.

Ich will mir gar nicht ausmalen, was gewesen wäre, wenn … Nein, diesen Gedanken lasse ich gar nicht erst zu.

Die Tür öffnet sich und eine Schwester betritt das Zimmer. »Mögen Sie etwas zu trinken?«, bietet sie freundlich an, während sie den Tropf wechselt. »Auf dem Flur steht ein Wagen mit Kaffee und Tee. Sie dürfen sich gern bedienen.«

Sie spürt, dass ich Simon nicht allein lassen will.

»Gönnen Sie sich eine kurze Pause, Frau Funke.«

Sie hat recht. Wenn ich jetzt zusammenklappe, bin ich Simon keine Hilfe. Also schleiche ich nach draußen. Auf der Suche nach dem Getränkewagen nähere ich mich dem Wartebereich für Angehörige.

»Stine«, höre ich plötzlich eine vertraute Frauenstimme rufen. Ich schaue nach rechts und sehe Franziska, die sich völlig verschlafen vom Sitz erhebt.

»Ihr seid schon da?«, frage ich verwundert und schaue zur Wanduhr.

»Wir sind sofort losgefahren, als Babette uns gestern Bescheid gesagt hat. Ich warte hier bereits seit Stunden darauf, dass du aus dem Zimmer kommst. Wie geht es Simon? Und wie geht es dir?«

Sie nimmt mich fest in den Arm und flüstert mir zu: »Es tut mir so leid, dass ich einfach abgehauen bin. Ich wünschte, ich wäre eher hier gewesen.«

Am liebsten würde ich mit ihr schimpfen und ihr zurufen: *Wird auch Zeit, dass du aus deiner Schmollecke kommst, du Sturkopf.* Aber ich sage nichts und bin nur froh, dass meine beste Freundin wieder da ist.

Erneut schluchze ich auf und kralle mich in ihrem Pullover fest.

»Schon gut, Stine«, murmelt sie sanft. »Sie haben das Schwein gefasst. Er wird seine gerechte Strafe bekommen.«

Schniefend löse ich mich von meiner Freundin. »Was?«

»Danas Mann hatte die Nerven, sie nach der Tat anzurufen und um ein Treffen zu bitten«, berichtet Franz mit kalter Stimme. »Sie hat zugestimmt und sofort die Polizei verständigt. Dank ihr konnten sie ihn festnehmen. Dieses Mal lassen sie ihn nicht wieder raus.«

Ich blinzele erstaunt meine Tränen weg. »Das war sehr mutig von ihr.«

Ein Lächeln huscht über Franz' Gesicht. »Ja, sie ist ein Spitzenweib, genau wie wir beide.«

Epilog

Franziska

Mein Vater schmollt. Nicht etwa, weil es ihm peinlich ist, mir das versprochene Geld vom Verkauf der Wohnung nun doch nicht schenken zu können. Er ist sauer, weil ich noch immer Kontakt zu der *Bande* unterhalte, die seiner Meinung nach für sein finanzielles Desaster verantwortlich ist. Nie und nimmer hätte er das Dachgeschoss verkauft, wenn er gewusst hätte, was für ein hinterhältiger Lump Hubert Sandmann ist.

Heute wird gefeiert. Im ehemaligen *Café Laine* steigt eine Riesenfete, bevor die Abrissbirne das Haus am Montag in Schutt und Asche legen wird.

Babette strahlt. Nach zähen Verhandlungen ist sie nun die neue Besitzerin. Nur unter der Voraussetzung, dass Lore später eine Wohnung im Neubau erhalten wird, ist der Verkauf letztendlich zustande gekommen. Bis das von Moritz geplante Mehrfamilienhaus bezugsfertig ist, wohnt sie bei Stine und Simon in Hamburg. Meine Freundin ist von dieser Lösung begeistert. Simon offensichtlich nicht. Er steht mit den anderen Männern an einem runden Tisch und redet auf Moritz ein. »Ein Jahr. Keinen Tag länger!«, höre ich ihn sagen.

Ich lache innerlich auf. Wenn Simon wirklich glaubt, dass Lore irgendwann wieder ausziehen wird, dann ist er ein Träumer erster Güte. Er wird sie nie los. Sie und Stine verbindet eine Affenliebe, gegen die kein Kraut gewachsen ist.

Ende

Bisher erschienen

Zeitfracht Medien GmbH
Ferdinand-Jühlke-Straße 7
99095 Erfurt, Deutschland
produktsicherheit@kolibri360.de

Druck:
CPI Druckdienstleistungen GmbH
im Auftrag der
Zeitfracht Medien GmbH
Ein Unternehmen der Zeitfracht - Gruppe
Ferdinand-Jühlke-Str. 7
99095 Erfurt